에밀 싱클레어의 젊은 시절 이야기

데미안 DEMIAN

서연비람은 조선 시대 왕궁 내, 강론의 자리였던 서연(書筵)에서 강관(講官)이 왕세자에게 가르치던 경전의 요지를 수집하여 기록한 책(비람備覽)을 말합니다. 서연비람 출판사는 민주주의 국가의 주인인 시민들 역시 지속 가능한 과거와 현재, 미래의 이치를 깨우치고 체현해야 한다는 믿음으로 엄선한 도서를 발간합니다.

서연비람 세계문학

데미안

초판 1쇄 2020년 3월 25일
지은이 헤르만 헤세
옮긴이 임호일
편집주간 김종성
편집장 황미숙

펴낸이 윤진성
펴낸곳 서연비람
인쇄 이승욱, 이대성
등록 2016년 6월 29일 제 2016-000147호
주소 서울시 강남구 도곡로 422, 5층
전화 02-563-5684
팩스 02-563-2148
전자주소 birambooks@daum.net

ⓒ서연비람 2019, Printed in Korea.

ISBN 979-11-89171-24-7 03850

값 12,000원

「이 도서의 국립중앙도서관 출판예정도서목록(CIP)은 서지정보유통지원시스템 홈페이지(http://seoji.nl.go.kr)와 국가자료공동목록시스템(http://www.nl.go.kr/kolisnet)에서 이용하실 수 있습니다.(CIP제어번호 : CIP2020009283)」

헤르만 헤세
Hermann Hesse

에밀 싱클레어의 젊은 시절 이야기

Demian
데미안

임호일 옮김

서연비람

차례

일러두기

이 책은 〈헤르만 헤세 전집〉(Suhrkamp 출판사) 12권 중 제5권, 1982년 판을 원본
으로 삼았다.

단지 내 속에서 우러나오는 대로
살려고 노력했을 뿐인데
그게 왜 그리도 힘들었을까?

　내 이야기를 하려면 맨 처음부터 시작해야 할 것 같다. 가능하면 훨씬
더 거슬러 올라가 내가 아주 어린 시절, 아니 더 멀리 내 혈통까지 거슬
러 올라가야 할 것 같다.
　소설가들은 항상 자기네가 신이기라도 한 것처럼 그 어떤 인간사라도
완벽하게 조망하고 이해할 수 있는 것처럼 행동한다. 그들은 마치 자신이
손수 세상의 모든 베일을 걷어내고 도처에 편재하면서 집필을 하는 신인
것처럼 행세한다는 말이다. 나는 그들 작가처럼 그렇게 할 수 없다. 내
이야기는 그 어떤 작가의 이야기보다 나에게 중요하다. 왜냐하면 그건 나
자신의 이야기요, 한 인간의 이야기이기 때문이다. 가능한 한 이상적으로
꾸며 낸, 그러니까 가공의 이야기가 아니라, 실제로 일회성의 삶을 살고
있는 인간에 관한 이야기이기 때문이다. 실제로 살아 있는 인간이란 무슨

뜻인가? 오늘날엔 우리가 전보다 그걸 잘 모르고 있는 게 확실하다. 우리는 자연이 만들어 낸 일회성적인 값진 존재다. 그런 존재임에도 불구하고 우리 인간 또한 다량으로 사살당하고 있다. 우리가 이제 더 이상 일회성적인 존재가가 아니라면, 우리가 우리 각자를 실제로 총을 쏴 이 세상에서 절멸시킬 수 있다면, 인간에 대한 이야기들은 더 이상 의미가 없어질 것이다. 그러나 모든 인간은 그 자신일 뿐만 아니라, 일회성적이고 아주 고유한, 어떤 경우든 중요하고 주목할 만한 존재이며, 세계의 제반 현상들이 단 한 번 교차하는, 즉 두 번 다시 반복되지 않는 교차점이다. 때문에 모든 인간의 이야기는 중요하고 영원하며 신적이다. 때문에 모든 인간은 살아 있는 한, 그래서 자연의 의지를 충족시키는 한 경이로운 존재로서 주목할 만한 가치가 있다. 모든 인간 속에는 정신이 형상화되고, 모든 인간 속에서는 피조물이 고통당하고, 모든 인간 속에서는 구세주가 십자가에 못 박혀 죽는다.

오늘날 인간이 어떤 존재인지 아는 사람은 별로 많지 않다. 많은 사람들은 인간이 어떤 존재인지 느끼기는 한다. 그런 사람들은 그렇지 못한 사람들보다 편안하게 생을 마감한다. 내가 이 이야기를 다 쓴 다음에 보다 편안하게 죽을 수 있는 것처럼 말이다.

나는 내 자신을 감히 학식이 풍부한 사람이라고 부를 수 없다. 나는 구하는 자였고, 지금도 그렇다. 하지만 더 이상 별이나 책 속에서 구하지는 않는다. 나는 내 피가 내 속에서 용솟음치며 가르치는 소리를 듣기 시작한다. 내 이야기는 유쾌하지 않다. 내 이야기는 꾸며 낸 이야기처럼 달콤하지도 조화롭지도 않다. 내 이야기는 자신을 더 이상 기만하려 하지 않는 모든 사람들의 삶처럼 바보스럽고 혼란스러우며, 광기를 띠고 꿈처럼 몽롱하다.

모든 사람의 삶은 자기 자신을 향한 여정이며, 자기 자신을 실험하는 길이고, 넌지시 오솔길을 가리킨다. 어떤 사람도 완전히 자기 자신인 적은 없었다. 그럼에도 불구하고 누구나 그렇게 되려고 노력한다. 어떤 사람은 답답하게, 어떤 사람은 보다 수월하게, 자기 능력껏 노력한다. 모든 사람은 자기 출생의 잉여물, 즉 태고 세계의 분비물과 껍질을 죽을 때까지 가지고 간다. 많은 사람들은 결코 인간이 되지 못한 채 개구리나 도마뱀, 개미의 단계에 머물고 만다. 상반신은 인간인데 하반신은 물고기인 사람들도 많다. 그러나 모든 사람은 자연이 인간을 향해 던진 존재다. 모든 사람은 동일한 모태, 어머니의 자궁에서 태어난다. 그러나 모든 사람은 심연으로부터 나와 각기 나름대로 실험을 거듭하며 자신의 목표를 향해 정진한다. 우리는 서로를 이해할 수 있다. 하지만 자기 자신을 해석할 수 있는 사람은 자신뿐이다.

제1장

두 개의 세계

내 이야기는 내가 열 살이 되어 우리 소도시의 라틴어 학교에 다닐 때 경험한 이야기로부터 시작된다.

그곳을 떠올리면 갖가지 냄새가 풍겨 오고, 고통과 아늑한 전율이 내 심장을 휘젓는다. 어두운 골목, 밝은 집들과 탑들, 시계 종소리 그리고 온갖 사람의 얼굴들, 무서운 귀신이라도 나올 법한 신비롭고 음산한 방들이 생각난다. 그런가 하면 포근한 구석방과 벽난로 냄새 그리고 하녀들 냄새, 상비약과 말린 과일 냄새가 풍겨 오기도 한다. 그곳에는 두 개의 세계가 뒤섞여 있었다. 두 대척점에서 낮과 밤이 왔다.

한쪽 세계는 아버지의 집이었는데, 그 세계는 매우 협소하고 엄밀히 말하면 우리 아버지와 어머니만의 생활공간이었다. 이 세계는 대체로 나에게 익숙했고, 어머니와 아버지를 의미했으며 사랑과 엄격함, 모범과 교육을 의미했다. 이 세계에는 온화한 광채와 분별 그리고 청결이 깃들어 있었고, 부드럽고 다정한 이야기와 깨끗이 씻은 손과 깨끗이 빤

옷들 그리고 정중한 예의범절이 자리 잡고 있었다. 이곳에서 아침 찬송이 울렸고, 이곳에서 크리스마스 축제가 열렸다. 이 세계에는 미래로 향해 곧게 뻗은 길들이 있었고, 의무와 죄, 양심의 가책 그리고 고해성사, 용서와 선의지, 사랑과 존경, 성서의 말씀 그리고 지혜가 있었다. 우리는 이 세계를 잘 유지해야 했다. 그래야 삶이 맑고 깨끗하고 아름답게 정리되니까.

한편 다른 세계는 우리 집 한가운데서 이미 시작됐다. 그 세계는 완전히 달랐다. 냄새도 달랐고, 언어도 약속도 그리고 요구도 전혀 달랐다. 이 두 번째 세계에는 하녀들이 있었고, 젊은 직공들, 귀신 이야기 그리고 추문(醜聞)이 있었다. 여기에는 터무니없고 유혹적이고 무섭고 수수께끼 같은 일들, 도살장과 감옥, 술주정꾼들, 말다툼하는 여자들, 새끼 낳는 암소들, 쓰러진 말들이 있었고, 도둑질과 살인, 자살에 관한 이야기들이 꼬리를 물었다. 아름답고 섬뜩하고 거칠고 무서운 이런 모든 것들이 사방에 널려 있었다. 이웃 골목과 이웃집에는 경찰관과 부랑자들이 북적거렸다. 술주정꾼은 자기 마누라를 패고, 저녁이면 젊은 처녀들이 공장에서 쏟아져 나오고, 노파들은 마술을 걸어 사람들을 병들게 만들고, 강도들은 숲 속에 은거하고, 방화범들은 경찰관에게 붙잡혔다. 도처에 이런 격렬한 두 번째 세계가 우글거리며 냄새를 풍겼다. 도처가 그러했는데, 어머니와 아버지가 사는 우리 집만은 예외였다. 그래서 참 좋았다. 신기하게도 여기 우리 집엔 자유와 질서 그리고 휴식이 있었고, 의무와 선한 마음, 용서와 사랑이 있었다. 신기하게도 모든 것이 달랐다. 소란과 소요, 어둠과 폭력이 있기도 했지만, 그럴 때마다 한걸음에 어머니에게로 달려가면 이런 것들을 피할 수 있었다.

정말 신기했던 건 이 두 세계가 서로 맞붙어 있었다는 것이다. 밀착이란 바로 이런 경우를 두고 하는 말이 아니겠는가! 예를 들어, 우리 집 하녀 린다가 저녁기도 시간이면 깨끗이 씻은 두 손을 행주치마 위에 살포시 올려놓고 거실 문 옆에 앉아 낭랑한 음성으로 찬송가를 함께 부르는데, 이럴 때면 그녀는 완전히 우리 아버지와 어머니의 세계, 그러니까 우리의 세계, 밝고 올바른 세계에 속했다. 그러다가도 그녀가 부엌이나 곳간에서 그리고 나에게 얼굴 없는 난쟁이들에 관한 이야기를 들려주거나 동네 푸줏간에서 이웃 여자들과 싸움질을 할 때면, 완전히 달라져 다른 세계 사람이 되곤 했다. 그런 그녀는 비밀에 둘러싸인 존재였다. 다른 사람들에게도 그랬지만 특히 나에게는 더욱 그런 생각이 들었다. 물론 나는 밝고 올바른 세계에 속했다. 나는 내 양친의 자식이었으니까. 하지만 내 시선이 가 닿는 곳, 그곳은 온통 달랐다. 나 역시 다른 세계에 살기도 했다. 비록 그 세계가 나에게 낯설고 섬뜩했음에도 불구하고, 그곳에서는 매번 양심의 가책을 느끼고 마음이 불안했음에도 불구하고 말이다. 때로 나는 금지된 세계에서 사는 것이 아주 즐거웠다. 종종 나는 밝은 세계로 돌아가는 게—이 세계가 필요하고 좋다고는 하지만—덜 아름답고 지루하고 황량한 곳으로 돌아가는 것 같았다. 때로 나는 내 인생의 목표는 나의 아버지와 어머니처럼 되는 것이라고 생각했다. 그렇게 밝고 깨끗하고 월등하고 정돈된 삶 말이다. 하지만 그렇게 되기까지는 길이 멀었다. 초중

등학교라는 곳을 거쳐야 하고, 대학에 다녀야 하고, 각종 시험을 치러야 했다. 그리고 그 길은 항상 다른 세계, 즉 어두운 세계를 지나가거나 뚫고 가야 했다. 그래서 그 어두운 세계에 머무르다가 현혹되어 거기서 헤어나지 못하는 경우도 없지 않았다. 그런 길을 걸은 탕아의 이야기가 있었다. 나는 그 이야기를 열심히 읽었다. 그 이야기에서는 아버지와 선의 세계로 돌아가는 것이 언제나 구원받는 일이며, 훌륭한 일이었다. 나는 그것이 분명 옳고 선하며, 바람직한 일이라고 생각했지만, 그럼에도 불구하고 나는 이 이야기 중에서 나쁜 사람들과 타락한 사람들에 관한 대목이 훨씬 더 마음에 들었고—이런 고백을 해도 될지 모르겠지만—탕아가 회개하고 다시 구원받는다는 게 이따금 유감스럽게 생각됐다. 하지만 사람들은 이런 생각을 입에 담지도 생각하지도 않았다. 이런 생각은 사람들의 마음속 깊은 곳 어딘가에 예감과 가능성으로만 존재했다. 악마를 떠올릴 때마다 나는 악마가—변장을 했건 아니건 간에—저 아래 저잣거리나 술집에 있다는 생각은 했어도, 우리 집에는 절대 있을 수 없다고 생각했다.

내 누나들도 모두 밝은 세계에 속했다. 종종 드는 생각이었지만, 그들은 근본적으로 아버지와 어머니 쪽에 더 가까웠고, 나보다는 더 착하고 예의 바르고 결점이 없었다. 그들도 단점이 있고 버릇없는 행동을 할 때가 있기는 했지만, 어두운 세계에 훨씬 더 가깝고, 악과 거래함으로써 가슴이 무겁고 고통스러워진 나와는 질적으로 다르다고 생각했다. 누나들은 부모님과 마찬가지로 매사에 조심하고 주의했다. 그들과 싸움을 했을 경우 나는 나중에 양심에 찔려 항상 내가 나쁜 쪽, 용서를 빌어야 하는 장본인이 되곤 했다. 그도 그럴 것이 누나들의 감정을 상하게 하는 건 곧 선량하고 위엄 있는 부모님의 감정을 상하게 하는 거나 다름없었기 때문이다. 나는 누나들보다는 차라리 버림받은 거리의 아이들과 공유할 수 있는 비밀이 있었다. 날씨가 좋은 날이면 그리고 양심에 거리낄 것이 없는 날이면, 누나들과 노는 것이 종종 즐거울 때가 있었다. 그들과 착하고 얌전하게 지내노라면 점잖아지고 고귀해진 나 자신을 보는 것 같았다. 천사라면 마땅히 그렇게 되어야겠지! 그게 우리가 알고 있는 가장 높은 경지였다. 그래서 우리는 그 경지, 천사가 된 경지를 달콤하고 경이롭다고 생각했다. 행복이 가득한 크리스마스이브처럼 청아한 울림과 향기가 감도는 그런 경지 말이다. 그런데 아, 그런 시간과 날들은 얼마나 드물었던가! 누나들과 함께 착하고 악의 없는 허락된 놀이를 하다가도, 그들이 참지 못할 정도로 내가 흥분해서 성질을 부리는 바람에 종종 싸움과 불행한 일이 벌어지곤 했다. 화가 나면 나는 무서운 아이가 되어 막말과 몹쓸 짓을 했다. 속으로는 그런 언행이 아주 나쁜 짓이라는 걸 뼈저리게 느끼면서도 말이다. 그러고 나면 후회와 죄의식이 걷잡을 수 없이 밀려드는 어두운 시간이 왔고, 그러고 나면 용서를 비는 고통스러운 순간이 왔다. 그러고 나면 다시 밝은 빛, 갈등이 없는 조용하고 고맙고 행복한 시간과 순간이 왔다.

　나는 라틴어 학교에 다녔다. 우리 반에는 시장과 산림 감독관의 아들들이 있었다. 와일드하지만 인정받은 선량한 세계에 속한 그들이 이따금 나에게 왔다. 그렇지만 나는 우리가 평소 경멸했던 동네 아이들, 초등학교에 다니는 사내아이들과 더 친하게 지냈다. 그들 중 한 명과 더불어 내 이야기를 시작해야겠다.

방과 후 어느 날 오후에 나는 이웃 사내아이 두 명과 함께 거리를 배회하고 있었다. 그 당시 내 나이는 열 살이 채 안 됐다. 그때 덩치가 큰 초등학생 한 명이 우리에게 다가왔다. 그 애는 열세 살쯤 먹은 힘이 세고 성격이 거친 아이였는데, 재단사의 아들이었다. 그 애 아버지는 술주정뱅이였으며, 온 가족의 평판이 좋지 않았다. 나는 프란츠 크로머를 잘 알고 있었다. 나는 그 애가 무서웠다. 그래서 그 애가 우리와 마주치는 게 싫었다. 그 애는 벌써 어른 행세를 했고, 젊은 직공들의 걸음걸이와 말씨를 흉내 냈다. 그 애가 시키는 대로 우리는 다리 옆 강가로 내려가서 사람들 눈에 띄지 않게 다리의 교각 첫 번째 아치 밑에 숨었다. 아치형 다리 벽과 완만하게 흐르는 강물 사이에는 유리 조각과 넝마, 녹슨 철사 뭉치와 잡동사니 같은 쓰레기들이 잔뜩 널려 있었다. 거기에서 우리는 더러 쓸 만한 물건들을 찾아냈다. 프란츠 크로머의 지시에 따라 이 구간을 샅샅이 뒤져서 우리가 뭔가 찾아내면 그 애에게 보여 줘야 했다. 그러면 그 애는 그걸 자기가 갖거나 강물에 던져 버렸다. 그 애는 쓰레기들 중에 납이나 놋쇠 혹은 주석 같은 물건들이 있는지 잘 살펴보라고 했다. 그렇게 해서 우리가 찾아낸 것들은 몽땅 자기가 챙겼다. 심지어 뿔로 된 낡은 빗마저 자기 손에 넣었다. 나는 그 애와 함께 있으면 불안했다. 아버지가 그런 애와 어울리는 걸 알면 호통을 칠 게 뻔하기 때문이 아니라 프란츠라는 애 자체가 무서웠기 때문이다. 하지만 다른 한편으로 나는 그 애가 나를 받아 주고, 다른 애들처럼 대해 주는 게 기분 좋기도 했다. 그 애가 명령을 내리면 우리는 따랐다. 나는 그 애와 처음 어울렸지만 그렇게 하는 게 오래된 습관처럼 생각됐다.

마침내 우리는 뭍으로 나왔다. 프란츠가 강물에다 침을 뱉었는데 그런 그의 모습은 어른 같아 보였다. 그 애는 이빨 사이로 침을 뱉어 자기가 원하는 곳에 정확하게 맞혔다. 이야기가 시작되고, 아이들은 온갖 허풍을 떨어 가며 무용담과 자기들이 저지른 나쁜 짓을 자랑해 댔다. 나는 아무 말도 하지 않았다. 하지만 내 침묵을 크로머가 눈치채면 그 애가 나에게 버럭 화를 낼까 봐 두려웠다. 내 두 동무는 처음부터 나와는 거리를 두었고, 그 애와는 친하게 지냈다. 나는 그들에게 낯선 아이였다. 나는 내 옷과 내 행동거지가 그들에게는 껄끄러웠으리라는 걸 알고 있었다. 양갓집 아들인데다 라틴어 학교에 다니는 나를 프란츠가 좋아할 리 없었다. 그리고 다른 두 아이도 여차하면 나를 배반하고 곤경에 빠트릴 거란 걸 나는 잘 알고 있었다.

불안에 떨던 나도 마침내 이야기를 하기 시작했다. 나를 주인공으로 내세운 용감한 도둑 이야기를 꾸며 냈다. 길모퉁이 방앗간 옆에 있는 과수원에서 친구 한 명과 사과를 훔쳤는데, 보통 사과가 아닌 최고 품종의 사과만 골라서 자루에다 가득 담았다고 했다. 위기의 순간을 벗어나기 위해 나는 이 이야기 속으로 도피했던 것이다. 이야기를 꾸며 내고, 꾸며 낸 이야기를 늘어놓는 것이 내게는 어렵지 않았다. 이야기가 너무 짧아서 곤란해질까 봐 나는 내 재주를 한껏 발휘했다. 내 이야기는 계속됐다. 우리 중 하나가 망을 보고 있는 동안 다른 한 명이 사과나무로 가서 사과를 땄다고 했다. 그런데 자루가 너무 무거워 다시 반쯤 덜어 냈다가, 반시간

정도 지난 후에 다시 돌아가 나머지를 가져왔다고 했다.

이야기를 끝낸 나는 몇 차례 박수가 나오기를 기대했다. 지어낸 이야기에 나 스스로가 도취되어 흥분해 있었던 것이다. 두 아이가 입을 꾹 다문 채 프란츠 크로머의 반응을 기다리고 있는데, 크로머가 실눈을 뜨고 나를 뚫어지게 바라보더니 위협적이 어조로 물었다.

"그거 정말이니?"

"물론이지."

내가 대답했다.

"틀림없이 그랬단 말이지?"

"그래, 틀림없다니까."

내심 불안해서 숨이 막힐 지경이었지만, 나는 이렇게 건방을 떨며 말했다.

"너 맹세할 수 있어?"

이 말에 놀랐지만, 나는 얼른 '맹세하고 말고', 하고 대답했다.

"그럼, 하느님과 영원한 행복의 이름으로, 라고 말해 봐!"

"하느님과 영원한 행복의 이름으로."

내가 말했다.

"그렇단 말이지."

이렇게 말하고 나더니 그가 돌아섰다.

나는 그것으로 일이 잘 풀린 줄 알았다. 그 애가 곧장 자리에서 일어나 집으로 갈 채비를 하자 나는 기뻤다. 다리 위에 왔을 때 나는 이제 집에 가야겠다고 주저주저 입을 열었다.

"그렇게 서두를 거 없어. 우린 같은 방향 아니니."

프란츠가 웃었다.

그 애는 느릿느릿 어슬렁거리며 걸었다. 나는 뺑소니칠 엄두를 내지 못했다. 그런데 그 애는 정말 우리 집 쪽을 향해 걷고 있었다. 우리 집에 다 왔을 때, 나는 우리 집 대문과 육중한 놋쇠 손잡이와 창문에 비친 해 그리고 우리 어머니의 방 안 커튼을 바라보며 깊은 안도의 한숨을 내쉬었다. 아, 드디어 집에 왔구나! 아, 집에, 밝은 세계로, 평화의 세계로 돌아왔으니 얼마나 다행인가!

내가 문을 열고 재빨리 안으로 들어가 문을 닫으려고 하자, 프란츠 크로머가 잽싸게 내 뒤를 좇아 들어왔다. 타일이 깔린 서늘하고 어두운 복도에는 마당의 햇빛만 희미하게 반사되고 있었다. 그 애는 내 옆으로 다가오더니 내 팔을 잡고 나직하게 말했다.

"야, 그렇게 서두르지 마!"

나는 깜짝 놀라 그 애를 쳐다봤다. 내 팔을 움켜쥔 그 애의 손아귀가 쇠처럼 단단했다. 나는 그 애가 무슨 꿍꿍이속인지, 혹시 나를 해코지하려는 건 아닌지 생각해 보았다. 지금 내가 소리를 지른다면, 크고 격렬하게 소리를 지른다면, 아마도 누군가 집 안에서 나오겠지? 하고 생각했다. 하지만 그렇게 하지 않았다.

"왜 그래? 원하는 게 뭐야?"

내가 물었다.

"별거 아니야. 너한테 뭐 좀 물어볼 게 있어서 그래. 다른 애들은 들을 필요가 없는 얘기야."

"그래? 무슨 얘길 또 듣고 싶다는 거야? 나 그만 들어가 봐야 한다니까."

"너도 알고 있잖아. 방앗간 옆 그 과수원이 누구네 건지 말이야?"

프란츠가 나직하게 말했다.

"아니, 모르겠는걸. 방앗간 주인 거겠지, 뭐."

프란츠가 한 팔로 나를 감싸 안아 자기 쪽으로 바짝 잡아당겼기 때문에, 나는 어쩔 수 없이 그의 얼굴을 코앞에서 마주 보게 되었다. 그의 눈은 악의에 차 있었다. 그는 불쾌한 미소를 지었다. 그의 얼굴은 섬뜩하고 위압적이었다.

"그래, 꼬마야, 그 과수원이 누구네 건지 말해 줄게. 난 사과가 도둑맞고 있다는 걸 진작 알고 있었어. 누가 사과를 훔쳐 가는지 알려 주기만 하면 누구나 2마르크씩 준다고 과수원 주인이 말한 것도 난 알고 있단 말이야."

"아, 하느님!"

내가 소리쳤다.

"하지만 그 사람한테 아무 말 하지 않을 거지?"

그 애의 명예심에 호소해 봐야 소용없을 것이라는 생각이 들었다. 그 아이는 다른 세계의 사람이었다. 그 아이에게 배신 따위는 대수로운 짓이 아니었다. 나는 그걸 확실히 알고 있었다. 이런 경우 '다른 세계' 사람들은 우리와 같지 않았기 때문이다.

"아무 말 하지 말라고?"

크로머가 웃었다.

"사랑하는 친구야, 넌 내가 2마르크짜리 동전을 만들 수 있는 화폐 위조범이라도 되는 줄 아니? 난 가난뱅이야. 너처럼 부잣집 아들이 아니란 말이야. 2마르크를 손에 넣으려면 내가 그걸 직접 벌어야 해. 어쩜 그 사람이 2마르크보다 더 줄는지도 모르지."

그 애는 나를 감싸 안았던 팔을 갑자기 풀었다. 우리 집 복도는 더 이상 평화와 안전지대가 아니었다. 내 주위의 세상이 무너져 내리고 있었다. 그 애는 나를 고발할 것이다. 그러면 나는 범죄자가 될 테고, 그 사실이 아버지에게 알려지고, 어쩌면 경찰관이 나를 붙잡으러 올는지도 모를 일이다. 온통 혼란스럽고 무서웠다. 혐오스럽고 위험한 상황이 나를 옥죄어 오고 있었다. 이 상황에서 내가 도둑질하지 않았다는 건 전혀 중요하지 않았다. 게다가 나는 맹세까지 하지 않았던가! 오 하느님, 하느님!

눈물이 났다. 나는 몸값을 치러야겠다고 생각했다. 자포자기 심정으로 내 주머니를 다 뒤져 보았다. 사과도 주머니칼도 아무것도 없었다. 그때 시계 생각이 났다. 낡은 은시계인데, 더 이상 가지는 않지만, 나는 그걸 그냥 지니고 다녔다. 그 시계는 할머니로부터 물려받은 것이었다. 나는 얼른 시계를 꺼냈다.

"크로머 형, 이르지 마. 그러지 말라고. 내가 형한테 내 시계 줄게. 이거 봐. 이거밖에 줄 게 없어. 이거 형 가져. 은시계인데, 좋은 제품이야. 고장이 좀 났지만 고치면 돼."

그 애는 미소를 지으며 큼직한 손으로 시계를 받았다. 그 손을 보면서 나는 그 손이 나에게 얼마나 야비하고 못된 짓을 할지, 내 인생과 평화를 얼마나 옥죌지 생각해 보았다.

"그거 은으로 만든 거야……."

나는 움츠리며 말했다.

"이딴 거 필요 없어. 이런 낡아 빠진 시계 다시 가져가. 너나 고쳐 써!"

그 애가 경멸에 가득한 어조로 말했다.

"잠깐만, 프란츠 형."

나는 겁에 질려 떨리는 음성으로 외쳤다. 그 애가 가려고 했기 때문이다.

"잠깐 기다려! 이 시계 가지라고! 이거 정말 은으로 만든 거야. 진짜 정말이야. 그거 말고는 가진 게 없어."

그 애는 차가운 시선으로 경멸에 차서 나를 바라봤다.

"너 내가 누구한테 가는지 알지? 경찰서에 갈 수도 있어. 거기 경찰관도 난 잘 알고 있단 말이야."

그 애가 가려고 돌아섰다. 나는 그 애의 팔을 잡아당겼다. 그 애가 가게 내버려 둘 순 없었다. 그 애가 그렇게 가버리면 어떤 일이 일어날지, 그런 일을 당하느니 차라리 죽는 게 더 나을 것 같았다.

"프란츠 형",

하고 나는 흥분해서 목멘 소리로 애원했다.

"바보 같은 짓 하지 마! 설마 농담이겠지?"

"물론 농담이야. 하지만 너는 이 농담에 대한 대가로 비싼 값을 치르게 될 거야."

"말해 봐, 프란츠 형. 내가 어떻게 하면 좋겠어? 형이 하라는 대로 다 할게!"

그 애가 실눈을 뜨고 나를 훑어보더니 다시 웃음을 터뜨렸다.

"바보 같은 짓 하지 말아야지!"

내가 말했다.

"너도 나만큼 잘 알겠지. 난 2마르크를 벌 수 있어. 난 그 돈을 포기할 만큼 부자가 아니라는 거 너도 잘 알 거야. 하지만 넌 부자야. 시계까지 가지고 있잖아. 나한테 2마르크만 주면 돼. 그럼 모든 게 끝난다고."

크로머가 친절을 가장하며 말했다.

당연한 말이었다. 하지만 2마르크라니! 그런 돈은 나에게 너무 큰 금액이었다. 10마르크, 100마르크, 1,000마르크만큼이나 마련하기 힘든 액수였다. 나는 돈이 한 푼도 없었다. 저금통은 있었는데, 그건 어머니가 관리했다. 저금통에는 삼촌이나 그밖에 누가 우리 집에 올 때 받은 10페니히 내지 5페니히 몇 개가 들어 있었다. 그것 말고는 나에게 돈이 한 푼도 없었다. 아직 용돈을 받을 나이가 아니었기 때문이다.

"난 한 푼도 없어. 난 땡전 한 푼도 없다고. 하지만 돈 말고 다른 건 얼마든지 줄게. 인디안 이야기책, 장난감 병정 그리고 나침반 같은 거 있어. 그거 갖다 줄게."

내가 애처롭게 말했다.

크로머는 유들유들하고 악의에 찬 입을 비죽거리며 땅바닥에다 침을 뱉었다.

"잡소리 하지 마!"

그 애가 명령조로 말했다.

"그런 고물 잡동사니는 너나 가져. 나침반이라고? 내 성질 건드리지 마라. 알아들어? 돈이나 내놔!"

"한 푼도 없다니까. 난 아직 용돈을 타지 못해. 그러니 어쩔 수 없잖아!"

"그럼 내일 2마르크 가져와. 방과 후에 저 아래 시장에서 기다릴게. 얘기 끝났다. 돈 가져오지 않으면 어떻게 될지 두고 봐!"

"그래, 하지만 어디서 돈을 가져오란 말이야? 제기랄, 돈이 한 푼도 없는데……."

"그건 내가 알 바 아니야. 너네 집에 돈 많잖아. 내일 방과 후야. 다시 말해 두지만, 만약 돈 안 가져오면……."

그 애는 나를 무섭게 째려보더니, 다시 한번 침을 뱉고 나서 그림자처럼 사라졌다.

나는 집으로 들어갈 수 없었다. 내 인생이 끝장난 것이었다. 도망갈까, 그리고 다시는 돌아오지 말까, 아니면 물에 빠져 죽을까. 나는 궁리에 궁리를 거듭했다. 하지만 이건 일단 한번 막연하게 생각해 본 것들이었다. 나는 집으로 올라가는 어두운 계단에 앉았다. 잔뜩 쪼그리고 앉아, 불행을 눈앞에 둔 내 신세를 한탄하고 있는데, 리나가 장작을 가지러 바구니를 들고 내려오다가 울고 있는 나를 발견했다.

나는 집에다는 아무 말도 하지 말아 달라고 그녀에게 부탁하고 계단을 올라갔다. 유리문 옆 옷걸이에 아버지의 모자와 어머니의 양산이 걸려 있었다. 이것들을 보니 사랑이 깃든 우리 집 분위기가 흠씬 느껴졌다. 나는 이것들에게 하소연하고, 감사한 마음을 전하고 싶었다. 돌아온 탕아가 옛 고향 집을 보고, 그 냄새에 도취된 것처럼. 그러나 그 모든 것이 이제는 더 이상 나와는 거리가 멀 뿐, 단지 아버지와 어머니가 사는 밝은 세계에 속한 것들이었다. 나는 이제 죄 많은 아이로 낯선 물결에 깊게 잠겨 흘러가고 있었다. 모험과 악행에 연루되고, 적으로부터 위협당하고, 위험과 불안, 치욕이 기다릴 뿐이었다. 모자와 양산, 질 좋은 사암석 바닥, 복도의 장 위에 걸린 커다란 그림, 그리고 거실로부터 들려오는 내 누나의 음성, 이 모든 것들이 그 어느 때보다도 사랑스럽고 다정하고 소중하게 생각됐지만, 이제는 그것들이 더 이상 위로와 안전을 보장하지 못한 채 오히려 질책으로만 여겨졌다. 이 모든 것들이 이제는 더 이상 나와는 상관없어졌다. 나는 그것들의 유쾌함과 고요함에 참여할 수 없게 된 것이다. 나는 발에 더러운 흙을 묻혀 왔고, 그 흙을 깔개에 닦을 수 없었다. 나는 우리 식구들이 모르는 어둠을 몰고 온 것이다. 내게는 이미 많은 비밀과 걱정이 있었지만, 그것들은 오늘 내가 집으로 가져온 것에 비하면 한갓 장난과 농담에 지나지 않았다. 운명이 나를 노리고, 나를 붙잡으려고 두 손을 뻗치고 있었다. 이 운명의 손길로부터 어머니도 나를 보호해 줄 수 없었을 뿐만 아니라 그 손길에 대해 어머니가 알아서도 안 되었다. 내가 저지른 짓이 도둑질이건 거짓말이건(내가 하느님과 영원한 행복의 이름으로 거짓 맹세를 하지 않았던가.) —그런 것은 문제가 되지 않았다. 내 죄는 이것이냐 저것이냐의 문제가 아니었다. 내 죄는 내가 악마와 손을 잡았다는 데 있다. 왜 내가 그런 짓에 끼어들었을까? 왜 내가 크로머에게 순종했을까? 아버지에게 순종하는 것이 더 낫지 않았을까? 왜 내가 저 도둑질 이야기를 둘러댔을까? 용맹스런 행위라도 되는 줄 알고 그런 거짓말로 우쭐댄 거겠지? 이제 악마가 내 손을 잡았다. 이제 적이 내 뒤를 쫓고 있었다.

잠시 나는 내일에 대한 두려움보다는, 무엇보다도 나의 앞길이 갈수록 내리막길로 이어지고, 어둠의 세계로 내닫는 데 대한 두려움이 더 컸다. 나는 내 범행이 또 다른 범행을 낳게 되고, 내 누나들 앞에선 내 존재가, 부모님에게 드리는 내 인사와 키스가 위선이며, 내 속에 감추어진 운명과 비밀을 내가 지니고 살아야 한다는 것을 확실히 깨닫게 되었다.

그러나 아버지의 모자를 바라보는 순간 내 마음속에 기대와 희망이 부풀어 올랐다. 아버지에게 모든 걸 털어놓고 아버지의 심판과 벌을 감내하면, 아버지는 내 비밀을 아는 분이 되고, 내 구원자가 될 수 있을 것이다. 아버지에게 털어놓는 건 내가 지금껏 여러 차례 해 왔던 속죄와 별반 다르지 않을 것이다. 용서를 비는 시간은 어렵고 쓰라린 시간, 후회로 가득 찬 시간이 될 테지만 말이다.

이 얼마나 달콤한 일인가! 이 얼마나 아름다운 유혹인가! 그러나 하나도 소용없는 생각이었다. 나는 내가 고백을 못 할 것이라는 걸 알고 있었다. 나는 이제 비밀을 가지게 됐고, 나 혼자서 감당해야 할 죄를 졌다는 걸 알게 되었다. 어쩌면 나는 이제 막 기로에 서 있는지도 모르겠다. 어쩌면 이 순간부터 나는 영원히 나쁜 인간군에 속하고, 악한들과 비밀을 공유하고, 그들에게 예속되고, 그들과 한통속이 된 것이다. 나는 이제 사나이와 영웅놀이를 한 대가를 치러야 했다.

내가 집 안으로 들어서자 아버지는 젖은 내 신발을 찬찬히 바라보느라고 내가 더 나쁜 짓을 한 것을 눈치채지 못했다. 나는 아버지의 꾸중을 기꺼이 감수했고, 아버지가 젖은 신발에만 신경을 쓰는 바람에 내 비밀을 알아채지 못한 것이 다행스러웠다. 그때 문득 내 머릿속에 기발하고 참신한 생각이 번개처럼 스쳤다. 그것은 사악하고 가시 돋친 반항심이었다. 내가 아버지보다 한 수 위가 아닌가! 잠시 나는 아버지의 무신경을 어느 정도 깔봤다. 젖은 신발 때문에 아버지에게 야단맞은 건 별게 아니었다. '아버지가 내 비밀을 알 턱이 없지!' 이렇게 생각하며 나는 살인을 저지른 건 모르고, 빵을 훔친 것만 가지고 심문을 받는 범죄자가 된 기분이었다. 그건 혐오스럽고 추악한 감정이었으나, 강하게 내 마음을 파고들었고, 매우 매력적이기도 했다. 그것은 그 어떤 생각보다 더 강하게 나를 내 비밀과 내 죄에 연루시켰다. 아마도, 하고 나는 생각했다. 아마도 크로머는 지금쯤 벌써 경찰서로 가서 나를 고발했으리라. 폭풍우가 나에게로 몰려오고 있는데, 여기 집에서는 나를 어린애 취급을 하다니!

여기까지 이야기한 내 모든 사건들 중에서 이 순간이 가장 중요하고 오래 기억될 사건이었다. 이건 아버지의 존엄성에 금이 가는 첫 번째 사건이었으며, 내가 유년시절에 기댔던 기둥에 균열이 생기는 첫 번째 사건이었다. 인간은 누구나 자기 자신이 되기 위해서 이 기둥부터 먼저 파괴해야 한다. 아무도 겪어 보지 못한 이런 경험들로부터 우리 운명의 내적이고 본질적인 윤곽이 드러난다. 이런 금과 균열이라는 상처는 다시금 커지다가 아물지만, 아주 비밀스런 방에 살아남아서 계속 피를 흘린다.

이런 기분에 젖다가 곧 다시 두려움이 엄습해 왔다. 용서를 빌기 위해 아버지의 발에다 키스를 해야 할 것 같았다. 하지만 근본적인 것은 용서를 빌 수도 없다. 그건 어린아이도 현자(賢者) 못지않게 충분히 느끼고 잘 알 수 있다.

나는 내가 저지른 일에 대해 심사숙고하고, 내일에 대한 방책을 궁리해보았다. 하지만 마땅한 방책이 떠오르지 않았다. 나는 저녁 내내 오로지 거실의 달라진 공기에 적응하기 위해 전력을 다했다. 벽시계와 탁자, 성경, 거울, 서가 그리고 벽에 걸린 그림들이 나와 작별을 고하고 있었다. 나는 심장이 얼어붙는 가운데 내 세계가, 품위 있고 행복했던 내 삶이 과거지사가 되어 버린 채 나에게서 떨어져 나가는 것을 바라보고 있었다. 그리고 동시에 어둡고 낯선 바깥 세계에 빨려 들어가 새롭게 뿌리를 내린 채 결박되어 옴짝달싹 못 하는 나도 감지됐다. 처음으로 죽음도 맛보았다. 죽음의 맛은 쓰디썼다. 왜냐하면 죽음은 탄생이요, 두려운 신세계를 마주한 불안과 공포였기 때문이다.

마침내 잠자리에 들었을 때 나는 얼마나 기뻤던가! 저녁기도 시간은 내 머리 위로 떨어지는 마지막 정죄의 불길이었다. 우리는 노래를 불렀다. 그 노래는 내가 가장 좋아하는 노래였지만 나는 함께 부르지 않았다.

매 음절마다 내게는 쓸개즙 같았고, 독 같았다. 아버지가 축복의 기도를 할 때 나는 기도하지 않았고, 아버지가 '우리와 함께 하소서!' 할 때도 기도하지 않았다. 그때 경련(痙攣)이 가족들로부터 나를 낚아채 갔다. 하느님의 은총은 그들에게만 내려지고, 나에게는 더 이상 내려지지 않았다. 오한이 오고 심신이 지친 가운데 나는 그 자리를 떠났다.

침대에 누워 포근하고 편안한 느낌이 잠시 다정하게 나를 감쌌으나 내 마음은 다시금 불안해졌고, 지난 일에 대한 걱정이 날갯짓해 왔다. 어머니가 항상 그랬던 것처럼 나에게 잘 자라고 인사해 주고 나갔다. 어머니의 발걸음 소리가 아직 방 안에 들려왔고, 촛불 빛이 아직 문틈으로 새어 들어왔다. 이제, 하고 나는 생각했다. 이제 어머니가 다시 내 방으로 돌아온다. 어머니는 낌새를 채고 나에게 키스를 해 주고, 다정하게, 내가 희망을 가질 수 있게 묻는다. 그러면 나는 울 수 있고, 그러면 목에 걸려 있던 가시가 빠져나가고, 그러면 나는 어머니를 껴안고 사실을 털어놓는다. 그러면 만사가 해결되고 구원이 이루어지겠지! 문틈이 어두워질 깨까지 나는 한참 동안 귀를 기울이며 생각했다. 그렇게 돼야 해. 그런 일이 일어나야 한다고.

그리고 나서 나는 다시 그 일로 돌아가 내 원수의 눈을 바라봤다. 그 애가 한쪽 눈을 지그시 감고, 입에는 야비한 웃음을 담고 있는 것이 선명하게 보였다. 그 애를 바라보는 동안 그리고 불가피한 운명을 되새김질하는 동안 그 애는 점점 더 커지며 혐오스러워졌다. 그 애의 악의에 찬 눈이 악마의 눈처럼 번득였다. 그 애는 내가 잠이 들 때까지 내 곁에 바짝 붙어 있었다. 그러나 나는 그 애에 관한 꿈, 오늘 일어났던 일에 관한 꿈은 꾸지 않았다. 나는 우리가, 어머니 아버지와 누나들 그리고 내가 보트를 타는 꿈을 꿨다. 휴일의 평화와 광채가 우리를 에워싸고 있었다. 한밤중에 잠에서 깬 나는 아직 행복의 여운을 느끼며, 누나들의 하얀 여름옷이 햇빛에 반짝이는 걸 보았다. 그러다 다시 낙원으로부터 어제의 일로 되돌아가 악의에 찬 눈을 지닌 원수와 마주쳤다.

아침에 어머니가 종종걸음으로 와서, 늦었는데 왜 아직 일어나지 않느냐고 소리쳤다. 불편한 내 모습을 보고 어머니가 어디 아프냐고 물었을 때 나는 구토를 했다.

그 때문에 얻은 게 좀 있는 것 같았다. 나는 몸이 약간 불편한 걸 아주 좋아했다. 그럴 때면 카밀레차를 마시며 아침 내내 누워 있을 수 있기 때문이었다. 어머니가 옆방에서 청소하는 소리, 리나가 바깥 복도에서 정육점 주인을 맞이하는 소리를 듣는 것이 좋았다. 수업을 빼먹은 오전은 매혹적이고 동화 속 세계와 같았다. 방 안으로 비쳐 드는 햇살은 교실에서 초록 커튼을 통해 들어오는 햇살과는 영판 달랐다. 하지만 오늘은 그런 재미가 없었고, 불협화음만 들려왔다.

맞아, 내가 죽는다면! 하지만 나는 이미 자주 그랬던 것처럼 몸이 약간 불편했을 뿐이다. 이 정도로는 아무런 해결책도 찾을 수 없었다. 몸이 불편한 덕분에 학교는 빠질 수 있었지만, 그게 열한 시에 시장에서 기다릴 크로머로부터 나를 구해 줄 수는 없었다. 어머니의 친절도 이번에는 위로가 되지 못했을 뿐, 부담과 고통만 안겨 줬다. 나는 다시 자는 체하면서 곰곰이 생각해 보았으나 묘안이 전혀 떠오르지 않았다. 열한 시에는 시장으로 가야만 했다. 때문에 나는 열 시에 살며시 일어나 다시 컨디션이 좋아졌다고 말했다. 이런 경우엔 보통 다시 침대로 가거나 아니면 오후에 학교에 가게 돼 있었다. 나는 학교에 가겠다고 말했다. 계획을 짜 낸 것이 한 가지 있었기 때문이다.

돈 없이 크로머에게 갈 수는 없었다. 나는 내 저금통을 꺼내 와야겠다고 생각했다. 저금통 안에 충분한 돈이 들어 있지 않다는 건 알고 있었지만 그거라도 조금은 도움이 될 것 같았다. 빈손으로 가는 것보다는 그거라도 들고 가면 적어도 크로머를 달랠 수는 있지 않을까 해서였다.

나는 어머니의 방으로 살금살금 들어가서 어머니의 책상에서 저금통을 꺼내 왔다. 기분이 착잡했다. 어제만큼 언짢지는 않았지만 심장이 어떻게나 뛰는지 속이 메슥거릴 정도였다. 아래로 내려가 계단실에서 저금통이 잠겨 있는 걸 보는 순간 심장이 다시 쿵쾅거렸다. 하지만 그걸 여는 것은 어렵지 않았다. 격자 모양의 양철이었기 때문에 뜯어내기가 쉬웠다. 하지만 저금통을 부수는 건 여간 고통스럽지 않았다. 그건 도둑질이었기 때문이다. 지금까지 나는 고작 사탕이나 과일 정도 훔쳐 먹었을 뿐이다. 저금통은 비록 내 것이었지만 도둑질은 도둑질이었다. 나는 다시 내가 크로머에게, 그 애의 세계로 한 발짝 더 다가간 것 같은 기분이 들었다. 지체 없이 내리막길로 내닫는 기분이었다. 그런 나를 제지하려고 나는 안간힘을 썼다. 악마가 날 데려갈 테면 가라지. 이젠 발길을 되돌릴 수가 없지 않은가. 나는 두려운 마음으로 돈을 세어 봤다. 저금통 속에 있을 땐 꽤 요란한 소리가 들렸는데, 막상 손에 쥐고 보니 보잘것없는 액수였다. 65페니히밖에 안 됐다. 저금통을 복도 마루 아래에 숨겨 두고, 돈을 손에 움켜쥔 채 집을 나왔다. 대문을 나오는 기분이 이전과는 달랐다. 위에서 누군가 나를 부르는 소리가 들리는 것 같았지만 나는 잽싸게 내달았다.

시간이 아직 많이 남아 있었다. 나는 이전과는 달라진 시내의 골목길로 우회해서 무거운 발걸음을 옮겼다. 구름들도 전과는 전혀 달라 보였다. 집들이 나를 바라보는 것 같았고, 지나가는 사람들이 나를 의심의 눈초리고 바라보는 것 같았다. 그때 문득 가축 시장에서 1탈러를 주웠다던 내 반 친구 생각이 났다. 하느님이 기적을 일으켜 나에게도 그런 행운을 안겨 달라고 기도라도 하고 싶었다. 하지만 나는 그런 기도를 할 자격이 없었다. 설사 그렇게 된다고 하더라도 부서진 저금통이 원상 복구될 리는 없었다.

프란츠 크로머는 멀리서 나를 보더니 아주 느린 걸음으로 나를 향해 왔다. 나에게 다가온 그는 자기를 따르라는 명령조의 눈짓을 하고, 뒤도 한번 돌아보지 않은 채 말없이 걸었다. 밀집골목을 내려가 좁다란 다리를 건너 집들이 끝나는 지점을 지나 신축 중인 건물 앞에서 마침내 그가 멈춰 섰다. 그날은 쉬는 날인지 인부들이 없었다. 장식 없는 공사장 담벼락에는 문과 창문도 달려 있지 않았다. 크로머는 나를 향해 돌아서더니 건물 안으로 들어갔다. 나도 그를 따라 들어갔다. 그 애는 담벼락 뒤로 가서 나를 오라고 손짓했다. 그러고는 손을 내밀었다.

"가져왔니?"

그 애가 냉랭한 말투로 물었다.

나는 주머니에서 움켜쥔 손을 꺼내 그 애의 쫙 편 손바닥 위에다 돈을 쏟았다. 마지막 5페니히 동전의 짤랑거리는 소리가 사라지기도 전에 그 애는 셈을 마쳤다.

"65페니히잖아?"

이렇게 말하며 그 애가 나는 쳐다봤다.

"그래, 그게 내가 가진 돈 전부야."

나는 잔뜩 움츠리며 대답했다.

"너무 적다는 거 나도 잘 알아. 하지만 그게 전부야. 그거밖에 없어."

"난 네가 똑똑한 앤 줄 알았는데. 신사들끼리는 신사도를 지켜야지. 내가 옳지 않은 걸 너한테서 빼앗으려는 게 아니야. 그거 너도 알지? 네 동전 다시 가져가라, 자! 저쪽 사람은—그게 누군지 너도 알지?—값을 깎지 않아. 그 사람은 제 값을 준다고."

그 애가 야단치듯 말했지만 어조는 부드러웠다.

"하지만 그거 말고는 더 이상 가진 게 없다니까! 내 저금통을 모두 턴 거야."

"그건 네 사정이고. 하지만 난 널 불행하게 만들고 싶지 않아. 너 아직 나한테 1마르크 35페니히 갚을 거 있어. 그거 언제 줄래?"

"아, 틀림없이 줄게, 크로머 형! 지금은 확실히 모르겠지만 — 남은 돈 곧 줄게. 내일 아니면 모래까지는. 아버지에겐 말할 수 없는 거 형도 이해 좀 해 줘."

"그건 나와 상관없는 일이야. 널 해칠 생각은 없다. 수요일 이전까지는 내 돈 받을 수 있겠지. 너도 알다시피 난 가난뱅이야. 넌 비싼 옷을 입고, 점심 때 나보다 더 맛있는 음식을 먹지. 하지만 그런 얘기는 집어치우자. 어쨌거나 조금은 기다려 주지. 모레 내가 휘파람을 불게. 오후에 말이야. 그럼 돈 가져오는 거야. 내 휘파람 소리 알지?"

그 아이가 나에게 휘파람을 불어 보였다. 자주 들어 보던 휘파람 소리였다.

"응, 알고 있어."

내가 말했다.

그가 갔다. 나와는 아무런 사이가 아니라는 듯이. 우리 둘 사이에는 거래만 있을 뿐, 그밖에는 아무런 관계가 없다는 듯이 말이다.

오늘도 크로머의 휘파람 소리를 갑자기 다시 듣는다면 나는 섬뜩해질 것이다. 그 후로 나는 휘파람 소리를 자주 들었다. 그 소리는 끊임없이 계속해서 들리는 것 같았다. 휘파람 소리는 장소를 가리지 않았다. 놀 때도, 일할 때도, 생각에 잠길 때도 쉴 새 없이 들렸다. 휘파람 소리는 나를 옭아맸고, 이제 내 운명이 되었다. 온화하고 다채로운 색으로 물든 가을 오후에 나는 종종 내가 아주 좋아하는 우리 집 작은 화원으로 갔다. 그럴 때면 이상하게도 지나간 시절의 소년 놀이를 하고 싶어졌다. 나보다 어린 소년 놀이로, 아직 착하고 자유로우며, 천진하고 근심 걱정이 없는 아이 놀이였다. 하지만 한참 놀이에 열중하고 있노라면, 어디선가 크로머의 휘파람 소리가 고막을 때리며 훼방을 놓았다. 그럴 거라 예상은 했지만 그 소리는 나를 놀라게 하고, 내 상상의 연결고리를 끊어 놓았다.

그러면 나는 가야만 했다. 내 고문자(拷問者)를 따라 흉측하고 혐오스러운 곳으로 가서 저간의 사정을 보고하고, 돈을 가져오라는 협박을 당해야 했다. 아마도 그 기간은 이삼 주 정도 된 것 같았다. 하지만 나에게는 그 기간이 몇 년, 아니 한없이 길게 느껴졌다. 어쩌다 한 번씩 돈을 마련했는데, 그 돈은 리나가 부엌 식탁 위에 놓은 장바구니에서 훔친 5그로셴(Groschen)이나 1그로셴짜리였다. 나는 매번 크로머한테 꾸중을 들었고 멸시당했다. 나는 크로머를 속이고, 그 애의 정당한 권리를 빼앗으며, 그 애에게서 돈을 훔치고, 그 애를 불행하게 만드는 아이가 되었다. 내 인생에서 그렇게 자주 가슴이 미어지고, 절망감이 엄습하고, 굴욕감이 든 적도 없었다.

저금통은 장난감 동전으로 채우고 다시 제자리에 갖다 놓았다. 그 후 저금통에 관해 묻는 사람은 아무도 없었지만, 저금통이 매일같이 마음에 걸렸다. 어머니가 조용히 나에게 걸어올 때마다 나는 종종 어머니가 크로머의 야비한 휘파람 소리보다 더 무서웠다. ― 어머니가 저금통에 관해 물으려고 오는 게 아닌가? 해서 말이다.

나는 돈을 구하지 못한 채 여러 번 그 악마에게 갔는데, 그럴 때면 그 애는 다른 방법으로 나를 괴롭히고 부려먹었다. 나는 그 애를 위해 일을 해야 했다. 그 애는 자기 아버지 우편물 심부름을 해야 했는데, 그 애 대신에 내가 그 일을 맡았다. 그밖에도 그 애는 좀 더 힘든 일을 나에게 시켰다. 10분간 한쪽 다리로 껑충껑충 뛰라거나, 지나가는 사람 옷에 휴지 조각을 갖다 붙이라는 것이었다. 꿈에서도 여러 번 이런 고통을 당했고, 악몽으로 식은땀을 흘렸다.

한동안 나는 앓았다. 종종 토했고 오한이 나거나 밤이면 열이 나고 식은땀을 흘렸다. 어머니는 무언가 심상치 않은 느낌을 받았는지 나에게 각별히 신경을 많이 썼다. 그러나 어머니의 그런 관심이 오히려 나를 괴롭혔다. 그도 그럴 것이 사실을 털어놓을 수 없었기 때문이다.

어느 날 저녁은 내가 이미 잠자리에 들었는데, 어머니가 초콜릿 한 조각을 가져왔다. 어릴 적 생각이 났다. 착하게 군 날 저녁이면 잠들기 전에 종종 그런 상을 받곤 했었다. 어머니가 침대 옆에 서서 초콜릿 조각을 내밀었다. 나는 너무 고통스러운 나머지 고개만 내저었다. 어머니가 어디 아프냐고 물으며 내 머리를 쓰다듬었다. '아니에요! 괜찮아요! 아무것도 먹고 싶지 않아요.' 나는 겨우 이렇게만 대답했다. 어머니는 초콜릿을 침대 옆 작은 탁자에 놓고 나갔다. 다음날 어머니가 간밤 일에 대해 물으면 나는 전혀 기억이 안 나는 척했다. 한 번은 어머니가 의사를 불러왔다. 나를 진찰하고 난 의사는 아침마다 냉수욕을 하라는 처방을 내렸다.

그 당시 나는 일종의 망상에 빠져 있었다. 평화롭기 그지없는 우리 집 한가운데서 겁을 먹은 채 유령처럼 괴로워하며 식구들의 삶에 참여하지 못했다. 나는 나 자신의 문제를 한시라도 잊어 본 적이 없었다. 아버지가 자주 화를 내며 이유를 대라고 다그쳤지만, 나는 입을 꾹 다문 채 냉랭한 태도를 취했다.

제2장

카인

전혀 기대하지 않았던 쪽에서 고통으로부터 나를 구원해 줄 손길이 뻗쳐 왔다. 그와 더불어 동시에 내 인생은 새로운 계기를 맞이하게 되었으며, 그것이 오늘날까지도 계속 영향을 미치고 있다.

얼마 전에 우리 라틴어 학교에 학생 한 명이 새로 들어왔다. 그 아이는 우리 도시로 이사 온 돈 많은 과부의 아들로, 팔소매에 상장(喪章)을 차고 있었다. 그 애는 나보다 상급 학년에 들어갔으며, 나이도 나보다 몇 살 많았다. 하지만 그 애는 다른 애들 눈에도 그랬지만 곧 내 눈에 띄었다. 그 기이한 학생은 실제보다 나이가 훨씬 더 들어 보였다. 그래서 누가 봐도 어린애처럼 보이지 않았다. 우리 철부지 애들 틈에서 그 애는 낯설게 행동했고, 어른처럼, 아니 신사처럼 의젓하게 행동했다. 그 애는 우리에게 인기가 없었다. 놀이에도 끼지 않고, 싸움질에는 더더욱 끼어들지 않았다. 다만 선생님들에게 대드는 그 애의 자신만만하고 단호한 음성만은 우리 애들의 마음에 들었다. 그 애의 이름은 막스 데미안이었다.

우리 학교에서 이따금 생기는 일이었는데, 어느 날 그런저런 이유로 2학년 한 반이 교실이 큰 우리 반으로 와서 합반을 했다. 그 반은 데미안의 반이었다. 우리 반 애들은 성경 이야기를 공부했고, 2학년 학생들은 작문 공부를 했다. 선생님이 카인과 아벨에 관한 이야기를 우리에게 주입시키는 동안 나는 데미안 쪽을 더 많이 건너다 봤다. 그 애의 얼굴에 내가 무척 매료되었기 때문이다. 나는 고개를 숙이고 작문에 집중하고 있는 그 애의 영리하고 밝고 남달리 야무진 얼굴을 주의 깊게 바라봤다. 그 애는 과제를 푸는 학생 같아 보이지 않고, 연구 과제에 전념하고 있는 학자 같았다. 엄밀히 말해서, 그 애는 나에게 호감 가는 타입이 아니었다. 그 반대였다. 나는 무언가 그 애에게 거부감이 들었다. 그 애는 나보다 월등히 뛰어난 존재인데다 차가워 보이기까지 했다. 그 애는 본질적으로 나에게는 도전적인 인상을 풍겼다. 그 애의 눈은 어른 눈 같았고, 냉소의 빛을 띠면서도 약간 우수가 깃들어 있었다. 하지만 나는 계속해서 그 애를 바라봤다. 그 애가 나에게 사랑스럽든 고통스럽든 간에. 그런데 그 애가 한번은 나를 쳐다봤다. 그 순간 나는 깜짝 놀라서 얼른 시선을 돌렸다. 그 애가 그 당시 학생으로 어땠는지 지금 돌이켜 보면, 이렇게 말할 수 있을 것 같다. ─ 모든 면에서 그 애는 다른 애들과 달랐다. 그 애는 독특하고 개성이 강했다. 그 때문에 그 애는 주목을 끌었다. 하지만 동시에 그 애는 남의 눈에 띄지 않으려고 무척 애를 썼다. 그 애는 변장한 왕자가 시골 아이들 속에 끼어서, 그 애들처럼 보이려고 온갖 노력을 다 기울이는 것 같았다.

방과 후 학교에서 집으로 가는 길에 그 애가 내 뒤를 따라왔다. 다른 애들이 뿔뿔이 흩어져 없어지자 그 애가 나를 앞지르더니 인사를 건넸다. 우리 학교 애들의 억양을 흉내 내며 건넨 인사였지만, 그 음성은 어른스러웠고 점잖았다.

"우리 같이 좀 걸을래?"

그 애가 다정하게 물었다. 나는 기뻐서 얼른 고개를 끄덕인 후, 내가 사는 곳을 알려 줬다.

"아, 거기? 그 집 이미 알고 있었어. 너네 집 대문 위에 희한한 게 달려 있더구나. 그거 참 재미있더라."

그 애가 미소를 지었다.

나는 그 애가 뭘 두고 하는 말인지 전혀 알 수가 없었다. 그 애가 우리 집에 대해 나보다 더 잘 알고 있다는 게 놀라웠다. 그건 대문 위의 아치형 석재 골조 홍예머리에 새겨진 문장(紋章)을 두고 하는 말이었다. 하지만 그 문장은 세월이 흐르는 동안 침식되어 평평해지고, 덧칠도 여러 번 입혀져 있었다. 내가 아는 한 그 문장은 우리 가족과는 아무런 상관이 없는 것이었다.

"그거에 대해서 난 아무것도 몰라."

나는 겸연쩍게 대답했다.

"새이거나 새와 비슷한 걸 거야. 아주 오래됐어. 이 집은 예전에 수도원 부속 건물이었대."

"그럴 거 같네."

그 애가 고개를 끄덕였다.

"잘 살펴봐! 그런 문장은 아주 흥미로워. 내 생각엔 그거 새매 같아."

우리는 계속 걸었다. 나는 그 애에게 매혹되어 있었다. 갑자기 데미안이 웃음을 터뜨렸다. 뭔가 재미있는 생각이라도 떠오른 것 같았다.

"아까 너희 반에 갔었잖아."

그 애가 신이 나서 말했다.

"이마에 표지가 있는 카인 이야기 말이야. 어때, 그 얘기 재미있었니?"

아니, 재미없었다. 우리가 배워야 하는 건 도대체가 모두 재미없었다. 하지만 나는 그렇게 말할 수 없었다. 그 애의 말이 어른 말처럼 들렸기 때문이다. 그래서 그 이야기가 아주 재미있었다고 했다.

데미안이 내 어깨를 두드렸다.

"내 앞에선 마음에 없는 말 할 필요 없어, 친구야. 하지만 그 이야긴 수업 시간에 듣던 다른 어떤 이야기들보다 정말 들어 볼 만한 거 같아. 그 선생님은 하느님이 어쩌고 죄가 어쩌고 하는 일반적인 이야기만 늘어 놓지 카인에 대해서는 별 얘기가 없더라. 하지만 내 생각엔……."

그 애가 잠시 말을 멈추고 미소를 지으며 물었다.

"내 얘기 들을 만하니? 내 생각엔 말이야."

그 애가 다시 말을 이었다.

"카인에 대한 이야기는 달리 해석할 수도 있어. 우리가 배우는 것들 대부분은 분명 틀림없는 사실이지만, 그것들을 선생님이 설명하는 것과 전혀 다르게 해석할 수도 있다는 얘기야. 그러면 그것들은 대부분 훨씬 더 깊은 의미를 지닐 수 있게 돼. 예를 들어 카인, 그러니까 카인의 이마에 있는 표지는 우리가 보통 듣는 설명만 가지고는 충분하지 않아. 그렇게 생각하지 않니? 누가 싸우다가 자기 동생을 죽이는 일도 분명 일어날 수 있어. 그리고 그가 그 후에 겁을 먹고 소심해지는 일도 있을 수 있지. 하지만 소심해진 그를 보호해 주고, 다른 사람들을 불안하게 만들기 위해 그에게 훈장을 주는 건 정말 이상해."

"물론이지. 그런데 그 이야기를 어떻게 달리 설명한다는 거지?"

그의 얘기가 재미있어졌다. 다시 말해 그의 얘기에 내가 매료되기 시작한 것이다.

그 애가 내 어깨를 툭 쳤다.

"아주 간단해! 이야기는 표지에서 시작돼. 한 남자가 있었는데, 그의 얼굴에는 뭔가가 표시되어 있었어. 그 표지가 사람들을 불안하게 만들었어. 사람들은 그를 건드릴 엄두도 못 냈고, 그와 그의 자식들에 대해 외경심을 느꼈어. 어쩌면, 아니 확실히 그건 우편 소인같이 실제로 이마에 찍혀 있는 게 아니었어. 우리 인생에서 그렇게 험악한 일은 잘 일어나지 않아. 오히려 그 표지라는 건 겉으로는 거의 드러나지 않는 섬뜩한 어떤 것이었는지도 몰라. 그의 눈에는 다른 사람들보다 좀 더 많은 총기(聰氣)와 담력이 깃들어 있었던 거야. 그 사람은 힘이 셌기 때문에 사람들이 겁을 먹었어. 그는 남다른 '표지'를 지니고 있었고, 사람들은 자기 마음 내키는 대로 그 표지를 해석했어. '인간'은 항상 자기에게 편하고 자기를 정당화시켜 주는 쪽을 택한다고. 사람들은 카인의 후예들을 두려워했어. 이

후예들이 '표지'를 지니고 있었기 때문이지. 사람들은 그 표지를 사실 그 대로, 그러니까 휘장으로 받아들이지 않고 그 반대로 해석한 거야. 사람들은 이 표지를 지닌 녀석들이 섬뜩하다고 했고, 실제로 이들은 섬뜩하기도 했어. 용기와 개성이 강한 사람들은 다른 사람들에게 항상 섬뜩하게 느껴져. 겁이 없고 섬뜩한 사람들에게 둘러싸여 있으면 매우 불편해지게 마련이야. 그래서 복수를 하고, 자신이 겪은 두려움에서 얼마간이라도 벗어나기 위해 이런 사람들에게 별명을 붙이고, 거짓말을 꾸며 낸 거야. ― 내 말 이해하겠니?"

"이해해. 그렇담 카인은 나쁜 사람이 아니었다는 말이네. 성경에 적혀 있는 이야기도 모두가 전혀 사실이 아니라는 얘기고."

"그렇기도 하고 그렇지 않기도 해. 그렇게 오래, 아주 오래된 이야기들은 사실이기는 하지만, 매번 실제 있었던 대로 기술되거나 해석되지는 않아. 간단히 말해, 카인은 멋진 사나이였는데, 그가 두려웠기 때문에 사람들이 이야기를 덧붙여서 꾸며 낸 거야. 그 이야기는 소문에 지나지 않아. 사람들의 입에서 입으로 전해 내려오는 단순한 소문 말이야. 그에 반해 카인과 그의 자손들이 정말 일종의 '표지'를 지니고 있었고, 여느 사람들과 달랐다는 건 사실이야."

나는 매우 놀랐다.

"그럼 카인이 살인을 한 것도 전혀 사실이 아니라는 거야?"

내가 충격을 받아 물었다.

"아, 아니야. 그건 사실 맞아. 강자가 약자를 때려죽였어. 자기 동생을 죽였는지는 확실하지 않지만, 그 문제는 그렇게 중요하지 않아. 결국 모든 사람은 형제니까. 강자가 약자를 때려죽인 건 맞아. 어쩌면 그건 영웅적 행위일 수도 있고 아닐 수도 있어. 하지만 어쨌든 저쪽 약자들은 겁을 잔뜩 집어먹은 거야. 그래서 속이 꽤나 상하던 터에 사람들이 너희도 그자를 죽이면 되지 않아? 하고 물으니까, '우린 비겁한 인간들이야.'라고 대답하는 대신에 '그렇게 할 수 없어. 그자는 표지를 가지고 있어. 하느님이 그에게 만들어 준 표지 말이야.' 그렇게 해서 거짓말이 생기게 된 거야. ― 아이, 내가 널 너무 붙잡아 뒀구나. 그럼 안녕!"

그 애는 오래 된 골목을 돌아 들어갔다. 나는 그 어느 때보다도 어안이 벙벙했다. 그 애가 사라지자마자 나는 그 애가 말한 것 모두가 정말인지 믿기지 않았다. 카인이 고귀한 사람이고 아벨이 겁쟁이라고! 카인의 표지가 휘장이라고! 그건 당치도 않은 말이고, 하느님을 모독하고 능멸하는 짓이다. 그렇다면 사랑하는 하느님은 어디에 계신단 말인가. 하느님은 아벨의 희생을 애도하지 않았던가. ― 아니야, 터무니없는 얘기야! 내 생각엔 데미안이 날 놀리느라고, 날 골탕 먹이려고 한 말 같았다. 약아빠지고 불쾌한 녀석이야. 말 재주가 있기는 하지만, 그건 아니야.

나는 이제까지 그 어떤 성경 이야기나 다른 이야기도 그렇게 깊고 오랫동안 생각해 본 적이 없었다. 그리고 프란츠 크로머도 오래전부터 그렇게 몇 시간, 아니 저녁 내내 완전히 잊어 본 적은 없었다. 나는 집에서 카인과 아벨 이야기가 어떻게 기술돼 있는지 살펴보기 위해 다시 한번 그 구절을 정독했다. 이야기는 간단명료했다. 거기서 은밀하고 남다른 해석을 시도한다는 건 아주 미친 짓이었다. 그런 식으로 해석한다면 모든 살인자는 하느님의 총아가 된다는 얘기가 아닌가! 말도 안 돼, 바보 같은 소리야. 다만 데미안이 그런 이야기를 아주 당연한 것처럼 그렇게 쉽고 재미있게 이야기 한 건 멋있었다. 그리고 호감이 갔던 그 눈하고!

그럼에도 불구하고 뭔가 혼란스러웠다. 그냥 혼란스러운 것이 아니라 아주 혼란스러웠다. 나는 지금까지 밝고 깨끗한 세계에 살고 있었다. 나 자신이 일종의 아벨이었다. 그런데 지금 나는 '다른 쪽'으로 깊이 꽂혔다. 그쪽으로 아주 떨어져 침몰해 버린 것이다. 그렇다고 내가 근본적으로 그쪽을 선호할 수는 없는 노릇 아닌가! 어떻게 된 일일까? 그렇다, 그때 어떤 기억이 번개처럼 떠올랐다. 그 기억이 떠오르는 순간 숨이 막혀 왔다. 지금의 내 불행이 시작된 저주스런 그날 저녁, 아버지와 함께 있었던 그날 저녁, 나는 한순간 아버지와 아버지의 밝은 세계와 지혜를 꿰뚫어 보기라도 한 것처럼 아버지를 깔보지 않았던가! 그렇다, 그때 나는 카인이 되었고, 카인의 표지를 지니고 있었다. 나는 그 표지를 치욕이 아니라 명예로운 휘장으로 생각했다. 악의 세계를 경험하고 불행을 겪었다고 내가 오히려 아버지보다 우월하고, 선의 세계와 경건한 세계보다 내가 더 높은 곳에 있다는 망상에 빠져 있었다.

그 당시 내가 체험한 것들은 지금처럼 이렇게 명료한 형태로 사고한 것은 아니었지만, 이 모든 것이 그 속에 내포되어 있었다. 그것은 감정의 분출이었고, 나를 아프게 하면서도 자부심으로 가득 채운 기이한 충동이었다.

다시 생각해 보면, 데미안이 겁 없는 사람들과 비겁한 사람들에 관해 얼마나 신기하게 이야기하고, 카인의 이마를 얼마나 희한하게 해석했던 가! 그의 눈, 어른 같은 그의 기묘한 눈, 그때 그 눈이 얼마나 기이하게 반짝였던가! 뚜렷하지는 않지만 머리에 스치는 것이 있었다. 데미안, 그 자신이 일종의 카인이 아니었던가! 자신이 카인을 닮지 않았다고 느꼈다면 그가 왜 그토록 카인을 두둔했던가! 그가 어찌하여 사람을 압도하는 그런 위력을 지녔던가! 그가 왜 '다른 쪽', 겁먹은 사람들을 그렇게 비웃었던가! 그들은 원래 경건하고 하느님의 은총을 받은 사람들이 아닌가!

이런 생각이 뇌리에서 떠날 줄 몰랐다. 그건 내 어린 영혼의 샘물에 파문을 일으킨 돌멩이였다. 기나긴 세월 동안 카인과 살인 그리고 표지가 내 인식과 회의 그리고 모든 비판의 출발점이었다.

다른 아이들도 데미안에 대해 관심이 많아 보였다. 나는 카인에 대한 이야기를 아무에게도 말한 적이 없었다. 그런데도 데미안은 아이들의 흥미를 끄는 것 같았다. 적어도 '전입생'에 관한 여러 가지 소문이 나돌았다. 내가 가령 그런 소문을 다 알기만 한다면, 소문 하나하나가 그를 알게 될 키워드가 될 테고, 소문 하나하나의 해석이 가능해질 것이다. 하지만 내가 아는 것은 그의 어머니가 아주 부자라는 소문이 자자하다는 것뿐이었다. 그밖에도 아이들은 그의 어머니가 교회에 가지 않고, 아들도 안 간다고 했다. 어떤 애는 그들 모자가 유태인이라고 아는 체하는가 하면, 그들이 드러나지 않은 회교도일는지도 모르겠다고 했다. 막스 데미안의 체력에 관한 동화 같은 소문도 널리 퍼졌다. 반에서 제일 힘센 아이가 싸움을 걸어왔을 때 데미안이 싸움 안 하겠다고 하니까, 겁쟁이라고 놀리자 데미안이 그를 엄청나게 혼낸 것은 사실이었다. 현장에 있던 아이들은, 데미안이 한 손으로 그 애의 목덜미를 잡고 세게 누르자 녀석이 새파랗게 질려 도망갔다고 했다. 그 애는 그 후 하루 종일 팔을 사용할 수 없었으며, 심지어는 저녁 내내 그 애가 죽었다는 소문까지 나돌기도 했다. 한동안 온갖 소문이 떠돌았고, 소문은 아이들을 흥분시킬 만큼 놀라웠다. 아이들은 그런 소문을 모두 믿고 있었던 것이다. 한동안 그런 소문이 떠돌더니 얼마 안 가서 학생들 사이에 또 다른 소문이 떠돌았다. 애들은 데미안이 여자애들과 친밀하게 지낸다고 했고, '모르는 게 없다.'고 했다.

그동안에도 프란츠 크로머와 내 관계는 헤어날 수 없는 길로 내닫고 있었다. 나는 그 애에게서 잠시도 풀려날 수가 없었다. 그 애가 며칠간 나를 건드리지 않고 놔두는 날도 있었지만, 나 자신이 그 애에게 얽매여 있었기 때문이다. 꿈속에서도 그 애는 그림자처럼 나를 쫓아다녔다. 그 애가 실제로 나에게 무슨 짓을 하지 않았는데도 나는 악몽에 시달렸고, 이런 악몽이 그 애를 내 꿈속으로 끌어들여 나를 그 애의 철저한 노예로 만들었다. 나는 꿈을 많이 꾸는 편이었는데, 현실보다는 이런 꿈속에서 더 많이 살았다. 그림자처럼 따라붙는 그 애 때문에 기력과 삶의 의욕을 잃었다. 특히 크로머가 나를 학대하고 나에게 침을 뱉고, 나를 윽박지르는 꿈을 많이 꾸었다. 더 고약스러운 건, 내가 심한 범행을 저지르도록 그 애가 유혹하는 것이었다. 아니, 유혹이라기보다 그 애의 엄청난 힘이 작용한 강요라고 해야 할 것 같다. 이런 꿈들 중에서 가장 무서웠던 꿈은 아버지를 죽이는 꿈이었는데, 나는 이 꿈에서 반 미친 상태로 깨어났다. 크로머가 칼을 갈아서 내 손에 쥐어 줬다. 우리는 가로수가 늘어선 길의 나무들 뒤에 숨어서 누군가를 엿보았는데, 그게 누군지 나는 알지 못했다. 그때 누가 우리 쪽으로 다가왔고, 크로머가 내 팔을 움켜쥐며, 저 사람이 내가 찔러 죽여야 할 사람이라고 했다. 그 사람이 바로 아버지였고, 그때 나는 화들짝 놀라 잠에서 깼다.

이런 꿈들이 카인과 아벨을 떠올리게 했지만 데미안을 떠올리게 하지는 않았다. 데미안이 다시 나에게 접근해 온 것은 이상하게도 꿈에서였다. 다시 말해 나는 또 가혹 행위와 폭력에 시달렸는데, 이번에 나를 윽박지른 애는 크로머가 아니라 데미안이었다. 그런데―이 꿈은 나에게 아주 새롭고 깊은 인상을 남겼다―상대가 크로머였을 때는 고통스럽고 역겨웠는데, 데미안의 경우는 오히려 고통이 즐거웠고 기쁨과 동시에 불안이 느껴졌다. 이런 꿈을 두 번 꾸고 난 후 다시 크로머가 데미안 대신 나타났다.

이런 꿈에서 체험한 것과 현실 세계에서 체험한 것을 더 이상 엄밀하게 구분할 수 없게 된 지도 벌써 오래됐다. 어쨌든 크로머와의 지긋지긋한 관계는 계속됐다. 내가 좀도둑질한 푼돈으로 그 애에게 진 빚을 마침내 다 갚았는데도 그 애와 관계는 여전히 끝나지 않은 것이다. 어디서 돈을 구했는지 그 애가 매번 끈덕지게 물었기 때문에 사실을 털어놓을 수

밖에 없었다. 그래서 나는 그 애의 손아귀에서 전보다 더 벗어날 수 없게 되었다. 그 애는 모든 것을 아버지에게 일러바치겠다고 빈번히 나를 협박했다. 그러다 보니 내가 그런 짓을 처음부터 하지 말았어야 했다는 자책감이 두려움보다 더 컸다. 그동안에, 그렇게 비참했음에도 나는 모든 걸 다 후회하지는 않았다. 최소한 항상 후회하지는 않았다는 말이다. 이따금 모든 게 다 그렇게 될 수밖에 없었다고 생각했다. 그건 내가 감당해야 할 숙명이고, 그 숙명을 거역한다는 것은 불가능한 일 같았다.

이런 나를 보고 어머니와 아버지도 적지 않게 괴로워하는 것 같았다. 나는 귀신에 씌워 그토록 친밀했던 우리 가족과 더 이상 어울리지 못하고 있었다. 잃어버린 낙원이 그리운 것처럼 가족이 사무치게 그리웠다. 가족들로부터, 더 정확히 말해 어머니로부터 나는 말썽꾸러기라기보다는 환자 취급을 받았다. 실제 상황이 어떠했는지는 두 누나의 태도에서 알 수 있었다. 누나들은 나를 조심스럽게 대했는데, 오히려 그런 행동이 나를 더없이 비참하게 만들었다. 내가 귀신에 홀려 있기 때문에, 내 상태는 꾸중이 아니라 동정을 받아야 한다고 생각하고 있음에 틀림없었다. 말하자면 내 속에는 악이 둥지를 틀고 있다는 것이었다. 온 식구가 다른 때보다 더 각별히 나를 위해 기도하는 것 같았고, 기도의 효험이 없음을 한탄하고 있다는 느낌도 받았다. 마음의 안정을 찾고, 모든 걸 솔직히 털어놓고 싶은 생각이 간절했지만, 아버지에게도, 어머니에게도 그렇게 말하고 해명할 수가 없었다. 두 분은 내 말을 친절하게 받아들이고, 나를 잘 아껴 주고 가엽게 여겨 주겠지만, 제대로 이해하지는 못할 것이다. 이 모든 것이 내게는 운명의 짓궂은 장난이었는데, 두 분은 이를 일종의 탈선으로 간주했을 것이다.

열한 살도 채 안 된 아이가 그런 생각을 가지고 있으리라고 믿는 사람은 별로 많지 않을 것이다. 그런 사람들에게는 내 문제를 이야기하고 싶지 않고, 인간을 좀 더 잘 아는 사람들에게 이야기하고 싶다. 느낌의 일부를 사고로 전환시킬 줄 아는 어른은 아이의 이런 생각을 가늠해 보고 경험 부족이라고 여길 것이다. 하지만 나는 내 인생에서 그 당시처럼 그렇게 깊이 체험하고 괴로워해 본 적이 없었다.

비 오는 어느 날이었다. 고문자가 나를 성문 앞 광장으로 불러냈다. 나는 광장에 서서 검고 축축한 나뭇가지에서 떨어진 마로니에 나뭇잎들을 발로 헤치며 그 애를 기다렸다. 돈은 가진 게 없었고, 적어도 무언가는 크로머에게 주어야겠기에 케이크 두 조각을 가지고 갔다. 나는 오래전부터 모퉁이에 서서 그 애를 기다리는 것에 익숙해 있었다. 기다리는 시간이 꽤나 오래 걸리는 날도 많았다. 사람이 살면서 불가피한 것을 받아들여야 하는 경우도 있듯이, 나는 이 모든 것을 감수했다.

마침내 크로머가 왔다. 그 애가 오늘은 나를 오래 잡아 두지 않았다. 팔꿈치로 내 옆구리를 몇 번 툭툭 치더니 웃으며 내 손에서 케이크를 받아 들고는, 심지어 젖은 담배 한 개비를 내게 내밀기까지 했다. 물론 나는 그걸 받지 않았다. 그 애는 전례 없이 친절했다.

"참, 잊어버릴 뻔했네. 다음에 나올 땐 네 누나도 데리고 나와. 큰 누나

말이야. 걔 이름이 뭐지?"

그 애가 헤어지면서 말했다.

무슨 뚱딴지같은 소리인지 알 수가 없었다. 나는 대답도 하지 않고, 어안이 벙벙해서 그 애를 바라보기만 했다.

"무슨 말인지 몰라? 네 누나 데리고 오란 말이야."

"알아들었어, 크로머 형. 하지만 그건 안 돼. 그렇게 해서도 안 되고 누나가 오지도 않을 거야."

이번에도 그 애가 쓸데없는 횡포를 부리고 나를 괴롭히기 위한 구실을 찾는다고 생각했다. 나를 겁주고 능멸하고 그러고 나서 자기와 협상하게 하려는가 보다 했다. 그러면 나는 얼마간 돈을 주거나 다른 걸 주어야 풀려나곤 했다.

그런데 이번엔 전혀 달랐다. 그 애는 내가 거절했는데도 화를 내지 않았다.

"그렇단 말이지."

그 애가 애써 태연한 척했다.

"잘 생각해 봐. 네 누나하고 알고 지내고 싶어서 그래. 언젠가 그렇게 될 거야. 네가 그냥 누나랑 산보하러 나오기만 하면 돼. 그때 내가 나타날 거니까. 내일 내가 휘파람을 불 테니까 만나서 다시 얘기해 보자."

그 애가 간 후 문득 그 애의 의도가 뭔지 어렴풋이 감이 잡혔다. 나는 아직 아주 어린 나이였지만, 남자애와 여자애들이 조금 더 나이가 들면 서로 뭔가 비밀스럽고 상스러운 금지된 짓을 한다는 걸 소문을 통해 알고 있었다. 그러니까 내가 그런 일에 끼어든다, — 그게 얼마나 엄청난 짓인가! 나는 갑자기 정신이 번쩍 들었다. 그런 짓을 결코 하지 않겠다고 그 자리에서 단단히 결심했다. 하지만 그러고 나면 크로머가 복수하겠지. 생각만 해도 끔찍했다. 새로운 고문이 시작됐다. 지금까지 당한 것만으로는 충분하지 않았던 것이다.

낙담한 채 두 손을 주머니에 넣고 텅 빈 광장을 걸었다. 새로운 고통, 새로운 노예 생활의 시작이란 말인가!

그때 청아하고 깊은 울림이 있는 음성이 나를 불렀다. 나는 깜짝 놀라 달리기 시작했다. 누군가가 나를 따라오더니 뒤에서 부드럽게 나를 잡았다. 데미안이었다.

나는 꼼짝 못 하고 멈춰 섰다.

"너였구나? 깜짝 놀랐어!"

나는 어설프게 대답했다.

그가 나를 찬찬히 쳐다봤다. 그때처럼 그의 시선이 어른스럽고 압도적이고 꿰뚫어 보는 것 같은 적이 없었다. 우리는 서로 이야기를 나눈 지도 꽤 오래됐다.

"내가 널 놀라게 했다면 미안하구나. 하지만 그렇게 놀라다니."

그가 정중하지만 단호하게 말했다.

"글쎄. 그럴 수도 있지, 뭐."

"하긴 그럴 수도 있겠다. 하지만 내 말 들어 봐. 너에게 아무 짓도 안 한 사람 앞에서 그렇게 기겁을 하면 그 사람은 곰곰이 생각하게 된다고. 이상한 생각이 들고 궁금해져. 그 사람은 네가 이상하게도 별거 아닌 일에 잘 놀란다고 생각하게 돼. 그러고는 계속 생각하지. 불안하면 그렇게 된다고 말이야. 겁쟁이는 항상 불안에 떨어. 하지만 난 네가 겁쟁이라고 는 생각하지 않는다. 그렇지 않니? 오, 그렇다고 넌 물론 영웅도 아니야. 너 뭔가 겁나는 게 있지? 네가 겁을 내는 사람도 있고 말이야. 그런 거 있으면 절대 안 돼. 그래, 사람이 사람 앞에서 겁을 먹어서는 절대 안 된 다고. 너 내가 겁나니? 아니면?"

"오, 아니야. 절대 아니야."

"그럴 테지. 그건 그렇고. 하지만 너 두려워하는 사람이 있지?"

"몰라…… 날 좀 내버려 둬. 나한테서 뭘 알아내려고 하는 거야?"

그가 나와 보조를 맞췄다. 나는 그를 떨쳐버리려고 더 빨리 걸었다. 걸 으면서 나는 그가 옆에서 나를 쳐다보는 시선을 느꼈다.

"내가 너에게 호감을 가지고 있다고 한번 가정해 봐."

그가 다시 말하기 시작했다.

"그러면 넌 어떤 경우에도 내가 두렵다고 생각하지 않을 거야. 너하고 실험을 한번 해 보고 싶어. 재미있는 실험이야. 이 실험에서 넌 아주 유 익한 걸 배우게 될 거야. 주의해서 잘 봐! 난 가끔 독심술이라는 기술을 시연(試演)해 보는데, 이건 마술이 아니야. 하지만 독심술의 원리를 모를 경우, 아주 신기해 보인다고. 그걸로 사람들을 깜짝 놀라게 할 수 있어. 자, 그럼 실험을 한번 해 보자. 난 너를 좋아해. 아니, 너에 대해 관심이 많아. 그래서 이제 네 마음속에 뭐가 들었는지 알아내고 싶어 해. 이걸로 난 벌써 첫걸음을 내디뎠어. 내가 널 놀라게 했는데, 넌 내 의도대로 놀랐어. 그러니까 넌 어떤 것 아니면 어떤 사람이 두려운 거야. 그 두려움은 어디서 오는 것일까? 원래 사람은 누구도 두려워할 필요가 없어. 어떤 사람을 두려워한다면, 그건 그 사람에게 자기를 지배할 권리를 넘겨주었기 때문이야. 예를 들어 나쁜 짓을 했는데, 그걸 다른 사람이 알고 있다면, 그 사람은 너를 깔보고 마음대로 행동하게 돼. 알아듣겠니? 당연하잖아, 안 그래?"

나는 어찌할 바를 모른 채 그의 얼굴을 쳐다봤다. 그의 얼굴은 항상 그랬듯이 진지하고 영리해 보였다. 하지만 전혀 다감해 보이지는 않았고 오히려 엄격해 보였다. 정의감이랄까 아니면 그와 비슷한 것이 담겨 있었다. 나는 내가 어째서 이 지경이 됐는지 알 수 없었다. 그는 마술사처럼 내 앞에 서 있었다.

"내 말 이해하겠니?"

그가 다시 한번 물었다.

나는 고개를 끄덕였지만 아무 말도 할 수 없었다.

"너한테 내가 말했지. 독심술은 희한한 거야. 하지만 독심술은 아주 자연스럽게 이루어져. 예를 들어, 언젠가 내가 너에게 카인과 아벨에 관해 이야기했을 때, 네가 나에 대해 어떻게 생각했는지 난 아주 정확하게 말해 줄 수 있어. 하지만 그건 여기서 할 얘기가 아니지. 네가 한 번쯤 내 꿈을 꾸었을 수도 있겠지만, 그 얘기는 그만하자! 넌 똑똑한 아이야. 애들 대부분은 멍청한데 말이야! 나는 내가 믿는 똑똑한 아이와는 어디서든 이야기하길 좋아해. 나하고 이야기하는 거 괜찮니?"

"응, 괜찮고말고. 하지만 네 말 무슨 말인지 통 이해가 안 가……."

"그럼 재미있는 실험 다시 해보자! 우리는 S라는 애가 겁에 질려 있다는 걸 눈치챘지. 그 애는 어떤 사람을 두려워해. 아마 그 애는 그 사람하고 비밀스런 관계를 맺고 있을 거야. 그 때문에 그 애는 불편해하고, 내 말 대충 맞지?"

그의 음성은 꿈속에서처럼 나를 압도하고 나에게 영향력을 미쳤다. 나는 고개만 끄덕였다. 그 음성은 나 자신에게서만 나올 수 있는 음성이 아니었던가. 그 음성은 모든 걸 알고 있지 않은가. 모든 걸 나 자신보다 더 명확하게 알고 있었던 것이 아닌가.

데미안이 내 어깨를 힘차게 두드렸다.

"내 말이 맞을 거야. 그럴 줄 알았어. 이제 하나만 더 물을게. 아까 너와 만났다 간 애 이름이 뭔지 알고 있니?"

나는 너무 놀랐다. 들켜 버린 비밀이 고통스럽게 내 안으로 움츠러들어 가서 나오려 하지 않았다.

"어떤 애 말이야? 여기에 나 말고 아무도 없었어."

데미안이 웃었다.

"말해 봐! 그 애 이름이 뭐냐고?"

그가 웃으며 말했다.

내가 속삭이듯 말했다.

"프란츠 크로머 말이야?"

그가 만족한 표정으로 고개를 끄덕였다.

"좋았어! 너 눈치가 빠르구나. 우리 이제 친구가 될 수 있겠다. 그럼, 이제 너한테 얘기해 줘야겠다. 그 크로머라는 아이, 이름이 뭣이든 간에 그 녀석은 나쁜 놈이야. 얼굴만 봐도 녀석이 나쁜 놈이란 거 알 수 있어. 넌 어떻게 생각하니?"

"그래 맞아. 그 앤 나쁜 애야. 사탄이라고! 하지만 그 애가 알아서는 안 돼. 제발, 아무것도 알아서는 안 된단 말이야! 그 애 알아? 그 애는 널 알고 있고?"

내가 한숨을 내쉬었다.

"진정해! 그 애는 갔어. 그 앤 날 몰라. 아직은 말이야. 하지만 난 그 애와 알고 지내고 싶어. 그 애 초등학교에 다니니?"

"응."

"몇 학년인데?"

"5학년이야. 하지만 그 애한테 아무 말도 하지 마! 제발 아무 말도 하지 말아 줘!"

"염려 말아. 너한테 아무 일도 일어나지 않아. 혹시 너 크로머에 관해서 나에게 좀 더 얘기해 줄 수 있겠니?"

"할 수 없어! 안 돼, 나 좀 내버려 둬!"

데미안은 잠시 말이 없었다.

"유감이네. 그 실험 좀 더 해 보면 좋았겠지만, 널 괴롭히고 싶지 않구나. 그런데 그 애를 두려워하는 거 옳지 않다는 거 너도 잘 알지? 그런 두려움이 우리를 아주 망가뜨린다고. 떨쳐 버려야 해. 네가 진짜 사나이가 되려면 그런 두려움 떨쳐 버려야 한단 말이야. 알아듣겠니?"

그가 말했다.

"물론 알아들어. 네 말이 정말 맞아……. 하지만 그렇게 할 수 없어. 넌 모른다고……."

"넌 내가 아는 게 많다는 거, 네가 생각했던 것보다 많이 안다는 거 봐서 알지? 너 그 애한테 돈 빚진 거 있지?"

"응. 그거도 맞아. 하지만 빚이 문제가 아니야. 더 이상 말할 수 없어. 말할 수 없다고!"

"그러니까 그 애한테 빚진 거만큼 내가 너에게 돈을 준다고 해도 소용없다는 말이지? 그 돈 내가 너에게 줄 수도 있는데."

"아니야, 아니라고. 그게 아니야. 부탁이야. 제발 아무에게도 그 얘기 하지 말아 줘! 한마디도! 말하면 내가 불행해져!"

"날 믿어, 싱클레어. 너희 비밀 언젠가 나중에 나에게 털어놓게 될 거야."

"절대, 절대 아니야!"

내가 격렬하게 소리쳤다.

"너 좋을 대로 해. 내 말은 언젠가 네가 좀 더 얘기해 줄 거라는 거야. 네가 자진해서 말이야. 당연히 그래야겠지! 혹시 내가 크로머처럼 굴 거라고 생각하는 건 아니겠지?"

"오, 아니야. 하지만 넌 우리 관계에 대해 아무것도 모르잖아!"

"전혀 모르지. 그냥 그 일에 대해 곰곰이 생각해 보는 것뿐이야. 난 절대 크로머처럼 그러지 않아. 내 말 믿어. 넌 나한테 빚진 게 하나도 없다니까."

우리는 한참 동안 아무 말도 하지 않았다. 나는 점차 진정됐다. 하지만 데미안이 그 사실을 알고 있다는 게 나에게는 점점 더 신기하게 여겨졌다.

"이제 집에 가야겠다."

그가 이렇게 말하며 두꺼운 모직 외투를 바짝 여몄다. 비가 계속 내리고 있었다.

"이왕 얘기 나온 김에 한 가지만 더 말해 줄게. 너 그놈 떨쳐 버려야 해! 달리 방도가 없으면 때려죽여 버려! 네가 그렇게만 한다면 내 마음이 후련해질 거야. 내가 널 도와줄 수도 있어."

나는 다시금 불안해졌다. 갑자기 카인 이야기가 떠올랐다. 기분이 으스스해졌다. 나는 조용히 훌쩍거렸다. 내 주위에 으스스한 일들이 너무 많았기 때문이다.

"그만 됐어. 집에 가라! 우린 이미 시작한 거야. 때려죽이는 게 가장 간단해. 그런 일은 간단할수록 좋은 거야. 넌 크로머와 절대 어울릴 수 없어."

막스 데미안이 웃으며 말했다.

나는 집으로 왔다. 한 1년쯤 집을 떠나 있었던 것 같았다. 모든 게 달리 보였다. 나와 크로머 사이에 미래가, 희망이 보이는 것 같았다. 난 이제 혼자가 아니야! 이제 비로소 나는 끔찍한 비밀을 몇 주간이나 혼자서 감당하느라고 속앓이를 하고 있었음을 깨달았다. 곧이어 내가 그간 여러 번 거듭했던 생각이 떠올랐다. 부모님에게 고백하면 마음이 가벼워질 테지만 구원은 받지 못할 것이라는 생각 말이다. 그런데 이제 낯선 다른 사람에게 웬만큼 고백을 하고 나니, 구원받을 수 있다는 예감이 짙은 향기처럼 풍겨 오는 것이 아닌가!

그렇지만 불안은 여전히 오랜 동안 극복되지 않았다. 나는 적과 끈질기고 무서운 투쟁을 하기로 마음먹었다. 그럴수록 점점 더 이상했던 건, 그날 이후 신기하게도 매번 별 탈 없이 조용하게 지나가는 것이었다.

집 앞에서 들려오던 크로머의 휘파람 소리가 멎었다. 하루, 이틀, 사흘, 일주일이 지나도 들리지 않았다. 그게 전혀 믿기지 않았다. 그 애가 전혀 예기치 않게 갑자기 불쑥 나타나 집 앞에 서 있지 않을까 해서 마음이 조마조마했다. 그런데 그 애가 나타나지 않는 게 아닌가! 새로 찾아온 자유가 아직도 여전히 믿기지 않았다. 그러다 마침내 프란츠 크로머를 만났다. 그 애가 밀짚 골목을 내려오다가 나와 마주쳤다. 나를 보자 그 애는 움찔하고 놀라더니 심하게 얼굴을 찡그리면서, 만나서는 안 될 사람을 만난 것처럼 얼른 뒤돌아 갔다.

상상도 못 할 일이 아닌가! 적이 나에게서 도망을 가다니! 사탄이 나를 무서워하다니! 기쁨과 놀라움이 동시에 가슴을 때렸다.

그러던 어느 날 데미안이 다시 나타났다. 그가 학교 앞에서 나를 기다리고 있었다.

"안녕!"

내가 인사를 건넸다.

"좋은 아침, 싱클레어. 그동안 어떻게 지냈는지 듣고 싶구나. 크로머가 이젠 널 괴롭히지 않지, 그렇지?"

"네가 그런 거야? 어떻게 했기에? 어떻게 했느냐고? 전혀 이해가 가지 않아. 그 애가 완전히 떨어져 나갔어."

"그거 잘됐구나. 놈이 한 번이라도 더 나타나면―그럴 리는 없겠지만, 녀석은 파렴치하잖아―데미안 생각을 해 보라고만 말해."

"하지만 어떻게 된 거냐고? 그 애와 싸워서 흠씬 때려 주기라도 한 거야?"

"아니야. 난 싸움 좋아하지 않아. 그 애와 얘기만 했어. 너하고 얘기한 것처럼 말이야. 그 애가 널 건드리지 않으면 그 애 자신에게도 이로울 거라는 걸 알아듣게 잘 설명해 줬어."

"오, 그 애에게 돈을 주지 않았다고?"

"물론 안 줬지. 꼬마야, 그런 방법은 네가 이미 사용해 봤잖아."

내가 더 캐물으려고 했지만 데미안은 뿌리치고 가 버렸다. 기이하게도 고마움과 두려움이, 경탄과 불안이 그리고 호감과 거부감이 혼재된 가운데, 다시금 데미안에 대해 품었던 꺼림칙한 감정에 사로잡혀 나는 우두커니 그 자리에 멈춰 서 있었다.

나는 그를 곧 다시 만나리라고 생각했다. 그러면 그와 함께 모든 것에 대해 그리고 카인 문제에 관해서도 더 이야기하고 싶었다.

하지만 그렇게 되지 못했다.

감사는 결코 내가 믿는 미덕이 아니다. 어린애에게 그걸 요구하는 건

옳지 않다고 생각된다. 그래서 막스 데미안에게 감사의 뜻을 전하지 않은 것이 별로 놀랍지 않다. 그가 크로머의 손아귀에서 나를 구해 주지 않았더라면 평생 병을 앓다가 파멸했을 것이라고 지금도 나는 굳게 믿고 있다. 이 구원을 나는 그 당시에도 이미 내 어린 날의 가장 큰 체험이라고 느낀 바 있다. 하지만 구원자가 그 기적 같은 일을 완수하자마자 나는 그를 거들떠보지 않았다.

이미 말한 것처럼 나에게는 그런 몰염치가 이상하게 생각되지 않는다. 이상한 것은 내 호기심의 실종이었다. 데미안과 내가 공유했던 비밀에 좀 더 다가가지 않은 채 어떻게 단 하루도 그렇게 태연하게 살 수 있었을까? 카인에 대해, 크로머에 대해, 나아가 독심술에 대해 더 듣고 싶은 욕망을 내가 어떻게 억제할 수 있었을까?

그건 참으로 이해하기 힘들지만 사실이 그랬다. 나는 갑자기 악마의 덫에서 풀려난 나를 보았다. 내 앞에 놓인 세계는 다시 밝고 즐거워 보였다. 나는 더 이상 불안에 시달리지 않았고, 숨 막히는 심장의 고동도 사라졌다. 강박관념에서 벗어났고 더 이상 고통 속에 저주 받은 자도 아니었다. 다시 예전처럼 평범한 학생이 되었다. 나는 본능적으로 한시바삐 평정과 안식을 되찾으려고 노력했다. 그래서 무엇보다도 혐오스러운 것들과 위협적인 것들을 물리치고 잊어버리려고 온갖 노력을 기울였다. 신기하게도 죄의식과 불안감에 시달리던 길고 긴 역사가 내 기억에서 사라졌다. 겉으로는 그 어떤 상처와 자국도 남기지 않은 채.

나를 구해 준 사람도 마찬가지로 빨리 잊으려고 했던 것은 지금 생각해도 이해가 간다. 상처받은 내 영혼은 저주와 눈물의 골짜기에서, 그 끔찍한 노예 상태에서 안간힘을 다해 빠져나와 행복하고 만족스러웠던 예전 시절로 도피했다. 잃어버렸던 낙원으로, 이제 다시 문이 열린 낙원으로, 아버지와 어머니의 밝은 세계로, 누나들에게로, 순수의 향기가 있는 곳으로, 하느님의 은총을 받는 아벨에게로 돌아간 것이다.

데미안과 잠시 이야기를 나눈 후 마침내 다시 얻는 자유를 확인하고, 다시는 나락으로 떨어지지 않을 것이라는 걸 확인한 그날 나는, 내가 그렇게 애타게 소망했던 일, 고백이라는 걸 하게 되었다. 어머니에게 가서 자물쇠가 망가지고, 진짜 돈 대신에 장난감 동전으로 채웠던 저금통을 보여 드렸다. 그리고는 내 자신의 잘못으로 사악한 가학자(加虐者)로부터 얼마나 오랫동안 속박을 당했는지에 관해 이야기했다. 모든 걸 이해하지는 못했지만, 어머니는 저금통과 달라진 내 눈을 보고, 달라진 내 음성을 듣고는 내가 치유되어 어머니에게 돌아왔다는 걸 감지했다.

이제 나는 다시 받아들여지고 귀환한 탕아의 기쁨을 만끽했다. 어머니는 나를 아버지에게 데리고 갔다. 이야기는 또 한 번 반복됐다. 질문과 경탄의 아우성이 쇄도했다. 부모님은 내 머리를 쓰다듬으며 오랫동안 가슴을 짓눌렀던 걱정거리에서 벗어나 안도의 한숨을 쉬었다. 모든 게 황홀했고, 동화 속 이야기 같았으며, 모든 게 놀랍게도 조화롭게 마무리됐다.

나는 열정적으로 이 조화의 세계로 도피했다. 평화와 부모님의 신뢰를 되찾은 것이 여간 기쁘지 않았다. 나는 집안의 모범생이 되었고, 전보다 더 즐겨 누나들과 어울렸으며, 예배 시간엔 구원받은 자, 교화된 자의 심정으로 정겨운 옛 노래들을 불렀다. 이런 내 행동은 가슴에서 우러나온 것이며 조금도 거짓이 없었다.

그럼에도 불구하고 모든 것이 정리된 것은 결코 아니었다. 내가 데미안을 잊은 이유도 바로 이 지점에서 제대로 설명할 수 있다. 그에게 고백을 했어야 했는데! 그 고백이 집에서처럼 그렇게 화려하고 감동적이지는 않았겠지만, 나에게는 보다 유익한 결실을 가져다주었을 것이다. 이제 나는 내 옛 낙원의 세계에 깊이 뿌리를 내렸다. 집으로 돌아와 용서와 환영을 받았기 때문이다. 그러나 데미안은 절대 이 세계에 속하지 않았으며, 이 세계에 어울리지도 않았다. 크로머와는 달랐지만, 그 역시 유혹자였으며, 그 역시 나를 사악하고 그릇된 세계와 연결시켰다. 그런 세계에 관해서는 더 이상 아무것도 영원히 알고 싶지 않았다. 이제 나는 아벨을 포기할 수도, 포기하고 싶지도 않았다. 나 자신이 다시 아벨이 된 마당에 카인을 찬양하는 걸 돕고 싶지 않았던 것이다.

이건 겉으로 드러난 연관 관계였다. 그러나 내적 관계는 이러했다. 나는 크로머와 악마의 손아귀에서 벗어났다. 하지만 내 힘으로, 내 능력으로 벗어난 것이 아니었다. 나는 좁은 길을 걸어가 보려고 시도했는데, 그 길은 너무 미끄러웠다. 그때 어떤 친절한 손길이 나를 붙잡아 구해 줬지만, 나는 그 손길을 곁눈질해 보지도 않고 어머니의 성으로, 안전하고 경건한 동심의 세계로 내달았다. 나는 실제보다 더 어리고 더 의존적이고 더 치기 어린 행동을 했다. 크로머에게 예속됐던 나는 그 예속을 새로운 예속으로 대치해야 했다. 왜냐하면 혼자서는 걸어갈 수가 없었기 때문이다. 그래서 나는 무턱대고 아버지와 어머니에게 매달리기로 작정했다. 예전의 사랑스러운 '밝은 세계'에 예속되기로 한 것이다. 세상에는 이 세계만 있는 것이 아니라는 사실을 이미 알고 있었으면서도 말이다. 그렇게 하지 않았더라면 나는 데미안을 붙잡고, 그에게 속마음을 털어놓았을 것이다. 내가 그렇게 하지 않은 이유는, 그 당시만 해도 그의 기괴한 생각에 대한 내 불신이 당연하다고 생각됐기 때문이다. 그러나 실은 그게 다름 아닌 불안이었다. 데미안은 부모님보다 더한 걸 더 많이 나에게 요구했을 테고, 충동과 경고를 통해, 냉소와 아이러니를 통해 나를 독립적으로 만들고자 했을 테니까. 아, 이제야 나는 깨달았다. 자기를 자신에게로 인도하는 길로 가는 것보다 더 받아들이기 힘든 일은 이 세상에 없을 것이라는 사실을.

그럼에도 불구하고 나는 약 반년 후에 유혹을 뿌리치지 못하고 산책길에 아버지에게 물었다. 많은 사람들이 아벨보다 카인이 더 낫다고 하는데, 아버지 생각은 어떠시냐고.

아버지는 아주 놀라면서, 그건 새로울 게 없는 견해라고 했다. 그런 견해는 이미 초기 기독교 시절에 나타났으며, '카인교도'라고 불리는 종파들이 있었는데, 그들 중 한 종파에서 전수(傳受)되었다는 것이다. 하지만 이 엉터리 교리는 다름 아닌 우리의 신앙을 파괴하는 사탄의 시험이라고 했다. 카인이 옳고 아벨이 그르다고 믿을 경우 하느님이 오류를 범한 것이며, 따라서 성서의 하느님은 옳고 유일한 하느님이 아니라 가짜 하느님이라는 결론이 나온다고 했다. 실제로 이 카인교도들은 그와 비슷한 교리를 교시하고 설교했지만, 이 사교(邪敎)는 이미 오래 전에 인류로부터 사라졌다는 것이다. 아버지는 내 학교 친구가 그런 교리를 알고 있는 게 신기하다고 했다. 어쨌든 아버지는 그런 생각은 당장 떨쳐 버려야 한다고 나에게 단호하게 경고했다.

제3장

도둑

아버지와 어머니로부터 안전하게 보호를 받던 시절, 두 분에 대한 효성이 깊던 유년시절에 관해 이야기 하는 건 아름답고 아기자기하고 매력 있는 일일 것 같다. 부드럽고 사랑스럽고 밝은 환경에서 걱정 근심 없이 만족하며 살던 유년에 관해 이야기하는 것 말이다. 그러나 나는 내 인생에서 내 자신에 이르기 위해 내디뎠던 행보에만 관심이 있다. 아름다운 안식처이자 행복이 깃든 섬, 낙원인 그곳, 그곳의 매력을 모르는 건 아니지만, 그곳에 다시 발을 디뎌 보고 싶지는 않다. 그곳이 그냥 멀리서 빛을 발하게 놔두고 싶을 뿐이다.

때문에 나는 내 유년시절에 관한 한 새로운 것을 터득하고, 나를 고무시키고, 그간의 삶의 굴레에서 나를 벗어나게 해 준 것에 관해서만 이야기하겠다. 이런 자극들은 항상 '다른 세계'로부터 왔다. 그것들은 항상 불안과 강요를 동반했고 내 양심을 찔렀다. 그것들은 언제나 혁명적이고 내가 누려 왔던 평화를 위협했다.

허락받은 '밝은 세계'에서는 숨어서 몸을 사려야 했던 원초적 본능이 내 몸속에 똬리를 틀고 있었다는 사실을 새삼 발견해야 했던 시절이 왔다. 다른 애들과 마찬가지로 나에게도 서서히 이성에 대한 호기심이 생기기 시작했는데, 나는 이 호기심을 적으로, 파괴자로, 금지된 것으로, 유혹자요, 죄악으로 여겼다. 내 호기심이 찾는 것, 나에게 꿈과 즐거움과 동시에 불안을 안겨 주는 것, 사춘기의 이런 엄청난 비밀은 내 유년의 자유, 사랑에 넘치는 행복과는 결코 어울리지 않았다. 나도 다른 애들과 다를 바 없었다. 다른 애들과 마찬가지로 이중생활을 한 것이다. 그러니까 더 이상 어린애가 아니었다. 내 의식은 집안이라는, 허용된 밝은 세계에 살았다. 내 의식은 어렴풋이 떠오르는 새로운 세계를 부정했다. 그러나 다른 한편 나는 남모르는 꿈을 꾸고, 충동과 욕망에 사로잡혀 있었다. 그리고 이쪽 세계로 저의식 세계가 다리를 놓을 때마다 나는 점점 더 불안해졌다. 내 유년의 세계가 붕괴되고 있었기 때문이다. 거의 모든 다른 부모들과 마찬가지로 우리 부모님도 눈뜨기 시작한 내 생의 충동에 대해 속수무책이었으며 언급도 회피했다. 부모님은 현실을 거부하고 유년 세계에 안주하려 하는 내 무모한 시도를 끊임없는 배려로 도왔을 뿐이다. 그럴수록 내 세계는 비현실적이고 기만적이 되어 갔다. 부모님이 이 점에서 얼마나 도움이 될 수 있는지 모르겠다. 때문에 부모님을 원망할 생각은 없다. 그건 나 자신이 처리하고 길을 찾아야 할 문제였다. 그러나 나는 가정교육을 잘 받은 대부분의 아이들처럼 내 문제를 제대로 처리하지 못했다.

사람은 누구나 이런 어려움을 겪는다. 평범한 사람들에게는 이 시기가 인생의 분기점이다. 이 시기에 그들은 자신의 삶을 확립하기 위해 주위 세계와 격렬하게 부딪히고, 앞으로 나가기 위한 길을 쟁취하기 위해 힘든 투쟁을 벌여야 한다. 많은 사람들이 죽고 다시 태어나는 경험을 한다. 그것이 우리의 운명이다. 인생에서 단 한 번 겪는 경험이다. 사랑하는 것들이 우리 곁을 떠나려 하고, 그래서 우리가 문득 우주의 고독과 살인적인 추위를 느낄 때면, 유년이 허물어져 서서히 붕괴된다. 아주 많은 사람들이 영원히 이 암초에 걸려, 일생 동안 돌이킬 수 없는 과거에 고통스럽게 매달린다. 잃어버린 낙원에 대한 꿈, 그러니까 모든 꿈들 중 가장 고약하고 살인적인 꿈에 매달리는 것이다.

다시 내 이야기로 돌아가 보자. 유년시절 끝 무렵에 내가 지녔던 느낌과 환상에 대해서는 딱히 이야기할 만한 게 별로 없을 것 같다. 중요한 것은 '어두운 세계'였다. '다른 세계'가 다시 찾아온 것이다. 한때는 프란츠 크로머의 속성이었던 것이 이제는 내 속성이 되어 버렸다. 그리하여 '다른 세계'가 외부로부터 다시금 나에게 영향력을 행사하기 시작했다.

크로머 사건이 있은 지 몇 년이 지나서였다. 내 인생의 그 드라마틱하고 죄의식에 빠져 있던 시절은 이미 멀리 떠나, 짧은 악몽처럼 사라져 버렸다. 프란츠 크로머는 오래전에 내 삶에서 사라졌다. 언젠가 그와 한 번 만났을 때도 그는 내 관심 밖이었다. 그러나 내 비극의 다른 중요 인물인 막스 데미안은 완전히 사라지지 않았다. 하지만 멀리 외곽 지역에 서 있었기 때문에 나에게 영향력을 미치지는 않았다. 그러던 그가 다시금 점차 가까이 다가와서 또다시 나에게 힘과 영향력을 발휘하기 시작했다.

그 당시의 데미안에 대해서 내가 알고 있는 것을 회상해 본다. 그와 1년간, 아니면 더 오랫동안 한 번도 이야기를 나눈 적이 없는 것 같다. 나는 그를 피했고, 그도 억지로 나와 접촉하려 하지 않았다. 언젠가 한 번 만났는데 그는 고개만 끄덕이고 갔다. 이따금 그의 친절이 조소와 반어적인 질책의 부드러운 표현이라는 생각이 들기도 했지만, 그건 내 추측이었는지도 모르겠다. 내가 그와 함께 겪었던 이야기와 그가 그 당시 나에게 끼친 기이한 영향은 나와 마찬가지로 그도 잊고 있는 듯했다.

그의 모습을 그려 보고, 그를 상기해 보면, 그가 거기에 있었고, 내가 그를 눈여겨보던 장면이 떠오른다. 그가 학교로 가는 장면, 혼자서 혹은 자기보다 더 큰 아이들 사이에서 걸어가는 장면이 보인다. 그가 마치 자신만의 대기에 둘러싸인 별처럼, 자신만의 법칙을 지키며 그들 사이에서 낯설고 외롭게 조용히 걷고 있는 모습이 보인다. 아무도 그를 좋아하지 않았고 아무도 그와 친하게 지내지 않았다. 자기 어머니하고만 다정하게 지냈는데, 어머니하고도 어린애가 아니라 어른처럼 지냈다. 선생님들은 가급적이면 그를 가만히 내버려 뒀다. 그는 착한 학생이었지만 누구에게 잘 보이려고 일부러 애쓰지 않았다. 이따금 우리는 그가 어떤 선생님에게 마구 말대꾸를 하고, 거칠게 도발을 하거나 빈정댔다는 소문을 들었다.

나는 눈을 감고 기억을 더듬어 본다. 그의 모습이 떠오른다. 어디에서 봤던가? 그래, 거기였다. 우리 집 앞 골목이었다. 어느 날 나는 그가 거기서 메모장을 들고 스케치를 하는 걸 보았다. 그는 우리 집 대문 위에 설치된 새가 그려진 문장을 그리고 있었다. 나는 창가 커튼 뒤에 몸을 숨기고 그를 바라보면서 문장을 향한 그의 주의 깊고 냉철하고 밝은 얼굴에 무척이나 놀랐다. 그의 얼굴은 성년 남자의 얼굴이었고, 탐구자 혹은 예술가의 얼굴이었다. 이지적인 눈을 지닌 그의 얼굴은 침착하고 의지에 넘치고 유난히 밝고 냉철했다.

나는 그를 다시 본다. 얼마 후에 길거리에서였다. 우리는 학교에서 나오다 말 한 마리가 쓰러져 있는 것을 보고 말 주위에 둘러섰다. 말은 멍에에 묶인 채 짐수레 앞에서 커다란 콧구멍으로 숨을 내뿜으며 도움을 구하는 듯 가엾게 헐떡거리고 있었다. 보이지 않는 상처 어딘가에서 흘러나온 피가 말 옆에 있는 길의 뽀얀 먼지를 서서히 검붉게 물들였다. 속이 메스꺼워 시선을 돌렸을 때 나는 데미안의 얼굴을 보았다. 그는 말 가까이로 끼어들어 가지 않고 맨 뒤쪽에서 평소의 그답게 침착하고 우아한 자태로 서 있었다. 그의 시선은 말의 머리 쪽을 향하고 있었다. 이번에도 그는 깊고 조용하고 열광적이면서도 냉정한 시선으로 주의를 기울였다. 나는 그를 오랫동안 바라보지 않을 수 없었다. 그 당시 나는 의식하지 않았는데도 무언가 아주 특이한 느낌이 들었다. 데미안의 얼굴은 어린애 얼굴이 아니라 성인 남자의 얼굴이었을 뿐만 아니라 그 이상이었다. 이를테면 그의 얼굴은 성인 남자의 얼굴도 아닌 또 다른 어떤 모습인 것처럼 보였다. 그의 얼굴에는 여자의 얼굴 같은 것도 깃들어 있는 것 같았다. 그러나 다음 순간 그의 얼굴은 성인 남자도 어린아이도 늙지도 젊지도 않은, 어쩌면 천 년쯤 된, 아니 시간을 초월한, 우리와는 다른 시간대의 소인이 찍힌 얼굴 같아 보였다. 짐승들이 그렇게 보일 수 있을 것 같았다.

아니면 나무들, 아니면 별들이 그렇게 보일 것 같았다.어른이 된 내가 그의 얼굴에 대해 지금 말하고 있는 것을 그 당시에는 알지 못했고, 정확히 느끼지도 못했지만, 그와 비슷한 느낌이 들기는 했을 것이다. 어쩌면 그는 아름다웠던 것 같기도 했고, 어쩌면 내 마음에 들었던 것 같았고, 어쩌면 싫었던 것 같기도 했다. 더 정확히 말하면 어느 쪽인지 구분할 수가 없었다. 다만 그가 우리와 달랐다는 것만은 똑똑히 보았다. 그는 짐승, 아니면 유령 혹은 환영(幻影) 같았다. 그가 어땠는지 정확히 알 수 없지만 우리와는 달랐다. 정말 상상할 수 없을 정도로 달랐다.

더 이상은 기억이 나지 않는다. 지금까지 말한 것도 어쩌면 후에 떠오른 인상의 한 부분일 수도 있을 것이다.

나이를 몇 살 더 먹었을 때 비로소 나는 마침내 그와 다시 가깝게 지내게 되었다. 데미안은 관례에 어긋나게도 또래 아이들과 함께 교회에서 견진성사를 받지 않았다. 그래서 이에 관한 소문도 또 순식간에 퍼져 나갔다. 학교에서 애들은 그가 원래 유태인이거나 아니면 이교도라고 했다. 어떤 애들은 그가 자기 어머니처럼 그 어떤 종교도 가지지 않고 이상한 사교에 빠져 있다고 했다. 그런 소문과 더불어 그가 자기 어머니와 연인처럼 함께 지낸다는 의혹을 산다는 얘기도 들었다. 어쨌거나 그가 그때까지 종교 없이 자란 것이 그의 장래에 좋지 않은 영향을 미칠 수 있다는 우려를 낳았는지, 그의 어머니는 또래의 아이들보다 2년 늦게 그가 견진성사에 참여하게 했다. 그리하여 그가 몇 달간 종교 수업을 나와 함께 받게 된 것이다.

한동안 나는 그와 거리를 두었다. 그와 가깝게 지내고 싶지 않았기 때문이다. 내가 보기에 그는 너무 많은 소문과 비밀에 둘러싸여 있었다. 특히 크로머 사건 이래 계속 내 마음속에 남아 있던 의무감 때문에 그에게 다가가는 것이 꺼려졌다. 그밖에도 바로 그때가 내 자신의 비밀을 추스르기에도 벅찬 시기였다. 종교 수업이 성에 대한 내 인식의 결정적인 깨우침과 겹친 시기였던 것이다. 그로인해 의지는 있었지만 경건한 교리에 대해 나는 별로 관심을 가질 수 없었다. 신부님의 설교가 나오는 거리가 먼 나라, 조용하고 성스러운 비현실 세계의 이야기처럼 들렸다. 그 세계는 아주 아름답고 가치가 있는 것 같기는 했지만 결코 현실적이지는 않았고 자극적이지도 않았다. 반면에 다른 쪽, 즉 성 문제는 극히 현실적이고 자극적이었다.

이런 상황에서 수업에 대한 흥미가 없어지면 없어질수록 다시금 데미안에 대한 관심이 깊어졌다. 무언가가 우리를 연결시켜 주는 것 같았다. 이 연결의 실마리를 가능하면 면밀히 추적해 보도록 하겠다. 기억을 더듬어 보면, 교실에 아직 등이 켜져 있던 이른 아침 수업 시간이었다. 우리 신부 선생님이 카인과 아벨에 대해 이야기하기 시작했다. 나는 수업에 관심이 없어 선생님의 얘기를 듣지 않고 졸았다. 신부님은 목청을 높여 카인의 표지에 대해 힘차게 이야기하기 시작했다. 그 순간 나는 누가 나를 건드리고 경고하는 듯한 느낌이 들었다. 고개를 들어 보니 앞쪽 의자 대열에서 데미안의 얼굴이 나를 향해 뒤를 돌아보고 있는 것이 아닌가! 총명한 그의 눈은 무언가 말하는 것 같았는데, 조롱 같기도 하고 진지해 보이기도 했다.

그는 잠시만 나를 바라봤다. 나는 얼른 정신을 가다듬고 신부님의 말에 귀를 기울였다. 카인과 카인의 표지에 관한 그의 이야기를 들으며 나는 문득 신부님의 가르침이 옳을 수도, 또 그를 수도 있으며, 비판의 여지도 있다는 것을 마음속 깊이 깨달았다.

이 순간과 더불어 데미안과 나의 관계가 다시 시작됐다. 신기한 것은, 그와 내가 서로 같은 생각을 가지고 있다는 느낌이 들자마자 마술처럼 공간적으로도 그와 같은 현상이 일어났다는 것이다. 그가 일부러 그렇게 했는지, 아니면 순수한 우연이었는지는 알 수가 없었다. 그 당시만 해도 나는 그게 전적으로 우연이라고 생각했다. — 며칠이 지난 후 데미안이 종교 수업 시간에 갑자기 자리를 옮겼다. 바로 내 앞자리로 옮겨 앉은 것이다. (아직도 기억에 생생하다. 학생들이 가득 찬 교실, 가련한 가난뱅이들 냄새만 풍기던 교실에서 아침마다 그의 목덜미에서 풍겨 오는 향기로운 비누 냄새를 내가 얼마나 즐겨 맡았던가!) 그리고 며칠 후 그가 다시 자리를 옮겨 내 곁으로 왔다. 그렇게 그는 겨울 내내 그리고 봄이 끝날 때까지 그 자리에 그대로 앉아 있었다.

아침 수업 시간이 완전히 달라졌다. 이제 더 이상 졸리지도 지루하지도 않았다. 그 시간이 즐거웠다. 가끔 우리 두 사람은 정신을 집중해서 신부님의 말씀을 경청했다. 데미안은 눈초리만으로도 신기한 이야기와 기이한 말씀이라는 걸 충분히 알려 줬고, 또 다른 눈초리로는 비판과 회의(懷疑)를 품어야 할 대목이란 걸 환기시켜 줬다.

우리는 자주 불량 학생이 되어 수업을 전혀 귀담아듣지 않았다. 데미안은 항상 선생님과 학생들에게 공손했다. 나는 그가 어리석은 행동을 하는 것을 본 적이 없다. 그는 큰 소리로 웃거나 떠들지도 않았고, 선생님으로부터 야단을 맞은 적도 없다. 아주 조용히, 그러나 속삭이는 대신에 몸짓과 눈짓으로 그는 나를 자기가 하는 일에 끌어들일 줄 알았다. 그가 열중하는 일들이 어떤 때는 신기하기도 했다.

예를 들어, 학생들 중에서 누가 자기에게 관심이 있는지, 어떤 방법으로 그걸 알아내는지를 그가 말해 줬다. 그는 여러 학생들을 잘 알고 있었다. 수업 전에 그가 말했다. '내가 너에게 엄지손가락으로 신호를 보내면 저 애와 저 애가 우리를 돌아보거나 목덜미를 긁을 거야.' 등등. 그리고 나서 수업이 시작되고, 내가 종종 데미안의 얘기를 잊고 있노라면, 그가 갑자기 눈에 띄는 행동으로 나를 향해 엄지손가락을 치켜들곤 했다. 나는 재빨리 데미안이 가리키는 아이를 지켜봤다. 신기하게도 지목된 아이는 마치 줄로 조종당하는 인형처럼 매번 데미안이 요구하는 동작을 취했다. 선생님에게도 한번 그렇게 해 보라고 졸라 댔지만 그는 싫다고 했다. 어느 날은 수업 시간에 그에게 오늘은 예습을 해 오지 않았기 때문에 신부님이 제발 나에게 질문을 하지 않았으면 좋겠다고 하자 그가 나를 도와줬다. 교리문답서 한 구절을 낭송할 학생을 찾던 신부님의 눈길이 죄의식을 느끼고 있던 내 얼굴에 와서 멎었다. 신부님은 천천히 나에게 다가와서 손가락으로 나를 가리키며 막 내 이름을 부르려고 했다. 그러나 다음 순간 그가 갑자기 멍한 표정, 아니 불안한 표정을 짓더니 옷깃을 위로 치켜올리며 데미안 쪽으로 갔다. 데미안이 신부님의 얼굴을 뚫어지게 바라보자, 그에게 뭔가 물어보려고 하던 신부님이 놀란 표정으로 다시 방향을 바꾸더니, 잠시 헛기침을 한 후 다른 학생에게 질문을 던졌다.

이런 장난에 매우 재미를 느끼면서 비로소 점차, 내 친구가 종종 나에게도 그런 장난을 친다는 걸 알게 되었다. 등굣길에 데미안이 얼마 떨어지지 않은 거리에서 내 뒤를 따라오고 있다는 느낌이 문득 들 때가 있었는데, 뒤를 돌아보면 정말 그가 뒤를 따라오고 있었다.

"넌 네가 원하는 걸 다른 사람이 생각하게 할 수도 있는 거야?"

내가 그에게 물었다.

그가 예의 그 어른스런 태도로 거리낌 없이 차분하고 솔직하게 대답했다.

"아니야. 그런 건 할 수 없어. 신부님은 그런 걸 할 수 있는 것처럼 행동하지만, 사람은 자유의지를 가지고 있지 않아. 사람은 자기 뜻대로 생각할 수 없을 뿐만 아니라 내 뜻대로 다른 사람을 생각하게 할 수도 없어. 하지만 어떤 사람을 잘 관찰할 수는 있어. 그러면 종종 그가 뭘 생각하고 느끼는지 아주 자세히 알 수 있게 돼. 그러면 그가 다음 순간 뭘 하게 되는지도 대체로 예견할 수 있다고. 사람들이 몰라서 그렇지 그건 아주 간단해. 그렇게 하려면 물론 연습이 필요하지. 예를 들어 나방들 중에 어떤 부나비들은 수컷보다는 암컷이 훨씬 더 적어. 모든 동물들과 마찬가지로 나비들은 지체 없이 번식을 해. 수컷이 암컷을 수정시키고, 암컷이 알을 낳지. 이 부나비들 중에 수컷들이 암컷과 짝짓기를 하고 싶을 경우, 자연 과학자들이 종종 실험한 바에 의하면, 밤에 암컷을 좇아가는데, 아주 먼 거리에서 좇는다는 거야! 몇 시간이 걸릴 정도로 먼 거리를 말이야. 상상해 봐! 수 킬로미터나 떨어진 곳에서 수컷들이 그 지역 일대에 있는 암컷 단 한 마리의 냄새를 맡고 추적하는 거! 사람들은 그 기이한 현상을 설명하려고 하지만 설명이 쉽지 않아. 일종의 후각 작용이거나 아니면 훌륭한 사냥개가 보이지 않는 흔적을 찾아 추적하는 것과 비슷한 원리일 거야. 이해하겠지? 자연에는 그런 현상이 가득하지만 그걸 설명할 수는 없어. 이렇게는 말할 수 있을 거야. 가령 이 나방들의 경우 암컷의 수가 수컷만큼 많다면 수컷이 그렇게 섬세한 후각을 지닐 수 없겠지! 그러니까 수컷들이 훈련을 쌓았기 때문에 그런 후각을 갖게 된 것뿐이야. 짐승과 마찬가지로 사람도 어떤 대상에 정신을 집중시키고 전력을 기울이면 그런 일을 해낼 수 있다는 얘기야. 이게 전부야. 이게 바로 네가 알고 싶어 하는 거에 대한 대답이야. 어떤 사람을 아주 자세히 바라보면 너도 그 사람 자신보다 그 사람을 더 잘 알게 돼."

하마터면 나는 '독심술'이란 단어를 입 밖에 내어, 데미안으로 하여금 오래 전에 있었던 크로머 장면을 떠올리게 할 뻔했다. 그러나 그렇게 하지 않은 것도 우리 사이의 묘한 이심전심 때문이었다. 그와 마찬가지로 나도 그가 몇 년 전에 내 삶에 진지하게 끼어들었던 일에 대해 일언반구도 하지 않았다. 우리는 각자 둘 사이에 아무 일도 없었던 것처럼, 아니면 상대방이 그걸 잊고 있다고 굳게 믿고 있는 것처럼 행동했다. 심지어 둘이 길을 가다가 프란츠 크로머를 한두 번 만났을 때도 우리는 서로 눈길을 주고받지 않았으며, 그에 관해서는 단 한마디도 하지 않았다.

"하지만 의지에 관한 얘기는 어떻게 된 거야? 넌 인간이 자유의지를 가지고 있지 않다고 말했다가, 그 다음엔 다시 어떤 것에 집중하려면 확고한 자유의지가 필요하고, 그래야만 소기의 목적을 달성할 수 있다고 말했어. 그건 말이 안 돼! 내가 내 의지의 주인이 될 수 없다면, 의지를 내 마음대로 이리저리 집중시킬 수도 없게 된다고."

내가 말했다.

그가 내 어깨를 툭툭 쳤다. 그는 내가 자기를 즐겁게 할 때마다 항상 그렇게 내 어깨를 쳤다.

"좋은 질문이다! 항상 물어야 해. 항상 의문을 가져야 하고. 하지만 그 문제는 아주 간단해. 예를 들어, 부나비가 별이나 그 밖에 어떤 곳으로 자기 의지를 집중시키지는 못해. 그런 걸 시도하지도 않지. 부나비는 자기에게 가치가 있다고 여겨지는 것만 감각적으로 찾는다고. 자기가 필요한 것, 자기가 절실하게 가져야 할 것만 찾는단 말이야. 그렇게 해서 그런 믿을 수 없는 일도 해내게 된다고. 부나비는 자기 말고는 그 어떤 다른 동물도 가지지 못한 신비스런 육감(六感)을 개발한 거야! 물론 우리 인간은 동물들보다 더 넓은 활동 공간을 가지고 있어. 그리고 더 많은 관심도 가지고 있고. 하지만 우리 역시 비교적 한정된 범위에 갇혀 있기 때문에 그걸 벗어날 수 없어. 나는 이런저런 공상은 할 수 있어. 하지만 어떤 일이 있어도 북극 지방이나 그와 같은 곳에 가야겠다고 마음먹었을 경우, 그 소망이 내 마음 속에 확고하게 자리 잡고, 나라는 존재가 진정 그 소망의 화신이 될 수 있을 때에만 내 의지가 그걸 실현시킬 수 있다고. 이런 조건이 갖추어져 있다면, 네가 마음속에서 명령받은 것을 곧바로 시험해 볼 수 있고, 네 의지의 고삐를 말 잘 듣는 말처럼 바짝 조일 수 있게 돼. 예를 들어, 내가 우리 신부님이 앞으로 더 이상 안경을 쓰지 않게 하려고 마음먹는다고 해도 그런 일은 일어나지 않아. 그런 짓은 장난에 불과하기 때문이지. 하지만 지난 가을에 내가 앉았던 의자에서 자리를 옮기려고 굳게 마음먹었을 때, 그 일은 순조롭게 이루어졌어. 그때 알파벳 순서가 내 앞이었던 아이가 갑자기 나타났어. 그때까지 아파서 결석을 했던 애였어. 누군가 그 애에게 자리를 내줘야 했는데, 그렇게 한 건 물론 나였어. 내 의지가 곧 그 기회를 포착할 준비를 했기 때문이지."

그가 웃으며 말했다.

"그래, 그 당시 나한테도 그게 참 신기했어. 그 순간부터, 우리가 서로 관심을 갖게 된 그 순간부터 너는 점점 내게 가까이 다가왔어. 그런데 그거 어떻게 된 거야? 처음에는 곧장 내 옆에 앉지 않고 내 앞자리에 몇 차례 앉아 있었어, 그렇잖아? 그거 어떻게 된 거냐고?"

내가 물었다.

"그건 이렇게 된 거야. 처음 앉았던 자리에서 다른 데로 가고 싶었는데, 어디로 갈지 나 자신도 잘 알지 못했어. 아주 뒷자리로 가서 앉고 싶었을 뿐이야. 너에게로 간 건 내 의지였는데, 그때까지만 해도 나는 그걸 몰랐어. 네 의지와 내 의지가 함께 나를 도운 거야. 네 앞자리에 앉았을 때 비로소 난 내 소원이 반쯤 이루어진 걸 깨달았어. 그러니까 난 바로 네 옆에 앉고 싶었던 거야."

"하지만 그때 새로 온 애는 없었어."

"없었지. 하지만 난 그냥 내가 원하는 걸 한 거야. 재빨리 네 옆에 가서 앉았지. 나하고 자리를 바꾼 애는 이상하다고 생각하면서도 그러라고 했어. 그리고 신부님은 자리 이동이 있었던 건 알았어. 그래서 나와 마주칠 때마다 속으로 애를 태웠어. 다시 말해, 내 이름은 데미안(Demian)인데, 내 이름에 맞는 D 자리에 앉지 않고 아주 뒤쪽 S[1] 자리에 앉아 있는 게 이상했던 거야! 하지만 그게 신부님의 의식까지 파고들지는 못했어. 내 의지가 그걸 막았기 때문이지. 신부님이 그걸 의식할까 봐 내가 매번 방해를 놓은 거야. 신부님은 뭔가 이상하다는 걸 눈치채기는 했어. 그래서 나를 유심히 바라보며 뭐가 이상한지 궁리하기 시작했어. 마음씨 착한 신부님이 말이야. 하지만 난 간단한 방법을 알고 있었지. 그럴 때마다 매번 그분의 눈을 뚫어지게 바라본 거야. 그러면 누구나 견뎌내지 못하고 불안해하게 돼. 너도 누구한테서 뭘 얻고 싶으면, 그 사람을 아주 정면으로 쳐다보라고. 그런데도 그가 불안해하지 않으면 포기해! 그런 사람한테서는 아무것도 이룰 수 없어. 하지만 그런 경우는 아주 드물어. 내 방법이 통하지 않는 사람이 딱 한 사람 있기는 해."

"그게 누군데?"

내가 얼른 물었다.

그가 눈을 약간 가늘게 뜨고 나를 바라봤다. 그는 깊이 생각할 때마다 눈을 그렇게 떴다. 그리고는 시선을 돌리더니 아무 대답도 하지 않았다.

---

1 싱클레어(Sinclair)가 앉은 의자 줄을 말함.

궁금하기 이를 데 없었지만 다시 물어보지는 못했다.

하지만 나는 그 당시 그가 자기 어머니를 두고 하는 말이라고 생각했다. 그는 어머니와 아주 친밀하게 지내는 것 같았다. 그는 나에게 어머니에 관해서 한 번도 얘기한 적이 없었고 자기 집으로 데려간 적도 없었다. 그래서 그의 어머니가 어떻게 생겼는지 나는 잘 몰랐다.

그 당시 나는 이따금 그의 흉내를 내 보려고 했다. 그래서 어떤 것에 내 의지를 집중시켜 그것을 내 의지에 따르게 해 보려고 했다. 그러나 아무것도 이루어지지 않았다. 데미안에게 그 얘기를 해볼 용기도 없었다. 그도 그런 건 나에게 묻지 않았다.

그러는 사이에 종교 문제에서 내 신앙심에는 많은 균열이 생겼다. 그러나 데미안으로부터 영향을 받은 내 사고방식은 믿음이 전혀 없는 학우들의 그것과는 아주 달랐다. 그런 아이들이 몇 명은 걸핏하면, 신을 믿고 삼위일체와 예수가 동정녀에게서 태어났다는 이야기를 믿는 건 우습고 인간의 존엄을 해치는 행위라고 떠들어 댔다. 오늘날까지도 그런 너절한 이야기를 자랑스럽게 늘어놓는 건 수치스런 일이라고 했다. 나는 이 애들처럼 생각한 적이 한 번도 없었다. 설사 내가 의문을 가졌다 해도, 나는 내 부모님이 영위한 경건한 삶의 현실에 대해 유년시절의 전 경험을 통해서 잘 알고 있었다. 이러한 삶은 가치가 없지도 가식적이지도 않았다. 오히려 종교에 대해 한결같이 깊은 경외심을 지니고 있었다. 나에게 성서 이야기와 교리에 대해 보다 인간적으로, 가벼운 마음으로 상상력을 동원해서 해석하는 습관을 길러 준 사람은 데미안이었다. 그가 나에게 일러 준 해석 방식을 나는 즐겨 사용했다. 물론 많은 것들, 이를테면 카인 문제 같은 것들은 너무 갑작스러워 받아들이기 버거웠다. 한번은 종교 수업 시간에 그가 보다 대담한 견해를 펼쳐 나를 놀라게 했다. 선생님이 골고다에 관해 이야기했다. 구세주의 수난과 죽음에 관한 성경 이야기는 오래전부터 나에게 깊은 감명을 주었다. 이따금 나는 어린 나이에 아버지가 성금요일에 예수의 수난에 관한 구절을 낭송하고 나면 고통에 가득 찬, 아름답고 희미하고 으스스하면서도 엄청나고 생생하게 느껴지는 세계, 겟세마네와 골고다에 깊이 빠져들었다. 그리고 바흐의 마태수난곡을 들으면 비밀에 가득 찬 이 세계의 음울하고 강렬한 고통의 빛이 신비스런 전율을 몰고 왔다. 나는 오늘날에도 이 음악 '비극Actus tragicus'이 모든 시와 예술적 표현의 총화라고 생각한다.

수업을 마친 후 데미안이 심각한 어조로 나에게 말했다.

"성경에 마음에 안 드는 구절이 있어, 싱클레어. 이 이야기 다시 한번 읽어 봐. 그리고 혀로 그 이야기의 맛을 한번 음미해 봐. 되게 맛없어. 두 도둑에 관한 이야기 말이야. 골고다 언덕에 십자가 세 개가 나란히 서 있어. 멋지지! 하지만 날도둑을 감상적으로 이용한 선교 팸플릿 아니니! 처음에는 나쁜 짓을 저지른 파렴치한 범죄자였는데—이건 하느님도 알고 계셔—이제 울먹이며 개과천선하고 후회한다는 거야! 무덤을 두 발짝 앞에 두고 그런 후회가 무슨 소용 있겠니, 넌 어떻게 생각해? 이건 성직자들이 꾸며 낸 또 하나의 허구일 뿐이야. 교화를 염두에 둔 불성실한 사탕

발림이고, 감동을 불러일으키기 위한 감상적인 노래야. 두 도둑 중에 한 명을 친구로 선택해야 한다면, 혹은 둘 중 어느 쪽을 더 신뢰할 수 있는 지 생각해 보라고 한다면 넌 어느 쪽이야? 분명 이 울먹이며 회개하는 쪽은 아닐 거야. 그렇지, 다른 쪽일 거야. 그는 사나이답고 개성이 있어. 그는 회개 따위는 하지 않아. 그의 입장에서 보면 회개는 겉만 번지르르 한 헛소리일 뿐이야. 그는 끝까지 소신을 굽히지 않는다고. 그리고 최후 의 순간에 자기를 끝까지 도와줬던 악마를 비겁하게 배반하지 않아. 그는 개성 있는 사람이야. 성서는 개성 있는 사람들을 너무 홀대해. 어쩌면 그 가 카인의 후예일는지도 몰라. 그렇게 생각하지 않니?"

나는 매우 놀랐다. 십자가 수난 이야기를 잘 안다고 믿었는데, 얼마나 개성 없이 그리고 얼마나 빈약한 상상력으로 그 이야기에 귀를 기울이고 읽었는지 이제 비로소 깨달았다. 그럼에도 불구하고 데미안의 새로운 해 석은 나에게 치명적이었다. 그의 해석은 내가 알고 있던 것들, 내가 굳건 히 믿었던 것들을 송두리째 전복시켰다. 안 돼, 그런 식으로 모든 것을, 더구나 성스러운 것을 뒤집어엎을 수는 없어.

내가 무슨 말을 꺼내기도 전에 그는 이번에도 내 반발심을 곧장 알아차 렸다.

"알고 있어. 그건 예날 이야기야. 너무 심각하게 생각하지 마! 하지만 너에게 얘기해 줄 게 있어. 이 대목이 기독교에서 아주 분명하게 드러나 는 결함을 볼 수 있는 점들 가운데 하나야. 구약과 신약의 이 온전한 신 은 탁월한 존재이기는 하지만, 신이 원래 표상해야 할 세상은 보여 주지 못하고 있다는 데 문제가 있어. 하느님은 선이요, 거룩함이며 어버이이며 아름다움이고, 고귀함이며 성찰적인 존재지. 그건 전적으로 옳아! 하지만 세상엔 다른 것들도 있어. 그런데 성경은 이 다른 것들을 모두 손쉽게 악마의 탓으로 돌리고 있어. 그리고 세상의 이 다른 부분 전부를, 세상의 이 완전한 반쪽을 숨기고 묵살한단 말이야. 사람들은 모든 생명의 아버지 하느님을 기리지만, 생명의 근원인 성생활은 간단히 무시해 버리고, 가능하면 악마의 짓으로 돌리며, 죄악시한다고! 여호와 하느님을 숭배하지 말라는 말은 아니야. 그건 절대 아니야. 하지만 우리는 모든 것을 숭배하고 신성하게 여겨야 해. 인위적으로 갈라놓은 공인된 반쪽 세상뿐만 아니라 이 세상 전부를 말이야! 그러니까 우리는 하느님만 공경하지 말고 악마도 공경해야 해. 그렇게 하는 게 옳아. 아니면 우리는 악마의 속성도 지니고 있는 신을 창조해야 해. 그런 신 앞에서는 세상에서 가장 자연스러운 일이 일어날 때 눈을 감지 않아도 돼."

그가 체념한 듯 말했다.

그는 평소의 그답지 않게 열을 올렸지만 곧 다시 미소를 지으며 더 이상 나를 설득하려 들지 않았다.

그러나 그의 이 말이 나에게는 유년시절 내내 수수께끼였다. 매 순간 그의 말을 되새겼다. 하지만 누구에게도 그 말에 대해서는 한마디도 하지 않았다. 데미안이 하느님과 악마에 대해, 신적으로 공인된 세계와 묵살당한 악마의 세계에 대해 말한 것, 그것은 바로 나 자신의 생각이었고 신화였다. 양쪽 세계 혹은 세계의 반쪽, 밝은 세계와 어두운 세계 말이다. 내 문제가 모든 인간의 문제요, 모든 생명과 사유의 문제라는 인식이 문득 성스러운 그림자처럼 나를 뒤덮었다. 나 자신의 개인적인 삶과 생각이 거대한 이념의 영원한 흐름에 깊이 관여하고 있음을 불현듯 깨닫고 느꼈을 때, 나는 불안과 외경심에 사로잡혔다. 그런 통찰이 입증되고 행복한 것임에도 불구하고 즐겁지만은 않았다. 그 통찰은 가혹하고 맛이 썼다. 그도 그럴 것이 그 통찰에는 책임이 뒤따르고, 더 이상 어린아이가 아니니까 독립적으로 살아가라는 소리가 깃들어 있었기 때문이다.

나는 아주 어린 시절부터 마음속 깊이 간직했던 내 비밀을 일생 처음으로 친구에게 털어놨다. 내 비밀, 즉 '두 개의 세계'에 대한 내 생각을 말이다. 그러자 그는 내 마음속 깊은 감정이 자기 견해와 일치하고 자기 견해를 시인한다는 것을 알아차렸다. 그러나 그는 성격상 그런 내 비밀을 이용할 위인이 아니었다. 그는 보다 깊은 관심을 보이면서 내 말을 경청했다. 그가 하도 내 눈을 뚫어지게 바라보는 바람에 나는 그의 시선을 피해야 했다. 왜냐하면 나는 그의 시선에서 다시금 저 기이하고 동물적인 초시간성과 헤아릴 수 없이 아득한 나이를 보았기 때문이다.

"그 얘기 다음에 더해 보자."

그가 말을 아끼려는 듯 이렇게 말했다.

"넌 네가 생각하는 걸 다 말하지 못하는 것 같아. 그렇다면 넌 네가 생각한 걸 한 번도 삶의 현실로 체험해 보지 못했다는 것도 알고 있겠구나. 그건 좋지 않아. 우리가 삶에서 체험하는 현실을 생각해야만 가치가 있는 거야. 넌 네 '허용된 세계'가 단지 세계의 반쪽에 불과하다는 걸 알면서도 신부님이나 선생님들처럼 나머지 반쪽을 숨기려고 했어. 계속 그렇게 버티기는 힘들걸! 그 문제에 대해 생각하기 시작하면 말이야."

그의 말은 내 가슴의 정곡을 찔렀다.

"하지만 실제로 이 세상엔 금지된 추악한 일들이 있어. 너도 그건 부정하지 못할 거야! 그런 일들은 금지되어 있어. 그래서 우리는 그런 짓을 하면 안 돼. 이 세상에는 살인과 온갖 악행이 벌어지고 있어. 그렇다고 내가 범죄가가 돼도 좋단 말은 아니잖아?"

나는 거의 소리를 지르다시피 했다.

막스가 나를 달랬다.

"이러다가 우리 오늘 얘기 다 끝내지 못하겠다. 살인을 하거나 처녀를 강간하고 죽여서는 절대 안 되지. 안 되고말고. 하지만 넌 '허용된' 것과 '금지된' 것이 궁극적으로 뭘 의미하는지를 통찰할 수 있는 단계에 아직 이르지 못했어. 이제 겨우 진실 한 토막을 만져 봤을 뿐이야. 앞으로 그 밖의 것들도 경험하게 될 거야. 기대해 봐! 예를 들어 1년 전부터 네 마음속에는 그 어떤 것보다 강한 충동이 일고 있어. 이른바 '금지된' 것에 대한 충동 말이야. 그리스 사람들과 그밖에 여러 민족들은 우리와 반대로 이 충동을 신성시하고 큰 축제를 벌이며 대대적으로 기렸어. 말하자면 '금지된' 것이라고 영원히 지속되는 게 아니라 그 반대가 될 수 있다는 얘기야. 오늘날은 누구나 여자와 함께 신부님한테 가서 결혼 서약을 하면 곧장 그녀와 잠자리를 같이할 수 있지. 그렇지 않은 민족들도 아직 있지만 말이야. 그러니까 우리는 어떤 것이 허용된 것이며 어떤 것이 금지된 것인지 자기 자신이 판별해야 해. 사람은 금지된 짓을 전혀 하지 않으면서도 흉악한 악인이 될 수 있는가 하면, 그 반대도 될 수 있지. 그건 엄밀히 말하면 단지 편안함의 문제야! 너무 편안해서 스스로 생각하고 판단할 수 없는 사람은 금지된 것을 액면 그대로 받아들인다고. 그게 편하니까. 그런가 하면 어떤 사람들은 자신의 계명대로 정직한 사람들이 매일 행하는 것을 금하기도 하고, 반대로 금기시된 것을 허용하기도 해. 누구나 자기는 자신이 책임져야 하지."

그는 많이 이야기한 걸 후회했는지 갑자기 얘기를 끊었다. 그 당시 나는 이미 그가 어떤 느낌을 지니고 있었는지 어느 정도 눈치챘다. 그렇게 겉보기에 유쾌하게 자기 생각을 털어놓곤 하면서도 그는 언젠가 그 자신이 말한 것처럼 '얘기를 위한 얘기'는 질색을 했다. 그는 내가 순수하게 관심을 가지면서도 말장난이 심하고, 재치 있는 잡담을 너무 좋아하는 걸 눈치챘다. 간단히 말해 나에게 진정한 진지성이 결여되어 있다는 걸 눈치챈 것이다.

내가 써 놓은 마지막 말, '완벽한 진지성'이란 말을 다시 읽어 보니 문득 다른 장면이 하나 떠오른다. 내가 아직 어느 정도 어렸을 적에 막스 데미안과 함께했던 아주 인상적인 장면이.

우리의 견진성사가 다가오고 있었다. 신부님은 마지막 남은 수업 몇 시간은 최후의 만찬에 관한 이야기로 채웠다. 신부님은 그 대목이 중요했는지 신경을 많이 썼다. 그래서 이 시간에는 엄숙한 분위기마저 느껴졌다. 하지만 바로 이 마지막 수업 몇 시간 동안에 나는 다른 생각을 했다. 친구 생각을 한 것이다. 교회 공동체에 편입됨을 장엄하게 선포하는 견진성사가 다가오는데, 반년 간에 걸친 성경 강독의 가치가 내게는 강독 시간에 배운 것보다는, 데미안과 가까이 있으면서 그의 영향을 받은 것에 더 있다는 생각이 물밀듯이 밀려왔다. 나를 받아 줄 곳은 교회가 아니라 아주 다른 곳, 지상 어딘가에 있을 법한 사상과 개성의 결사(結社)라는 생각이 들었으며, 내 친구가 그 결사의 대변인 아니면 특사라는 느낌이 들었다.

나는 이런 생각들을 떨쳐 버리려고 노력했다. 힘이 들기는 했지만 견진성사 의식(儀式)은 어느 정도 경건하게 치르려고 했다. 그렇게 하는 것이 내 새로운 생각과 별로 부합되지 않는 것 같았지만 그냥 그렇게 하고 싶었다. 새로운 생각은 점점 다가오는 견진성사 의식에 대한 생각과 서서히 연결되었다. 나는 이 의식을 다른 애들과는 다르게 치를 준비를 했다. 이 의식이 내게는 데미안을 통해서 알게 된 사고의 세계로 들어가는 것을 의미했다.

그즈음 나는 다시 데미안과 활발하게 토론하고 싶었다. 성경 강독 시간 직전이었다. 하지만 내 친구는 입을 꾹 다물고 있었으며, 건방지고 잘난 체하는 내 이야기에 전혀 흥미를 느끼지 못했다.

"우린 말을 너무 많이 한다. 영리한 말은 가치가 없어. 전혀 가치가 없다고. 자기 자신을 떠날 뿐이야. 자신을 떠나는 건 죄악이야. 우리는 거북이처럼 자기 자신 속으로 완전히 기어들어 갈 수 있어야 해."

그가 전례 없이 진지하게 말했다.

곧이어 우리는 교실로 들어갔다. 수업이 시작되었고, 나는 수업에 열중하려고 노력했다. 데미안은 그런 나를 방해하지 않았다. 잠시 후 나는 그가 앉아 있는 내 옆자리가 왠지 이상하다는 느낌이 들었다. 비어 있는 것 같고, 서늘한 느낌 혹은 그와 비슷한 느낌이 들었다. 그런 느낌 때문에 가슴이 답답해지기 시작했다. 나는 고개를 돌려 봤다.

내 친구는 평소처럼 꼿꼿이 바른 자세로 앉아 있었다. 하지만 그럼에도 불구하고 평소와는 아주 달라 보였다. 그에게서 알 수 없는 기운이 뿜어 나와서 그를 에워싸고 있는 것 같았다. 나는 그가 눈을 감고 있는 줄 알았는데 막상 건너다보니 눈을 뜨고 있었다. 그러나 그의 눈은 아무것도 바라보지 않았다. 보고 있는 것이 아니라 굳어져 있었고, 내면을 향해 있거나 아니면 아주 먼 곳을 향해 있었다. 그는 꼼짝 않고 앉아서 숨도 쉬지 않는 것 같았다. 그의 입은 나무나 돌멩이로 조각해 놓은 것 같았고, 얼굴은 창백하고 온통 핏기가 없어 보여 돌덩이 같았다. 갈색 머리카락만이 그에게서 가장 살아 있는 부분이었다. 의자에 놓여 있는 그의 두 손은 핏기가 없고 미동도 없었지만, 생기를 잃은 것이 아니라 숨겨진 강인한 생명을 감싼 양질의 견고한 외피 같았다.

그런 그의 모습은 보며 나는 몸을 떨었다. '저 친구 죽었나 봐!'라는 생각이 들어 나는 소리를 지를 뻔했다. 하지만 그가 죽지 않았다는 것을 나는 알고 있었다. 내 시선은 마법에 사로잡힌 듯 그의 얼굴에 꽂혀 있었다. 돌로 만든 창백한 이 마스크에. 이게 바로 데미안이로구나! 그 순간 새삼스럽게 그런 느낌이 들었다. 평소 나와 함께 걸어가며 이야기하던 데미안은 그의 반쪽에 지나지 않았다. 일시적으로 나에게 적응하며 호의를 베푸는 역할을 한 데미안이었을 뿐이다. 하지만 진짜 데미안은 이처럼 돌 같고, 엄청 나이가 많고, 동물 같고, 아름다우며, 죽은 사람처럼 차가운 전대미문의 비밀스런 생명을 풍요롭게 지닌 존재였다. 그의 주위를 감도는 이 적막한 공허와 정기(精氣), 천공(天空)과 이 고독한 죽음이여!

이제 그가 완전히 자기 자신 속으로 들어갔다는 느낌이 들자 나는 온몸에 소름이 돋았다. 나는 그렇게 고독해 본 적이 한 번도 없었다. 나는 그와 함께할 수가 없었다. 그는 내가 닿을 수 없는 거리에 있었다. 마치 세상의 아주 먼 곳 섬에 떨어져 있는 것 같았다.

나 이외에 그의 그런 모습을 본 사람이 없다는 게 이해가 안 갔다. 모든 사람이 그를 보고 전율을 느껴야 하는데! 아무도 그를 눈여겨보지 않았다. 그는 조각처럼 앉아 있었다. 우상처럼 빳빳하게 앉아 있다고 생각할 수밖에 없었다. 파리 한 마리가 그의 이마에 앉았다가 천천히 코로 그리고 입으로 기어가다가 날아갔다. 그는 미동도 않고 있었다.

그는 어디, 어디에 가 있는 거지? 그가 뭘 생각하고, 뭘 느끼고 있는 거지? 천국에 가 있는 건가? 아니면 지옥에?

그것에 관해서는 그에게 물어볼 수가 없었다. 수업이 끝나자 그가 다시 살아나서 숨을 쉬었다. 그의 시선이 나의 시선과 마주쳤을 때 보니 그는 예전과 다름없었다. 그는 어디서 오는 것일까? 그는 어디에 가 있었을까? 그는 피곤해 보였다. 그의 얼굴에 다시 혈색이 돌고 그의 손이 다시 움직였으나, 그의 갈색 머리카락은 이제 윤기가 없어진 채 힘없이 늘어져 있었다.

다음 며칠 동안 나는 내 방에서 여러 차례 열심히 연습을 했다. 몸을 곧추세우고 눈을 똑바로 뜬 채 꼼짝 않고 의자에 앉아 내가 얼마 동안이나 견디는지, 어떤 느낌이 오게 될지 기다려 본 것이다. 하지만 피곤해지고 눈꺼풀이 심하게 근질거리기만 했다.

그 후 곧 견진성사가 있었는데, 거기에 관해서는 특별히 기억나는 게 없다.

모든 게 달라졌다. 유년시절이 내 주위에서 부서져 내렸다. 부모님은 다소간 당황한 시선으로 나를 바라봤다. 누나들이 아주 서먹서먹하게 느껴졌다. 각성(覺醒)이 내 익숙한 감정과 기쁨을 변조시키고 퇴색시켰다. 정원에서는 향기를 느끼지 못했고 숲은 나를 유혹하지 못했으며, 내 주위 세계는 재고 정리 염가 대매출 상품 같았고, 책은 종이에 불과했으며 음악은 소음에 지나지 않았다. 그렇게 가을 나무 주위로 낙엽이 지고 있지만 나무는 그걸 느끼지 못한다. 나무는 빗물이 흘러내리거나 햇살이 비치고 한기가 와도 그걸 느끼지 못한다. 나무 속 생기는 점차 가장 좁은 곳으로, 가장 안쪽으로 퇴각한다. 그렇다고 나무가 죽은 것은 아니다. 나무는 기다리고 있는 것이다.

방학이 끝난 후 나는 처음으로 집을 떠나 다른 학교로 전학을 가기로 돼 있었다. 이따금 어머니가 각별한 애정을 가지고 나에게 다가와 미리부터 작별 인사를 해 두려는 듯, 식구들을 사랑하고 집을 그리워하며, 잊지 말 것을 신신 당부했다. 데미안은 여행을 떠났고 나는 혼자였다.

제4장

베아트리체

방학이 끝난 후 나는 친구를 다시 보지 못한 채 성(聖) 모모 시로 떠났다. 부모님도 함께 와서 외지 생활을 어떻게 해야 할지 자상하게 일러 주면서 기숙사 사감 선생님에게 나를 인계했다. 사감은 김나지움 선생님이었다. 만약 부모님이 나를 어떤 곳으로 집어넣었는지 알았다면 기절초풍을 했을 것이다.

시간과 더불어 내가 선량하고 쓸모 있는 시민이 되느냐 아니면 내 천성이 다른 방향으로 내닫느냐의 문제는 여전히 남아 있었다. 아버지의 집과 아버지의 정신, 그 그늘에 안주하고자 하는 내 마지막 시도는 한동안 지속됐으며 때로 거의 성공을 거두는 것 같기도 했지만 결국은 완전히 실패하고 말았다.

견진성사가 끝나고 방학 동안에 생전 처음으로 느낀 묘한 공허감과 고독감은 쉽사리 사라지지 않았다. (이런 공허감, 이런 희박한 공기를 훗날 또다시 경험하게 될 줄이야!) 고향과의 이별은 이상하게도 별로 아쉬운 느낌이 들지 않았다. 식구들 보기에 창피할 정도로 슬프지도 않았다. 누나들은 펑펑 눈물을 쏟았는데 나는 그렇게 할 수가 없었다. 내가 생각해도 그런 내가 놀라웠다. 나는 항상 정감이 넘치는, 원래 아주 착한 소년이었다. 그런데 이제 완전히 변한 것이다. 외부 세계는 완전히 내 관심 밖이었다. 나는 며칠씩 내 내면의 소리에만 귀를 기울였고 내 속에서 내밀하게 흐르는 해괴하고 음울한 물소리만 듣고 있었다. 나는 지난 반년 동안에 아주 빠른 속도로 자랐다. 그렇게 키만 자란 채 마르고 미숙한 상태에서 세상을 바라봤다. 소년의 사랑스러움은 나에게서 완전히 사라졌다. 사람들이 그런 나를 사랑할 리 없다는 느낌이 들었고, 나 자신도 그런 나를 결코 사랑할 수 없었다. 나는 종종 막스 데미안이 애타게 그리웠다. 그러나 그를 미워한 적도 적지 않다. 역겨운 병 같은 내 삶의 빈곤, 그것이 그의 탓이라는 생각이 들었기 때문이다. 나는 학생 기숙사에서 처음에는 사랑받지도 주목받지도 못했다. 아이들은 나를 우롱했으며, 나를 멀리했고, 위선자, 불쾌한 괴짜 취급을 했다. 나는 그런 역할이 마음에 들어 그 역을 더 과장했다. 마음속에서는 나 자신이 원망스럽도록 심한 고독감을 느꼈지만 그런 내 모습이 겉으로는 항상 남자답게 세상을 경멸하는 것으로 보였다. 나는 종종 소모적인 고통과 절망으로 남모르게 시달렸다. 학교에서는 집에서 쌓은 지식으로 명맥을 유지했다. 수업은 전에 다니던 학교에 비해 내 기대에 미치지 못했다. 나는 내 또래의 아이들을 어린애처럼 업신여기는 버릇이 생겼다.

한 해 남짓한 세월을 그렇게 보냈다. 방학을 맞아 집에 가도 새로운 게 없었기 때문에 집을 떠나 학교로 돌아올 때에도 별로 서운한 마음이 들지 않았다.

11월 초였다. 나는 날씨에 상관없이 짧게 산책하며 생각하는 습관이 생겼다. 산책을 하면서 일종의 기쁨 같은 것을 종종 느꼈다. 우수를 즐겼고, 세상과 나 자신을 경멸하며 희열에 잠겼던 것이다. 어느 날 저녁 땅거미가 질 무렵 축축하게 안개가 낀 도시의 외곽 지역을 어슬렁거렸다. 인적이 끊긴 시립 공원의 넓은 가로수 길이 나를 유혹했다. 길에는 낙엽이 두껍게 깔려 있었다. 나는 음울한 희열에 젖어 발로 낙엽을 헤집으며 걸었다. 습하고 씁쓸한 냄새가 풍겨 왔고, 먼 곳 나무들은 안개 속에서 커다란 유령 같은 모습을 희미하게 드러냈다.

가로수가 끝나는 지점에서 나는 머뭇거리다 서서, 검은 나뭇잎들을 응시하며 풍화와 소멸의 축축한 향기를 탐욕스럽게 음미했다. 내 마음속에서 무언가가 그 향기에 응답하며 반색을 했다. 아, 인생이 왜 이리 무미건조할까!

샛길에서 외투의 옷깃을 바람에 나부끼며 어떤 사람이 걸어왔다. 가던 길을 계속 걷고 있는 나를 그가 불렀다.

"야, 싱클레어!"

그가 다가왔다. 알퐁스 베크였다. 우리 기숙사에서 나이가 가장 많은 학생이었다. 다른 애들과 마찬가지로 나에게도 항상 시니컬하게 보호자처럼 구는 것만 제외하면 나는 그가 좋았다. 그는 힘이 장사라는 둥, 우리 기숙사의 사감 선생님도 그에게는 꼼짝 못 한다는 둥, 그는 학생들 사이에 떠도는 여러 소문의 주인공이었다.

"여기서 뭐 하는 거니? 자, 우리 내기할까? 너 시를 짓고 있는 거지?"

그가 상냥한 음성으로 외쳤다. 나이 많은 학생들이 기회 있을 때마다 우리들을 낮춰 보면서 건네는 어투였다.

"그런 생각 하지 않았어."

내가 거칠게 잘라 말했다.

그가 너털웃음을 터뜨리며 내 옆으로 오더니 한담을 늘어놨다. 그런 한담이 이제 내겐 생소하기만 했다.

"내가 네 심정 이해하지 못할까 봐 불안해할 필요 없어, 싱클레어. 안개 낀 이런 밤에 가을 정취에 젖어 걸으면 시를 짓고 싶어지지. 나도 알아. 죽어 가는 자연, 자연처럼 사라져 가는 청춘 말이야. 하인리히 하이네를 봐."

"난 그렇게 감상적이 아니야."

내가 쌀쌀맞게 대답했다.

"그래, 그럼 그런 얘기 집어치우자! 이런 날씨엔 어디 조용한 곳에 가서 와인이나 그와 비슷한 거 한잔하면 좋겠다. 같이 가지 않을래? 난 지금 아주 외롭단 말이야. 싫으니? 사랑하는 친구야, 네가 굳이 모범생이고 싶다면 널 유혹할 생각은 없다."

곧이어 우리는 교외의 한 작은 술집에 앉아 두꺼운 잔을 부딪치며 이름 모를 와인을 마셨다. 처음에는 별로 마음에 내키지 않았지만, 아무튼 새로운 분위기임에는 틀림없었다. 술에 익숙하지 않았던 나는 곧 말이 많아졌다. 내 속의 창문이 열리고 세상이 내 속으로 들어온 것 같았다. 얼마나 오랫동안 지독하게 마음속을 털어놓지 못했던가! 나는 상상의 날개를 펴기 시작했다. 얘기 도중에 나는 카인과 아벨의 이야기로 그를 즐겁게 해 줬다.

베크는 내 이야기에 즐겨 귀를 기울였다. 마침내 내가 누구에게 무언가를 줄 수 있게 되었다니! 그는 내 어깨를 두드리며, 나를 멋진 녀석이라고 치켜세웠다. 내 가슴은 기쁨으로 부풀어 올랐다. 하고 싶은 말 털어놓고 한껏 욕구를 충족시키고, 연장자로부터 내 가치를 인정받은 기쁨 말이다. 그가 나를 천재 녀석이라고 불렀을 때, 그 음성은 달콤하고 독한 와인처럼 내 영혼 속으로 흘러들어 왔다. 세계가 새로운 색조로 불타올랐고, 수백 개의 활기찬 샘에서 갖가지 생각들이 샘솟았으며, '성령과 불'[2]이 내 가슴속에서 타올랐다. 우리는 선생님과 학우들에 관해 이야기했다. 내 생각엔 우리가 서로를 썩 잘 이해하는 것 같았다. 우리는 그리스인들과 이교(異敎)에 대해서도 이야기했다. 베크는 내 연애담을 듣고 싶다고 했다. 나는 할 말이 없었다. 연애 경험이 없는 나로서는 이야기할 게 없었기 때문이다. 내가 느끼고 구성하고 상상했던 연애담이 가슴속에서 용솟음치고 있었으나 술기운으로도 그걸 털어놓을 수가 없었다. 여자들에 대해서는 베크가 나보다 훨씬 더 많이 알고 있었다. 나는 동화 같은 그의 이야기에 열심히 귀를 기울였다. 믿기 어려운 이야기들이었다. 가능하리

---

2 마태복음 3장 11절 참조.

라고 생각지 않았던 일들이 베크의 경우에는 평범한 현실에서 일어났고 당연한 것으로 여겨졌다. 알퐁스 베크는 열여덟 살 나이에 이미 많은 경험을 쌓았다. 계집애들로 말할 것 같으면, 걔들은 자기에게 아첨하고 칭찬해 주기만 바라는데, 그러는 게 귀엽기는 하지만 그들의 요구를 들어주기 힘들다는 것이었다. 그 방면에서는 나이 든 여자들이 영리하기 때문에 훨씬 더 대하기가 편하다고 했다. 예를 들어 문구점을 운영하는 야겔트 부인과는 이야기가 잘 통했는데, 카운터 뒤에서 무슨 일들이 일어났는지는 차마 말로 표현할 수 없다고 했다.

　나는 그의 말에 깊이 매료된 채 넋이 빠져 앉아 있었다. 물론 나는 야겔트 부인을 거리낌 없이 사랑할 수는 없을 것이다. 그렇기는 하지만 어쨌건 대단한 얘기였다. 적어도 나보다 나이 든 사람들에게는 내가 꿈도 꾸어 보지 못한 사랑의 샘이 흐르는 것 같았다. 하지만 그런 애정 행각은 뭔가 잘못된 것이라는 생각이 들었다. 그것은 내가 생각했던 사랑보다 재미없고 평범해 보였다. 그렇기는 하지만 어쨌든 그건 사실이었고, 삶이었으며 모험이었다. 내 옆에는 그런 사랑을 체험하고 그걸 당연하게 여기는 사람이 앉아 있었다.

　우리의 이야기는 김이 약간 빠지고 맛을 잃었다. 나도 더 이상 작은 천재 녀석이 아니었다. 그저 한 남자의 이야기를 듣고 있는 평범한 아이일 뿐이었다. 그렇기는 하지만 몇 달 전부터 내가 살아온 삶에 비해 그건 멋진 낙원이었다. 그밖에도―이건 내가 비로소 서서히 들기 시작한 느낌이지만―술집에 앉아 있는 것과 우리가 이야기한 것은 금지된, 엄격하게 금지된 것이었다. 어쨌거나 나는 그 속에서 활력과 혁명을 음미할 수 있었다.

그날 밤을 나는 똑똑히 기억한다. 서늘하고 축축한 밤이었고, 우리 두 사람은 늦은 밤에 희미하게 타오르는 가스등을 지나 기숙사로 돌아왔다. 나는 처음으로 술에 취했다. 그날 밤은 편안하지 않았고, 매우 고통스러웠지만 뭔가 매력적이고 달콤했다. 저항과 방탕이 있었고 삶과 활력이 있었다. 베크는 나를 대가리에 피도 마르지 않은 풋내기라고 나무라면서도 열심히 부축해 주었다. 그는 나를 거의 들다시피 해서 간신히 기숙사로 데려왔다. 그는 열려 있는 복도 창문으로 나를 들여보내고, 그 자신도 그렇게 몰래 숨어들어 왔다.

잠시 죽은 듯이 깊은 잠에 들었던 나는 두통과 더불어 깨어났다. 통증으로 온몸이 고통스러웠다. 침대에서 일어나 앉았다. 셔츠는 그대로 입고 있었으며, 그 밖의 옷들과 신발은 땅바닥 여기저기에 널브러져 있었고, 담배 냄새와 토사물 냄새가 진동했다. 두통과 메스꺼움과 심한 갈증에 시달리고 있으려니까, 그간 한 번도 떠올리지 않았던 영상이 떠올랐다. 고향과 부모님의 집, 아버지와 어머니, 누나들 그리고 정원이 보였다. 조용한 내 고향 집의 침실과 학교, 시장 광장과 데미안 그리고 종교 수업 시간이 떠올랐다. 이 모든 것들은 밝은 세계에 있었고, 광채로 둘러싸여 있었다. 그제야 알게 된 것이지만, 모든 것들은 어제, 몇 시간 전까지는 내 것이었고, 나를 기다리고 있었지만, 타락하고 저주받은 이 순간엔 더 이상 내 것이 아니었다. 이것들이 이제 나를 밀어내고, 혐오스러운 눈으로 나를 노려보고 있지 않은가! 사랑스럽고 친밀했던 모든 것들, 까마득하게 먼 금빛 찬란한 유년시절에 부모님으로부터 받은 것들, 어머니의 키스와 크리스마스이브, 경건하고 청명한 일요일 아침, 정원의 꽃들, 이 모든 것들을 내가 짓밟아 버려 이제 초토화되고 만 것이다. 당장이라도 형리가 와서 인간쓰레기로, 신전 모독자로 나를 포박해서 교수대로 끌고 간다 해도 나는 이의 없이 기꺼이 따랐을 것이다. 그렇게 하는 것이 지당한 일이라고 여겼기 때문이다.

말하자면 내 마음속은 이런 상태였다. 쓸데없이 빈들거리고, 세상을 경멸했던 나! 정신적으로 오만하고, 데미안과 생각을 공유했던 나! 그런 내가 이런 인간이 되어 버렸다. 더러운 인간쓰레기, 술에 취한 추잡하고 역겨운 저질 인간, 거친 짐승, 혐오스러운 욕망의 화신이 나였다. 모든 것이 순수하고 빛나고 거룩하고 우아했던 정원에서 온 나, 바흐의 음악과 아름다운 시를 사랑했던 내가 그렇게 된 것이다. 나는 나 자신에 대한 역겨움과 분노에 찬 내 웃음소리를 들었다, 술에 취해 자신을 가누지 못하며, 간헐적으로 헤프게 터져 나오는 나 자신의 웃음소리를 들었다. 그게 바로 나였던 것이다!

하지만 그 모든 것에도 불구하고 그렇게 고통을 당하는 게 즐겁기도 했다. 오랫동안 나는 맹목적으로 멍청하게 웅크리고 앉아 있었고, 내 심장도 침묵하며 가련하게 구석에 처박혀 있었다. 때문에 나 자신에 대한 질책과 전율, 이런 영혼의 혐오스러운 감정조차도 반가웠다. 그러나 다른 한편 그 감정은 가슴속에서 격렬하게 타오르는 불꽃이었다. 당황스럽고 비참한 가운데 나는 해방감을 느꼈고 봄날이 다가옴을 느꼈다.

그러나 외형상으로 볼 때 나는 내리막길로 마구 내닫고 있었다. 환각은 환각을 낳았다. 우리 학교에는 술집을 자주 드나들고 법석을 떠는 애들이 많았다. 나는 그들 중 나이가 가장 어린 축에 들었지만 더 이상 주저하는 어린애가 아니라 리더였고 스타였으며, 대담무쌍하게 술집을 드나드는 이름난 술꾼이었다. 나는 다시금 어두운 세계, 악마의 세계에 발을 들여놓았으며, 이 세계의 한량으로 이름을 날렸다.

그러나 마음속은 비참했다. 자기 파괴적인 광란의 나날을 보내면서 학우들 사이에 리더요, 멋진 녀석, 무척 용감하고 재기 넘치는 아이로 통했지만, 마음속은 걱정과 불안으로 가득 찼다. 어느 일요일 오전에 술집을 나오다 거리에서 머리를 곱게 빗고 외출복을 입은 아이들이 밝고 명랑하게 노는 모습을 보고 눈물을 흘린 기억은 지금도 생생하다. 싸구려 술집의 지저분한 테이블에 앉아 헤픈 웃음을 터뜨리며 종종 신랄한 독설로 친구들을 웃겨 주고 놀라게 하는 동안, 내 가슴속에서는 내가 조롱한 모든 것에 대한 경외심이 일었다. 나는 마음속으로 내 영혼과 내 과거, 어머니와 하느님 앞에 무릎을 꿇고 통곡을 했다.

나는 한 번도 내 술친구들과 일체가 된 적이 없었다. 나는 그들과 함께 있으면서도 늘 외로웠고 그래서 괴로웠다. 그렇게 된 데에는 충분한 이유가 있었다. 나는 술집에서는 영웅이었고 상스러운 아이들 못지않은 독설가였다. 선생님들과 학교, 부모님, 교회에 대한 생각을 재치 있고 용감하게 털어놓았으며, 남이 늘어놓는 음담패설도 잘 들어줬을 뿐만 아니라 내가 직접 음담을 뱉어내기도 했다. 그런가 하면 내 말이 끝나면 나 자신이 내 말을 음미하는 초라한 신세가 되어야 했다. 술친구들이 여자들을 만나러 갈 때면 나는 혼자 남아서 사랑을 애타게 갈구했다. 하지만 그것은 절망적인 동경이었다. 나만큼 마음의 상처를 잘 받고 부끄럼을 잘 타는 사람도 없었다. 이따금 예쁘고 예의 바르고 밝고 우아한 아가씨들이 내 앞을 지나가는 걸 볼 때마다 그들이 나에게는 놀랍고 청순한 꿈속의 여자들만 같았고, 내가 상대하기에는 너무 고상하고 순수해 보였다. 한동안 나는 얘글레 부인의 문구점에도 갈 수가 없었다. 그녀를 볼 때마다, 알퐁스 베크가 그녀에 관해 이야기한 것을 생각할 때마다 얼굴이 붉어졌기 때문이다.

새로운 친구들 틈에서도 줄곧 외로움을 타고 이질감을 느끼면 느낄수록 오히려 더욱더 그들 곁을 떠날 수가 없었다. 그 당시 폭음을 하고 허풍을 떠는 것이 정녕 즐거움이었는지 지금은 정말 모르겠다. 술을 마시고 나면 매번 고통을 느끼면서도 습관적으로 술을 마셨다. 모든 것을 강요당하는 것 같았다. 나는 의무적인 것만 했다. 그렇지 않으면 뭘 해야 할지 알 수가 없었기 때문이다. 나는 오랫동안 혼자 있는 것이 두려웠다. 심경 변화가 이루어지기를 늘 원했으면서도 다른 한편으로, 여리고 순수한 방향으로 심경이 변할까 봐 두려웠고, 종종 밀려드는 감미로운 사랑에 대한 생각이 두려웠다.

내게 가장 필요한 것은 친구였다. 호감이 가는 급우가 두세 명 있기는 했다. 하지만 그들은 모범생이었다. 그들은 나를 피했다. 오래전부터 내

악행을 모르는 사람이 없었기 때문이다. 나는 모든 학생들에게 근본이 흔들리는 희망 없는 건달로 알려져 있었고, 선생님들도 나에 관해 많은 것을 알고 있었다. 나는 여러 차례 벌을 받기도 했고, 언젠가는 끝내 퇴학을 당할 거라고 했다. 나 자신도 내가 선량한 학생이 아니라는 것을 알고 있었다. 그런 학교생활이 오래가지는 못하리라고 느끼면서 나는 잔꾀로 근근이 버텨 나갔다.

하느님이 우리를 외롭게 만들어 우리 자신으로 인도할 수 있는 길은 여러 갈래가 있다. 그 당시 하느님은 이런 길을 나와 동행했다. 그 길은 악몽과도 같았다. 더러움과 끈적거림을 넘어서, 깨어진 맥주잔과 독설로 지새운 밤들을 넘어서, 저주받은 몽유병자처럼 쉬지 않고 고통스럽게 기어가는 나를 본다. 그 길은 추악하고 더러운 길이다. 공주를 찾아가던 어떤 사람이 오물로 가득 차 악취가 풍기는 뒷골목에 들어서 옴짝달싹 못 하는 그런 꿈이 있다. 내 경우가 바로 그러했다. 나는 이렇게 추하게 살면서 고독해졌다. 나와 유년 사이에는 에덴의 문이 굳게 닫혀 있었으며, 문 앞에는 서슬 퍼런 눈으로 감시하는 경비병들이 서 있었다. 그것은 나 자신에 대한 향수의 시작이었고 일깨움이었다.

사감 선생님의 편지를 받고 놀란 아버지가 성 모모 시에 처음 와서 뜻밖에 나를 향해 걸어오는 걸 봤을 때만 해도 나는 기절초풍했다. 그러나 겨울이 끝날 무렵 아버지가 두 번째 왔을 때는 이미 태연자약해졌다. 꾸중을 해도 애원을 해도 어머니를 생각하라고 해도 나는 꿈쩍하지 않았다. 아버지는 끝내 매우 화가 나서, 만약 내가 달라지지 않으면 수치와 창피를 무릅쓰고 학교에서 끌어내 감화원에 보내겠다고 했다. 좋으실 대로! 아버지가 떠나가자 나는 마음이 아팠다. 아버지는 아무것도 이루지 못했다. 아버지는 나에게 오는 길을 찾지 못한 것이다. 한동안 나는 그렇게 된 것이 잘됐다고 생각했다.

장래 무엇이 되든 상관없었다. 나는 별나고 약간은 볼썽사납게 단골 술집에 앉아서 잘난 체하며 세상과 싸웠다. 이런 방식으로 저항하면서 나는 자신을 망쳐 나갔다. 가끔 나는 이런 생각이 들었다. — 세상이 나 같은 사람들을 필요로 하지 않고, 나 같은 사람들을 위해 더 좋은 자리와 임무를 마련해 주지 않는다면, 나 같은 사람들은 파멸하고 말겠지. 그럼 세상이 손해를 보게 되는 거야.

그해 크리스마스 방학은 정말 즐겁지 않았다. 어머니는 나를 보자 깜짝 놀랐다. 그간에 나는 더 자랐지만 얼굴은 마르고 잿빛을 띠었을 뿐만 아니라 생기를 잃었고, 눈언저리는 염증으로 지저분해져 있었다. 입술 위에 난 솜털 수염과 얼마 전부터 착용한 안경은 어머니에게 더욱 낯설게 느껴졌다. 누나들은 뒤로 물러서며 킥킥댔다. 모든 게 언짢기만 했다. 아버지의 서재에서 아버지와 나눈 대화가 언짢고 씁쓸했으며, 몇몇 친척들과 나눈 인사가 언짢았고, 무엇보다도 크리스마스이브는 더욱 언짢았다. 이날은 내가 태어난 이래 우리 집에서 가장 중요한 날이었다. 축제와 사랑과 감사의 저녁이었고, 부모님과 나 사이의 유대를 새롭게 하는 저녁이었다. 그러나 나에게는 이날 저녁이 우울하고 당황스럽기만 했다. 항상 그랬던 것처럼 아버지가 들판 위의 목자들에 관한 복음서의 '그들은 바로 거기서 양떼를 지켰다.'를 낭독했다. 여느 때처럼 누나들은 선물을 올려

놓은 테이블 앞에 밝은 표정으로 서 있었지만, 아버지의 음성은 우울하게 들렸고, 얼굴은 늙고 경직되어 보였으며, 어머니는 슬픈 표정을 짓고 있었다. 나에게는 선물과 축하 인사와 복음서 그리고 크리스마스트리, 이 모든 것이 괴롭고 귀찮기만 했다. 생과자가 달콤한 냄새를 풍기며 보다 감미로운 추억의 짙은 구름을 몰고 왔다. 전나무는 향기를 내뿜으며 이제 더 이상 존재하지 않는 것들에 관해 이야기했다. 나는 이날 저녁이, 축제일이 빨리 끝나기만 바랐다.

그해 겨울은 온통 그렇게 흘러갔다. 겨울이 끝나기 얼마 전에 나는 교무 위원회로부터 엄중한 경고를 받았는데, 퇴학당할 각오를 하라는 것이었다. 그날이 멀지 않은 것 같았다. 될 대로 되라지.

막스 데미안이 특히 나를 섭섭하게 했다. 그를 본 지가 꽤 오래됐기에 성 모모 시에 오자마자 두 번이나 그에게 편지를 보냈는데 답장이 없었다. 그래서 방학 때에도 그를 찾지 않았다.

지난 가을 알퐁스 베크를 만났던 바로 그 공원에서 가시나무 덤불이 막 초록으로 물들기 시작하던 이른 봄에 한 아가씨가 내 눈길을 끌었다. 건강이 나빠진 관계로 온갖 언짢은 생각과 걱정에 가득 차서 혼자 산책을 하던 중이었다. 게다가 항상 돈에 쪼들려서 학우들에게 돈을 빌렸다. 때문에 집에서 돈을 더 받아 내기 위해 묘안을 짜내야 했다. 여러 가게에서 외상으로 산 담배와 그 밖의 물건들 대금도 불어나고 있었다. 이런 걱정이 그렇게 심각한 정도는 아니었다. 지금이라도 이곳 생활을 마감하고 투신자살을 하거나 감화원으로 끌려가면 이런 소소한 문제들은 해결될 것이다. 하지만 나는 여전히 이런 불미스런 짓거리를 그만두지 못한 채 고통을 당하고 있었다.

그 봄날에 공원에서 만난 아가씨는 나를 매혹시켰다. 그녀는 키가 크고 날씬했으며 우아한 옷차림에다 얼굴은 영리한 소년 같았다. 그녀는 첫눈에 내 마음에 들었다. 내가 좋아하는 타입이었다. 나는 그녀에 대해 상상의 날개를 펴기 시작했다. 나보다 나이가 썩 많아 보이지는 않았으나 퍽 원숙하고 우아하고 윤곽이 뚜렷했으며 숙녀 같았다. 그러면서도 발랄하고 천진난만한 얼굴이 내 마음을 완전히 사로잡았다.

지금껏 나는 연심(戀心)을 품었던 여자에게 접근하는 데 한 번도 성공하지 못했다. 이번 여자의 경우도 마찬가지였다. 하지만 그녀는 지금까지 보아 온 다른 여자들보다 훨씬 더 깊은 인상을 남겼다. 이번 연정(戀情)은 내 생애에 엄청난 영향을 미쳤다.

문득 한 영상이 다시금 떠올랐다. 고고하고 존경스런 영상 ― 아, 그 어떤 욕망과 충동도 이렇게 깊고 격렬하게 내 마음속에 외경과 숭배의 염(念)을 불러일으키지는 못했을 것이다. 나는 그녀에게 베아트리체라는 이름을 붙여 줬다. 단테는 읽지 못했지만 베아트리체라는 이름은 내가 가지고 있던 영국 회화 복제품을 통해서 알고 있었다. 그 그림은 영국 라파엘로 전파(前派)의 소녀상으로 매우 날씬한 체격과 갸름한 얼굴 그리고 영혼이 깃든 두 손과 용모를 지니고 있었다. 나의 아름다운 소녀는 베아트리체와 똑같지는 않았지만 그녀도 베아트리체처럼 날씬하고 내가 좋아하는 소년 같은 용모와 영혼이 깃든 생기 넘치는 얼굴을 지니고 있었다.

나는 베아트리체와 단 한 번도 얘기를 나눈 적이 없다. 그럼에도 불구하고 그 당시 그녀는 나에게 깊은 영향을 미쳤다. 그녀는 내 앞에 그녀의 모습을 떠올리게 했고, 성전(聖殿)의 문을 열어 줬으며, 사원(寺院)으로 가서 기도를 하게 해 주었다. 나는 술집 출입과 밤거리 배회를 일시에 그만뒀다. 나는 다시 혼자 있을 수 있게 되었고, 다시 책을 즐겨 읽고, 다시 즐겨 산책을 하게 되었다.

이런 급작스러운 변화로 인해 나는 조롱을 많이 받았다. 그러나 나는 이제 무언가를 사랑하고 경배하게 되었다. 다시금 이상을 품게 되었고, 인생이 다시 예감으로 가득 차고 다채롭고 신비로운 여명으로 가득 찼다. 그것이 나를 굳건하게 만들었다. 비록 존경하는 여인의 노예이며 하인일 뿐이지만 다시 나 자신에서 평안함을 찾게 되었다.

그 시절을 생각하면 이루 말할 수 없이 감격스럽다. 무너져서 폐허가 돼 버린 생애의 한 시기에서 다시 '빛의 세계'를 구축하기 위해 나는 내심 온갖 노력을 다 기울였다. 내 속의 어둠과 악을 다시 몰아내고 빛의 세계에 확고하게 안주하는 것이 삶의 내 유일한 소망이었다. 이를 위해 나는 신들 앞에 무릎을 꿇었다. 어쨌거나 지금의 이 '밝은 세계'는 어느 정도는 내 자신의 창조물이었다. 어머니에게 무책임하게 안주하며 피난처를 구한 것이 아니라 책임감과 자제력을 가지고 나 자신이 새로이 창안하고 청구한 예배였다. 성(性)의 문제, 나를 괴롭히고, 그 앞에서 내가 항상 도망만 했던 성의 문제는 이제 이 성스러운 불길 속에서 정신의 차원으로, 경건한 마음으로 승화됐다. 어둠도 혐오스러움도 탄식의 밤도 모두 사라졌고 음탕한 영상들을 떠올리며 두근거리던 가슴도 차분히 가라앉았으며, 금단의 문을 엿듣던 습성과 육욕도 사라졌다. 그 모든 것 대신에 베아트리체의 영상을 그리며 제단을 차렸다. 그녀에게 봉헌하며 정령(精靈)과 신들에게 봉헌했다. 어둠의 세력으로부터 되찾아 온 내 삶의 지분을 빛의 세계에 바쳤다. 향락이 아닌 순수가, 요행이 아닌 아름다움과 영성(靈性)이 내 목표가 되었다.

이 베아트리체 숭배가 내 삶을 송두리째 바꾸어 놓았다. 어제의 조숙한 냉소주의자가 오늘은 성자가 되기 위해 사원의 하인이 되었다. 지금까지 익숙했던 그릇된 삶을 청산했을 뿐만 아니라 모든 것을 변화시키려고 노력했다. 모든 것에 순수함과 고귀함 그리고 품위를 부여하려고 노력한 것이다. 이를테면 먹고 마시고 말하고 옷 입을 때에도 그런 생각을 했다. 아침을 냉수욕으로 시작했는데 처음에는 무척 힘이 들어 억지로 했다. 나는 진지하고 품위 있게 행동했다. 걸음도 똑바른 자세로 천천히 품위 있게 걸었다. 사람들 눈에는 그런 내가 우습게 보였겠지만 나의 내면에서는 그 모든 것이 예배였다.

나는 새로운 신념을 구현하기 위해 여러 가지 훈련을 쌓았는데, 그중에서 중요한 것 한 가지가 그림이었다. 그림을 그리기 시작했다. 내가 가지고 있던 영국의 베아트리체 그림이 저 소녀와 완전히 닮지는 않았다는 것이 그림을 그리게 된 계기였다. 나를 위해 그녀를 그리고 싶었다. 새로운 기쁨과 희망을 품고 예쁜 도화지와 물감 그리고 붓 따위를 얼마 전에 마련한 내 독방에 갖다 놓고, 팔레트와 유리잔, 도자기 접시, 연필을 준비

했다. 내가 직접 구입한 작은 튜브에 든 아름다운 템페라 물감들이 나를 매혹시켰다. 그중에는 정열적인 산화크롬 연두색이 있었는데, 흰색 작은 접시에 맨 처음 담았을 때 반짝이던 그 색깔이 지금도 눈에 선하다.

조심스럽게 그림을 그리기 시작했다. 얼굴을 그리기가 어려워 우선 다른 것으로 시험해 보았다. 장식품, 꽃 그리고 작고 멋진 풍경을 그려 보았고, 교회당 옆에 있는 나무, 실측백나무들과 함께 로마식 다리를 그려 보았다. 나는 이따금 이런 놀이에 흠뻑 빠져들어 크레용을 가지고 노는 어린애처럼 행복해했다. 그러다 마침내 베아트리체를 그리기 시작했다.

도화지 몇 장은 완전히 실패해서 찢어 버렸다. 이따금 길에서 만나는 그 소녀의 얼굴을 상상해 보려고 했지만 그럴수록 더 안 떠올랐다. 마침내 나는 그녀의 얼굴을 포기하고 그냥 아무렇게나 상상이 가는 대로, 색채와 붓이 움직이는 대로 얼굴을 그렸다. 그림을 그리고 나니 꿈에 그리던 얼굴이 나왔다. 그런대로 만족스러웠다. 하지만 계속해서 그렸다. 새 그림마다 윤곽이 더 뚜렷해지면서 그녀의 형상에 다가갔다. 그러나 그녀의 실물과는 거리가 멀었다.

나는 점점 꿈결 같은 붓놀림으로 본보기 없이 선을 그리고 색칠을 하는데 익숙해졌다. 다시 말해 의식하지 않고 놀이 삼아 그렸다. 그러다 마침내 어느 날 거의 무의식 상태에서 얼굴이 하나 완성됐다. 그 얼굴은 먼젓번 얼굴들보다 훨씬 강하게 내 시선을 끌었다. 그 얼굴은 저 소녀의 얼굴이 아니었다. 그렇게 될 리도 만무했다. 그 얼굴은 다른 어떤 얼굴, 말하자면 비현실적인 얼굴이었는데, 그렇다고 가치가 덜한 것도 아니었다.

그것은 소녀의 얼굴이라기보다 소년의 얼굴 같았다. 머리카락은 내 예쁜 소녀의 얼굴처럼 밝은 금발이 아니라 홍조를 띤 피부에 갈색이었다. 턱은 강인해 보였으나 입은 붉고 생기발랄했다. 전체적으로 약간 경직되고 가면처럼 보였으나 매우 인상적이고 신비스런 생명으로 가득 차 있었다.

완성된 그림 앞에 앉아 보니 그림은 기이한 인상을 풍겼다. 일종의 신상(神像) 같기도 하고 성스러운 가면 같기도 했다. 반은 남자고, 반은 여자였으며, 나이를 초월해 보였고 몽환적이면서도 강한 의지가 담겨 있었으며, 경직돼 보이는가 하면 신비스런 생명으로 가득 차 있었다. 그 얼굴은 무언가 내게 할 말이 있어 보였고, 내 일부였으며 뭔가를 요구하고 있었다. 그 얼굴은 누군가를 닮았는데 그게 누군지 알 수가 없었다.

한동안 나는 그 얼굴상에 모든 생각을 집중했고, 내 삶을 그것과 함께 했다. 나는 그 그림을 서랍 속에 숨겨 뒀다. 아무도 그걸 꺼내서 나를 우롱할 수 없게 하기 위해. 내 작은 방에 혼자 있을 때면 그림을 꺼내 이야기 상대로 삼았고, 저녁이면 침대 위쪽 벽지에 핀으로 꽂아 놓고 잠들기 전까지 바라봤으며, 잠이 깬 아침 내 첫 눈길은 그림을 향했다.

바로 이 시기에 나는 어린 시절에 그랬던 것처럼 다시 꿈을 많이 꾸기 시작했다. 그간 몇 년 동안 꿈을 전혀 꾸지 않은 것 같았다. 그런데 이제 꿈이 다시 찾아와서 아주 새로운 영상들을 보여 주었다. 꿈속에서 자주 내가 그린 초상이 나타나곤 했다. 그 얼굴은 살아서 말을 했는데 친절하다가도 적대적인 표정을 짓고, 때로는 험악하게 찌푸리기도 했으며, 때로는 한없이 아름답고 조화롭고 고귀하게 보이기도 했다.

어느 날 아침 그런 꿈에서 깨어났을 때 나는 문득 그 얼굴을 알아봤다. 그 얼굴은 믿기 어려울 정도로 익숙한 표정으로 나를 바라보면서 내 이름을 부르는 것 같았다. 그 얼굴은 마치 어머니처럼 나를 알고 있는 듯했고, 오래 전부터 나를 향해 있는 것 같았다. 두근거리는 가슴으로 나는 그림을 뚫어지게 바라봤다. 갈색의 숱이 많은 머리카락과 반쯤은 여자 같은 입, 특이하게도 환하게 돋보이는 이마(이마 부분은 물감이 저절로 그렇게 말랐다), 자세히 바라보니 낯익은 얼굴이었고, 전에 만난 얼굴, 그러니까 아는 사람의 얼굴이었다.

나는 침대에서 벌떡 일어나 그 얼굴에 바짝 다가가서 커다랗게 뜬 두 눈, 초록빛을 띤 고정된 눈을 들여다봤다. 오른쪽 눈은 왼쪽 눈보다 약간 올라가 있었다. 그런데 돌연 오른쪽 눈이 가볍고 섬세하게, 하지만 또렷하게 움직였다. 이 움직임을 통해 나는 그 얼굴이 누구인지 확인했다.

어떻게 그렇게 뒤늦게야 그 얼굴을 알아볼 수 있단 말인가! 그건 데미안의 얼굴이었다.

그 후 나는 도화지 속의 얼굴과 내 기억 속에 남아 있는 데미안의 실제 얼굴을 여러 번 비교해 보았다. 두 얼굴은 비슷하기는 했지만 전혀 똑같지 않았다. 그러나 데미안임에는 틀림없었다.

언젠가 해가 서쪽 창을 통해 붉은빛을 비스듬히 던지고 있던 초여름 저녁이었다. 방 안은 어슴푸레해졌다. 그때 문득 나는 베아트리체, 아니 데미안의 초상화를 격자 창살에 바늘로 꽂아 놓고, 석양이 비치면 초상화가 어떤 모습을 띨지 살펴보고 싶은 생각이 들었다. 얼굴은 윤곽이 사라지면서 희미해졌지만, 붉은 테를 두른 두 눈과 밝은 이마 그리고 진홍빛을 띤 입은 그림에서 은근하면서도 격렬하게 작열했다. 나는 그 얼굴이 사라진 다음에도 오랫동안 그걸 마주 보고 앉아 있었다. 그러자 그 얼굴이 베아트리체도 데미안도 아닌 나 자신이라는 느낌이 서서히 들었다. 그림은 나를 닮지 않았고 닮을 수도 없었지만, 그것은 내 삶의 본질을 이루고 있었으며, 나의 내면, 나의 운명 혹은 나의 악령(惡靈)처럼 느껴졌다. 내가 다시 친구를 얻는다면 그 친구는 그렇게 보일 것 같았다. 내가 언젠가 사랑하는 여자를 만난다면 그 여자는 그렇게 보일 것 같았다. 내 삶이, 내 죽음이 그럴 것 같았고 이것이 내 운명의 음색이며 리듬이었다.

그 주에 나는 책을 읽기 시작했다. 이번 책은 예전에 읽은 어느 책보다 나에게 깊은 감명을 주었다. 그 후에도 니체를 제외하고 내게 그런 감명을 준 책은 거의 없었다. 그건 노발리스의 책으로, 서간문과 잠언으로 구성되어 있었는데, 내게는 이해되지 않는 구절이 많이 있었지만 전체적으로 더할 나위 없이 매혹적이고 감동적이었다. 잠언들 중 하나가 마음에 들어 그 구절을 초상화 아래에다 펜으로 옮겨 적었다. '운명과 감성은 한 개념이 지닌 두 개의 이름이다.' 이 말을 나는 그제야 이해했다.

내가 베아트리체라고 부르는 그 소녀를 나는 자주 만났다. 더 이상 마음이 설레지는 않았지만, 항상 은은한 동질감과 감성이 넘치는 예감을 공유하고 있다고 느꼈다. 너는 나와 연결되어 있어. 네가 아니라 너의 영상이 말이야. 너는 내 운명의 한 조각이야.

막스 데미안에 대한 그리움이 다시 깊어졌다. 몇 년 전부터 그에 관한 소식을 전혀 듣지 못했다. 단 한 번 방학 때 그를 만났을 뿐이다. 지금 보니 그 짧은 만남은 내 기록에 적혀 있지 않았다. 수치심과 질투심 때문에 그렇게 한 것이었다. 지금이라도 그걸 적어야겠다.

그러니까 한창 술집에 드나들던 시절의 방학이었다. 건방지고 약간은 항상 피곤한 얼굴을 하고 산책용 지팡이를 휘두르며 고향 도시를 건들건들 걷다가, 속물들의 늙고 여전히 경멸스런 얼굴을 바라보고 있는데, 옛 친구가 나를 향해 걸어왔다. 그를 보자마자 나는 어깨를 으쓱했다. 그 순간 프란츠 크로머 생각이 번개처럼 떠오른 것이다. 데미안이 그 사건을 잊었으면 좋으련만! 그에게 이런 빚을 진 것이 참으로 부담스러웠다. 어리석은 아이 시절의 사건이기는 하지만 빚은 빚이었기 때문이다.

그는 내가 먼저 인사하기를 기다리는 것 같았다. 내가 될수록 태연하게 인사를 건네자 그가 손을 내밀었다. 다시금 느껴 보는 그의 악수! 내 손을 꽉 쥐었는데, 포근하면서도 차갑고 남자다웠다.

나를 유심히 바라보면서 그가 말했다.

"많이 컸구나, 싱클레어."

내가 보기에 그는 전혀 변하지 않았고 나이도 그대로였으며, 여전히 어려 보였다.

그는 나를 따라 함께 산책했다. 우리는 어린 시절 얘기는 한마디도 하지 않고 부담 없는 얘기만 나눴다. 내가 여러 차례 그에게 편지를 했는데 한 번도 답장을 받아 보지 못했던 일이 생각났다. 아, 그 어리석은 편지들, 그것도 그가 잊어버렸으면 좋으련만! 그는 그 건에 대해서도 일체 언급이 없었다.

그 당시에는 아직 베아트리체도 만나지 않았고 초상화도 없었고, 내가 아직 방종하게 시간을 보낼 때였다. 시내에 들어가기 전에 내가 그에게 술집에 들어가자고 했다. 우리는 술집에 들어갔다. 허풍을 떨며 내가 와인 한 병을 주문해서 그에게 따라 주고, 그와 잔을 부딪친 후 대학생들이 마시는 습관대로 첫 잔을 아주 능숙하게 단숨에 비웠다.

"너 자주 술집에 가는가 보구나?"

그가 물었다.

"아, 그래. 아니면 달리 뭐 할 게 있겠어? 언제나 제일 신나는 건 결국 술이잖아."

내가 마지못해 대답했다.

"그렇게 생각하니? 하긴 그럴 수도 있겠지. 술에는 뭔가 매력적인 게 있긴 해. 도취경, 바커스의 경지! 하지만 술집에 자주 가다 보면 그런 경지도 느끼지 못하게 돼. 내 생각엔 술집 출입이야말로 정말 속물적인 취향 같아. 그래, 밤새도록 타오르는 횃불과 함께하는 도취경, 정말 멋지기도 하겠지! 하지만 한 잔 마신 다음에 또 한 잔, 그게 올바른 삶은 아니잖아? 밤마다 단골 술집 테이블에 죽치고 앉아 있는 파우스트를 상상할 수 있겠니?"

나는 술을 들이키며 적개심에 차서 그를 노려봤다.

"하지만 모든 사람이 파우스트가 될 수는 없어."

내가 짧게 대답했다. 그가 어처구니없다는 듯이 나를 바라봤다. 그러더니 예전처럼 해맑고 여유로운 웃음을 웃었다.

"자, 그런 거 가지고 언쟁해서야 되겠니? 어쨌든 술꾼이나 탕아가 모범 시민보다는 생동감이 있을 거야. 언젠가 어떤 책에서 읽은 적이 있는데, 탕아의 삶은 신비주의자가 되기 위한 가장 좋은 준비 과정이래. 선지자가 된 성 아우구스티누스 같은 사람들도 있잖아. 그 사람도 한때 향락주의자, 방탕아였대."

나는 그의 말이 믿기지 않았다. 그래서 그의 훈계를 받아들이고 싶지 않았다. 나는 거만을 떨며 말했다.

"누구나 자기 취향대로 사는 거야! 솔직히 말해 난 선지자 따위가 되고 싶은 생각은 전혀 없어."

데미안은 눈을 가늘게 뜨고 알겠다는 듯이 나를 바라봤다.

"사랑하는 싱클레어, 널 불쾌하게 하려고 한 말은 아니야. 네가 무엇 때문에 지금 술을 마시는지 우리는 둘 다 몰라. 네 속에 있는 그 무엇, 네 생명을 부지해 주는 그 무엇은 분명 그걸 알고 있을 거야. 모든 걸 알고 모든 걸 원하고 우리 자신보다 모든 걸 더 잘 아는 존재가 우리 속에 있다는 걸 알면 좋다는 얘기야. ─ 그럼 이제 미안하지만 집에 가야겠다."

그가 천천히 말했다. 우리는 짧게 작별 인사를 했다. 나는 무척 기분이 상해서 병에 든 술을 깡그리 비워 버리고, 계산을 하려고 했는데 데미안이 이미 술값을 지불한 걸 알게 되었다. 그게 나를 더 분통 터지게 만들었다.

나는 이제 다시금 이 작은 사건에 천착했다. 내 생각은 데미안으로 가득 가득 찼다. 그가 교외의 술집에서 한 말이 이상하게도 신선하고 생생하게 다시 뇌리에 떠올랐다.

'네 속에 있는 그 무엇, 네 생명을 부지해 주는 그 무엇은 분명 그걸 알고 있을 거야. 모든 걸 알고 있을 거라고!'

나는 창문에 걸려 있는 그림을 바라봤다. 윤곽은 완전히 사라졌지만 두 눈은 여전히 반짝였다. 그건 데미안의 눈빛이었다. 아니, 내 속에 있는 존재, 모든 걸 알고 있는 존재, 그 존재의 눈빛이었다.

데미안이 얼마나 보고 싶었는지! 그의 행방에 관해서 아는 것이 하나도 없었다. 그를 찾을 도리가 없었다. 내가 아는 건, 김나지움을 졸업한 후 그의 어머니가 우리 시를 떠났다는 것과, 그가 어딘가에서 대학에 다니고 있으리라는 것뿐이었다.

크로머에게 당한 이야기까지 거슬러 올라가면서 나는 막스 데미안에 관한 기억을 모두 떠올려 봤다. 그때 그가 내게 한 말들이 다시 내 귀에 쟁쟁하게 울렸다. 그의 모든 말은 지금까지도 깊은 의미를 지닌 채 현실적으로 나와 연관되어 있었다. 별로 즐겁지 않았던 그와의 마지막 만남에서 그가 탕아와 성자에 관해 했던 말들도 문득 밝은 빛으로 내 마음에 다가왔다. 내가 바로 그런 전철을 밟지 않았던가. 바로 내가 환각에 빠져 혼미해진 가운데 오욕의 삶을 살면서 나를 잃지 않았던가. 그러다가 마침내 그 반대의 삶을 향한 새로운 충동이 일면서 성스러움을 동경하는 마음에 생기가 돌기 시작하지 않았던가.

그렇게 계속 기억을 더듬어 가다 보니 어느덧 밤이 깊었다. 밖에는 비가 오고 있었다. 내 기억 속에서도 비 내리는 소리가 들렸다. 상수리나무

밑에서였다. 거기서 그가 프란츠 크로머에 관해 캐묻고, 내 첫 번째 비밀을 알아냈다. 학교 가는 길에 나눴던 대화, 종교 수업 시간 등, 하나 둘 기억이 났다. 그리고 마지막으로 막스 데미안과 처음 만났던 날이 생각났다. 그때 무슨 얘기를 했던가. 얼른 생각이 나지 않아 시간을 두고 곰곰이 생각해 보았다. 그러자 그때 화제가 무엇이었는지도 생각이 났다. 그가 카인에 관한 자기 생각을 나에게 어느 정도 들려줬을 즈음에 우리는 우리 집 대문 앞에 와 있었다. 거기서 그가 우리 집 대문 위에 있는 낡고 빛바랜 문장(紋章)에 대해 이야기했다. 그 문장은 위로 올라가면서 넓어지는 홍예머리 속에 있었다. 그는 문장이 흥미 있다고 말하면서, 그런 물건은 주의 깊게 봐야 한다고 했다.

그날 밤에 나는 데미안과 문장에 관한 꿈을 꾸었다. 문장은 데미안이 두 손에 쥐고 있었는데 계속해서 변했다. 때로는 작고 잿빛을 띠다가 때로는 엄청나게 커지면서 색이 다채로워졌다. 하지만 그는 그게 여전히 같은 문장이라고 했다. 끝으로 그는 나보고 문장을 먹으라고 강요했다. 하는 수 없이 문장을 삼켰을 때 나는 깜짝 놀랐다. 배 속에 든 문장의 새가 살아나서 배를 가득 채우며 배를 쪼아 먹기 시작한 것이다. 극도의 공포를 느끼며 침대에서 벌떡 일어나 잠에서 깼다.

정신이 들었다. 한밤중이었는데, 비가 방 안으로 들이치고 있었다. 일어나 창문을 닫느라고 방바닥에 놓여 있는 뭔가 하얀 것을 밟았다. 아침에 보니 그건 내가 베아트리체를 그려 놓은 그림이었다. 도화지는 젖은 채 엉망이 되어 있었다. 나는 그걸 펴서 말리기 위해 두툼한 책의 갈피에 끼워 놓았는데 다음 날 보니 말라 있었다. 붉은 입술은 색이 바랬고 약간 가늘어졌다. 이제 그 입은 완전히 데미안의 입이었다.

나는 새 도화지에다 문장의 새를 그리기로 했다. 새가 어떻게 생겼는지 이제 정확히 알 수가 없었다. 가까이 가서 봐도 몇 군데는 형태를 제대로 알아볼 수가 없었다. 너무 오래됐고, 자주 덧칠을 해 놨기 때문이었다. 새는 무언가 위에 서 있거나 아니면 앉아 있었는데, 그게 어쩌면 꽃 같기도 하고 바구니 같기도 하고 혹은 새둥지 같기도 하고, 나무우듬지 같기도 했다. 그건 개의치 않고, 선명하게 떠오르는 이미지부터 그리기 시작했다. 뚜렷한 목적의식 없이 나는 강렬한 색을 사용했다. 새의 머리는 황금빛으로 칠했고, 기분 내키는 대로 계속 그렇게 그리다 보니 그림은 며칠 만에 완성됐다.

그건 날카로운 새매의 머리를 지닌 맹금이었다. 새매는 창공을 배경으로 어두운 지구 안에 반쯤 박혀 있었는데, 마치 거대한 알을 깨고 나오려는 듯한 동작을 취하고 있었다. 그림을 한참 바라보고 있노라니까 새매는 점점 내 꿈에 나타난 다채로운 색을 지닌 문장을 닮아 갔다.

설사 내가 데미안의 주소를 안다고 해도 그에게 편지를 보낼 수는 없었다. 하지만 나는 그 당시 매사를 그런 식으로 처리했던 것처럼, 꿈결 같은 예감을 가지고 그에게 새매 그림을 보내기로 결심했다. 새매를 조심스럽게 오려 낸 후 커다란 봉투를 사서 아무 것도, 내 이름조차도 적지 않은 채 내 친구의 예전 주소만 적어 보냈다. 그것이 그에게 전달되든 안되든 상관없었다.

시험이 다가왔다. 나는 전보다 더 열심히 공부했다. 선생님들은 내가 갑자기 불량한 짓을 그만두자 나에게 다시 호감을 가지기 시작했다. 그렇다고 내가 착한 학생이 된 건 아니었다. 하지만 나와 그밖에 다른 학생들도 반년 전처럼 내가 퇴학을 당해 마땅한 존재라고는 생각지 않았다.

아버지도 이제는 호통을 치거나 위협적이 아닌 예전과 같은 어조로 편지를 보내왔다. 하지만 나는 아버지에게나 그 누구에게도 내가 변하게 된 이유를 설명하고 싶지 않았다. 이 변화가 부모님과 선생님이 원하던 바와 일치한 것은 전적으로 우연이었다. 변화가 왔다고 해서 내가 다른 사람들과 어울린 것은 아니다. 그 누구와 가까워지지도 않았을 뿐더러 오히려 더 외로워졌다. 나의 변화는 어딘가를, 데미안을, 먼 운명을 향하고 있었다. 변화의 지향점이 어딘지 나 자신도 몰랐다. 나는 중간 어디쯤 서 있었다. 변화는 베아트리체와 함께 시작되었으나 얼마 전부터는 내가 그린 그림들과 함께 그리고 데미안에 대한 생각과 함께 아주 비현실적인 세계에서 살았다. 때문에 베아트리체에 대한 생각도 시야와 뇌리에서 완전히 사라져 버렸다. 내 기대에 관해서 그리고 내 내적 변화에 관해서 누구에게도 말 한마디 할 수 없었다. 설령 내가 원했더라도 그렇게 할 수는 없었을 것이다.

어떻게 내가 그걸 원할 수 있었겠는가.

제5장

새는 알에서 나오기 위해 투쟁한다

내가 그린 꿈의 새는 날아가서 내 친구를 찾아냈다. 신기한 방법으로 답장이 왔다. 어느 날 쉬는 시간이 끝나고 교실의 내 자리에 돌아왔을 때 나는 책갈피에서 쪽지를 한 장 발견했다. 그 쪽지는 급우들이 수업 시간에 이따금 서로 남모르게 보내는 쪽지 편지와 똑같은 모양으로 접혀 있었다. 나는 누가 그런 쪽지를 보냈는지 의아해했다. 왜냐하면 나는 급우들과 한 번도 그런 쪽지를 주고받은 적이 없었기 때문이다. 그들의 장난에 합세하라는 요구일 거라고 생각한 나는 그런 장난에 끼어들고 싶지 않아 쪽지를 읽지도 않고 내 앞에 놓여 있던 책에 끼워 넣었다. 그런데 강의 시간에 나도 모르게 그 쪽지가 다시 내 손에 들려 있었다.

쪽지를 만지작거리다가 아무 생각 없이 쪽지를 펼쳐 보았더니, 몇 자가 적혀 있는 것이 눈에 띄었다. 시선을 고정시키고 읽어 보는 순간 나는 깜짝 놀랐다. 혹한에 사시나무 떨듯 내 심장은 운명 앞에서 바짝 오그라들었다.

'새는 알에서 나오기 위해 투쟁한다. 알은 세계다. 태어나려고 하는 자는

한 세계를 파괴해야만 한다. 새는 신에게로 날아간다. 신의 이름은 아프락사스다.'

나는 쪽지를 읽고 또 읽으며 깊은 생각에 잠겼다. 그건 틀림없이 데미안의 답신이었다. 그와 나 이외에 어느 누구도 새에 관해 아는 사람이 없었다. 그가 내 그림을 받은 것이다. 내 마음을 이해하고 내가 해석하도록 도운 것이다. 하지만 이 모든 게 어떻게 서로 연관되어 있단 말인가? 무엇보다도 나를 괴롭힌 건 아프락사스가 무슨 뜻인가 하는 것이었다. 그런 단어는 한 번도 들어 본 적이 없을 뿐만 아니라 읽어 본 적도 없었다.

"신의 이름은 아프락사스다!"

선생님의 수업을 귓등으로 들으면서 시간이 흘렀다. 다음 수업이 시작됐다. 마지막 수업이었다. 그 수업은 젊은 보조 선생님이 담당했는데 그는 이제 막 대학을 졸업한 사람으로 젊을 뿐만 아니라 공연히 위엄을 부리며 잘난 체하지 않아서 인기가 있었다.

우리는 폴렌스 박사의 지도를 받으며 헤로도토스를 읽었다. 이 독서 수업은 내가 흥미를 갖는 몇 안 되는 과목 중 하나였다. 하지만 이번에는 정신이 딴 데 팔려 있었다. 기계적으로 책은 펼쳤지만 선생님의 번역을 흘려들으며 나는 생각에 잠겼다. 그밖에도 데미안이 그 당시 종교 수업 시간에 나에게 한 말이 옳았음을 여러 번 경험했다. 어떤 것을 강렬하게 원할 때마다 그것이 이루어진 것이다. 수업 시간에 어떤 생각에 아주 열중하고 있으면 마음이 편해지고, 선생님도 그런 나를 그대로 내버려 두었다. 그러나 정신이 산만해져 졸음이 올 때면 어느새 선생님이 내 앞에 와서 서 있었다. 그런 적도 여러 번 있었다. 그러나 온 정신을 다 기울여 어떤 생각에 몰두하고 있으면 선생님은 나에게 오지 않았다. 그리고 시선을 고정시키는 것도 시험해 봤는데 성공적이었다. 그 당시 데미안이 있을 때만 해도 그게 잘되지 않았는데, 이제는 시선과 생각으로 상당히 많은 것을 이루어 낼 수 있겠다는 느낌이 종종 들었다.

그때도 나는 그렇게 앉아 헤로도토스와 학교를 멀리 떠나 있었다. 하지만 돌연 선생님의 음성이 번개처럼 내 의식을 때렸다. 나는 깜짝 놀라 정신을 차렸다. 선생님의 음성이 들렸고 그가 내 옆에 바짝 다가와 서 있었다. 내 이름을 부른 줄 알았는데 그는 나를 쳐다보지도 않았다. 나는 안도의 한숨을 쉬었다.

그때 선생님의 음성이 다시 들렸다. 그는 큰 소리로 '아프락사스'라는 단어를 말했다.

폴렌스 박사는 계속해서 설명했는데 앞부분은 내가 듣지 못했다.

"우리는 저 종파의 견해와 고대의 신비주의적 결합을 합리적인 관점으로 그렇게 나이브하게 이해해서는 안 됩니다. 우리가 말하는 의미의 학문은 고대에는 전혀 존재하지 않았습니다. 그 대신 고도로 발달한 철학적 신비주의적 진리들이 탐구됐죠. 이 탐구의 한 분야에서는 마술과 놀이도 연구 대상이었는데, 마술과 놀이는 종종 사기와 비행(卑行)으로 이어지기도 했습니다. 하지만 마술도 고귀한 유래와 깊은 사유를 지니고 있었습니다. 앞서 내가 말한 아프락사스 학설도 마찬가지입니다. 어떤 학자들은 이 이름을 그리스의 주술문과 연결시키고, 그것을 원시 부족들이 오늘날에도 신봉하는 마술사의 이름이라는 주장을 자주 펼치기도 합니다. 하지만 아프락사스는 더 많은 의미를 지니고 있습니다. 우리는 그 이름을 신성을 띤 것과 마성을 띤 것을 결합시키는 상징적 임무를 지닌 어떤 신의 이름이라고 생각할 수 있습니다."

체구가 자그마하고 박식한 선생님은 매우 열심히 이야기했지만 그의 말에 귀를 기울이는 학생들은 별로 없었다. 나 역시 아프락사스라는 이름이 다시 나오지 않았기 때문에 곧 다시 명상에 잠겼다.

'신성을 띤 것과 마성을 띤 것의 결합'이란 말이 여운을 남겼다. 이 말은 데미안과 내가 우정을 나누던 마지막 시기에 그와 나눈 대화의 한 대목이었기 때문에 나에게 익숙해 있었다. 그 당시 데미안은 우리가 공경하는 하느님은 세계를 임의로 둘로 나누어 그 절반만 관여한다고 했다. (그 절반이란 공인되고 허용된 '밝은' 세계를 이른다.) 하지만 우리는 온 누리를 공경할 수 있어야 하므로 악마이기도 한 신을 경배하거나, 아니면 신과 더불어 악마도 경배할 수 있어야 한다는 것이었다. 그러니까 아프락사스는 신과 악마의 속성을 겸비한 신이라는 얘기였다.

한동안 나는 계속 아프락사스의 자취를 열심히 찾아다녔으나 찾아낸 것이 별로 없었다. 도서관을 속속들이 뒤져도 아프락사스에 대한 자료는 찾을 수 없었다. 나는 성격상 이렇게 직접적이고 의식적으로 어떤 것을 추적하는 일에는 적극적이지 못했다. 이렇게 추적해서 찾아낸 진리들은 돌멩이만 손에 쥐어 줄 뿐이다.

내가 일정 기간 심혈을 기울였던 베아트리체의 모습은 이제 내 마음을 떠나 서서히 지평선에 다가가 그림자처럼 희미하고 아득하게 멀어졌다. 그녀는 더 이상 내 영혼을 충족시켜 주지 못했다.

나 자신 속에 기묘하게 자리 잡고 있던 삶을 나는 몽유병자처럼 영위하고 있었는데 이제 이 삶에 새로운 변화가 일기 시작했다. 삶에 대한 그리움, 아니 사랑에 대한 그리움이 내 속에서 꽃을 피운 것이다. 한동안 베아트리체를 숭배하면서 해소되었던 성욕이 새로운 형상과 목표를 추구했다. 그러나 여전히 내 욕구는 충족되지 않았으며, 그렇다고 그리움을 억누르거나 내 급우들에게 사랑의 기쁨을 안겨 주는 그런 여자애들로부터 뭔가를 기대하는 것은 더욱 힘들어졌다. 상상과 형상 혹은 소망들이 내 속에서 솟아올라 나를 외부 세계에서 끌어당겼다. 그리하여 나는 주위의 현실 세계보다는 내 마음속의 이 형상들과 꿈들 혹은 그림자들과 더 참되고 활발하게 교류했다.

어떤 꿈 혹은 상상 유희 하나가 반복되면서 나에게 중요한 의미를 던져 주었다. 내 삶에서 가장 중요하면서도 가장 불길했던 이 꿈은 이를테면 이런 것이었다. ─ 나는 아버지의 집으로 돌아갔다. 집 대문 위의 문장 속 새는 푸른 바탕에 금빛으로 반짝거렸다. 집으로 들어가 어머니를 향해 걸어가서 포옹하려고 하자 어머니가 아니라 한 번도 보지 못한 여성이었다. 키가 크고 건장한 체격을 지녔는데 막스 데미안 같기도 하고, 내가 그린 그림과 같기도 하고, 또 다른 사람 같기도 했다. 하지만 그렇게 건장함에도 불구하고 여성임에는 틀림없었다. 그 여자는 나를 끌어당기더니 소름이 끼치도록 깊은 애정이 담긴 포옹을 했다. 쾌락과 공포가 뒤섞였다. 그 포옹은 예배이자 동시에 패륜이었다. 나를 포옹한 여자는 어머니에 대한 기억과 내 친구 데미안에 대한 기억을 생생하게 되살렸다. 그녀의 포옹은 외경(畏敬)을 거스른 것이었지만, 나에게 행복을 안겨 줬다. 나는 종종 깊은 행복감과 극도의 공포감 그리고 양심의 가책을 느끼며 무서운 죄악에서 벗어나듯 꿈에서 깨어났다.

이 지극히 내적인 형상과 내가 찾는 신을 향한 현실 세계의 손짓이 이제 서서히 그리고 무의식중에 서로 연결되었다. 이 연결이 점점 더 긴밀해지고 내밀해지면서 나는 바로 예감 어린 이 꿈에서 내가 아프락사스를 불렀음을 감지하기 시작했다. 쾌락과 공포, 남자와 여자의 혼합, 성스러움과 혐오스러움의 뒤얽힘, 순진무구함을 통해 충격을 받은 깊은 죄의식, 이런 것들이 내 사랑의 꿈이었고 아프락사스이기도 했다. 사랑은 더 이상 내가 처음에 두렵게 느꼈던 것처럼 동물적인 어둠의 충동이 아니었으며, 베아트리체의 그림을 숭배했던 것과 같은 경건하고 정신적인 순화의 감정도 아니었다. 사랑은 그 두 가지를 다 포함했다. 아니 두 가지를 포함했을 뿐만 아니라 그 이상이었다. 사랑은 천사이며 악마였고, 남자이고 여자였으며, 인간이며 동물이었고, 최고선과 최고악이 한데 어우러진 것이었다. 이런 사랑을 경험하는 것이 내 숙명이었고, 그걸 음미하는 것이 내 운명이었다. 나는 이런 운명을 동경하면서도 그것 앞에서 불안을 느꼈다. 하지만 그것은 항상 내 곁에, 내 위에 있었다.

다음 해 봄에 나는 김나지움을 졸업하고 대학에 가는데 어느 대학으로 가서 뭘 전공할지 아직 결정하지 못했다. 내 입술 언저리에는 수염도 제법 자랐다. 나는 이제 성인이 되었지만 아직 무기력하고 목표도 뚜렷하지 않았다. 다만 내면의 소리, 즉 꿈의 형상, 이 한 가지만은 확실했다. 이 내면의 소리를 무조건 따르는 것이 내 임무라고 느껴졌다. 하지만 그 임무를 수행하기가 여간 어렵지 않았다. 나는 매일같이 저항했다. 아마도 내가 미친 게 아닌가 하는 생각이 종종 들었다. 내가 다른 사람들과 다른 가? 하지만 그들이 하는 거, 어떤 것이든 나도 할 수 있었다. 조금만 노력하고 애를 쓰면 나도 플라톤을 읽을 수 있고 삼각함수를 풀 수 있으며 화학 분석도 따라갈 수 있었다. 단 한 가지 할 수 없는 것은, 내 속 어둠에 가려진 목표를 끄집어내서 다른 사람들처럼 눈앞 어딘가에 펼쳐 놓는 일이었다. 이를테면 다른 사람들은 자기가 교수나 혹은 판사, 의사나 혹은 예술가가 되리라는 것과 그런 목표를 위해 시일이 얼마나 걸릴지, 그것이 어떤 이익을 가져다줄지 정확히 알고 있었지만 나는 그런 걸 할 수 없었다. 어쩌면 나도 그렇게 할 수 있었을지 모르겠지만 그건 내가 알 수 없는 일이었다. 어쩌면 나도 목표를 찾아 나서서 몇 년이고 계속 찾아다녔을지 모르겠지만 헛수고였을 뿐, 목표에 도달하지는 못했을 것이다. 설혹 목표에 도달했다고 하더라도, 그건 해롭고 위험하고 무서운 목표였을 것이다.

나는 나 자신으로부터 우러나오는 삶 이외에 어떤 삶도 원치 않았다. 그런 삶이 왜 그리 어려웠을까?

종종 나는 꿈에 나타나는 건장하고 사랑스런 여인을 그려 보려고 했지만 한 번도 성공한 적이 없었다. 성공만 했다면 그림을 데미안에게 보냈을 것이다. 그가 어디에 있는지 알 수가 없었다. 내가 아는 건 그가 나와 연결돼 있다는 것뿐이었다. 언제 그를 다시 볼 수 있을는지?

베아트리체에 경도하며 즐겁게 안정을 취했던 그 몇 주와 몇 달이 지나간 지도 이미 오래됐다. 그 당시 나는 안전지대에 도달해서 평화를 찾았다고 생각했다. 하지만 늘 그랬다. 어떤 상황이 내 마음에 들기가 무섭게, 어떤 꿈이 내게 기쁨을 안겨 주기가 무섭게 그 상황은, 그 꿈은 이미 시들어 사라지고 말았다. 사라져 버린 걸 애통해한들 무슨 소용 있겠는가! 나는 충족되지 않은 소망을 열렬히 갈구하며 살았다. 그러다 보면 애타는 그리움이 종종 나를 사납고 광포하게 만들었다. 꿈속의 그 사랑스런 여인이 종종 현실보다 더 생생하게 눈앞에 떠올랐고, 내 자신의 손보다 더 또렷하게 나타나서 나와 이야기를 했다. 나는 그녀 앞에서 울면서 그녀에게 저주를 퍼부었다. 나는 그녀를 어머니, 하고 부르며 그녀 앞에 무릎을 꿇고 눈물을 흘렸다. 나는 그녀를 연인이라고 부르며 모든 걸 성취시켜 주는 그녀의 원숙한 키스를 예감했다. 나는 그녀를 악마, 창녀, 흡혈귀 그리고 살인자라고 불렀다. 그녀는 나를 아름다운 사랑의 꿈으로 유혹했는가 하면, 방종하고 파렴치한 인간으로 만들었다. 그녀에 비하면 그 어떤 것도 더 좋고 귀할 수가 없었으며 그 어떤 것도 더 나쁘고 더 저속할 수가 없었다.

그 겨울 내내 나는 이루 형언할 수 없는 내면의 폭풍을 겪으며 살았다. 외로움에는 오래 전부터 익숙해 있었기 때문에 그로 인해 괴롭지는 않았다. 나는 데미안과 함께 살았고 새매와 함께 살았으며 꿈속의 커다란 여인과 함께 살았다. 그녀는 내 운명이었고 내 연인이었다. 그들과 함께 사는 것으로 충분했다. 왜냐하면 그들 모두가 크고 넓은 세계를 바라보고 있었으며, 그들 모두가 아프락사스를 암시했기 때문이다. 하지만 이런 꿈들 중 그 어느 것도, 내 표상들 중 그 어느 것도 나를 따르지 않았으며, 그것들 중 그 어느 것도 내가 불러낼 수 없었고 어느 것도 내 마음대로 채색할 수 없었다. 그것들이 나에게 와서 나를 취했으며 나는 그들에 의해 지배당하고 그들에 의해 내 삶이 영위됐다.

외부 세계를 향해서는 내 마음이 안정되어 있었다. 사람들 앞에서 두려워하지 않았으며 내 학우들도 그걸 알고 은근히 나를 존중해 줬기 때문에 나는 자주 미소로 화답했다. 마음만 먹으면 그들 대부분을 훤히 꿰뚫어 볼 수 있었고 그럴 때마다 그들을 깜짝 놀라게 할 수 있었다. 그러나 그러고 싶은 마음은 거의 없거나 아예 없었다. 나는 항상 나 자신에만 천착했다. 언젠가 마침내 내 속에 있는 삶의 한 토막을 꺼내서 바깥세상에 안겨 주고 세상과 교류하고 세상과 투쟁하며 살고 싶은 생각이 간절했다. 이따금 저녁에 거리를 돌아다니다가 불안한 마음에 자정이 되어도 집에 못 들어가고 있을 때면, 지금쯤은 연인을 만날 것 같고, 다음 골목을 돌아서면 가까운 창에서 나를 부를 것 같았다. 때로는 이 모든 것 또한 견디기 너무 어려워서 삶을 마감하고 싶기도 했다.

그 무렵 나는 흔히들 말하는 '우연'을 통해서 기이한 도피처를 찾았다. 하지만 그런 우연들은 실상 있을 수 없다. 무엇을 필요로 하는 사람이 그걸 찾는다면 그건 그에게 주어진 우연이 아니라 그 자신이, 그 자신의 요구와 필연이 그를 그리로 인도한 것이다.

산책을 하다가 교외의 어느 작은 교회에서 풍금 소리가 두세 번 들려왔지만 나는 아무 생각 없이 그냥 지나쳤다. 그런데 다음번에 그곳을 지나가는데 음악 소리가 다시 들렸다. 바흐의 음악이었다. 교회의 문으로 갔더니 문이 닫혀 있었다. 골목에는 사람들이 거의 없기에 나는 교회 옆 돌 벤치에 앉아 외투 옷깃을 여미고 귀를 기울였다. 크지 않지만 좋은 풍금인 것 같았다. 연주가 아주 뛰어났다. 의지와 끈기가 담긴 독특하고 개성이 넘치는 연주로, 마치 기도처럼 들렸다. 저기서 연주하고 있는 사람은 이 음악 속에 보물이 감추어져 있음을 알고 있으리란 느낌이 들었다. 그는 그걸 끄집어내기 위해 건반을 두드리며 자기 생명처럼 이 보물을 구하려고 애쓰고 있는 것이다. 음악의 테크닉에 관해서는 별로 아는 것이 없지만, 바로 이런 영혼의 표현을 나는 어릴 때부터 본능적으로 이해하고 있었기 때문에 느낌으로 연주자의 음악성을 감지할 수 있었다.

연주자가 이어서 현대음악을 연주했는데 레거의 작품 같았다. 교회 안은 아주 컴컴했으며 내 쪽에 가까운 창들을 통해 아주 엷은 빛이 흘러나왔을 뿐이다. 나는 음악이 끝나기를 기다리며 자리에서 앉았다 일어섰다 했다. 마침내 오르간 연주자가 나왔다. 나보다는 나이가 더 들어 보였지만 아직 젊은 사람이었는데 작은 키에 체격이 건장했다. 그는 빠르고 힘차지만 내키지 않는 듯한 걸음으로 내달았다.

그날 이후로 나는 이따금 저녁이면 교회 앞에 앉거나 교회 주위를 서성거렸다. 한번은 교회 문이 열려 있었다. 나는 안으로 들어가 의자에 앉아 위쪽에서 연주자가 희미한 가스 등불 아래 오르간을 연주하는 소리를 반시간가량 추위에 떨면서도 행복하게 들었다. 그가 연주하는 음악에서 나는 그의 연주만 들은 게 아니었다. 그가 연주하는 음악들은 모두 동질성을 띠고 있었으며 은밀한 연관 관계를 이루고 있는 것 같았다. 그가 연주하는 음악들은 모두 경건하고 헌신적이며 거룩하게 들렸다. 하지만 신도나 목회자처럼 경건한 것이 아니라 중세의 순례자와 걸인처럼 경건했다. 모든 종파를 초월한 보편적 정서에 남김없이 헌신하는 경건함이었다. 바흐 이전의 대가들도 연주되었고 옛 이탈리아 음악가의 작품들도 연주되었다. 연주된 모든 음악은 한결같이 동일한 것을 표현했다. 다시 말해 연주자가 영혼 속에 간직하고 있는 것들, 이를테면 동경과 세계와의 결속과 동시에 세계와의 과격한 이별을 표현하고 있었으며, 자신의 어두운 영혼에 대한 열렬한 경청과 경이로운 것에 대한 열광과 헌신, 강한 호기심을 표현했다.

한번은 연주를 마치고 교회를 나오는 오르간 연주자를 몰래 따라갔다. 그는 시내에서 많이 떨어진 교외의 어떤 자그마한 주막에 들어갔다. 하는 수 없이 나도 그를 따라 들어갔다. 거기서 처음으로 그를 똑똑히 볼 수 있었다. 그는 작은 술집의 한쪽 구석 테이블에 앉았다. 검은색 펠트 모자에다 와인 잔을 앞에 놓고 있었는데, 그의 얼굴은 내가 예상했던 대로였다. 못생겼고 약간 거칠어 보였으며 무언가를 찾아 집착하는 듯하고, 고집이 세고 의지가 강해 보였다. 그런 반면에 입은 부드럽고 어린아이 같았다. 눈과 이마는 남자답고 강인해 보였으나 얼굴의 하반부는 연약하고 미숙하고 자제심이 없어 보였으며, 어떤 부분은 여자 같기도 했다. 턱은 이마와 눈빛과는 반대로 어린아이처럼 여려 보였다. 흑갈색을 띤 눈은 자부심과 적의로 가득 차 있었는데, 그게 나에게는 사랑스럽게 느껴졌다.

말없이 나는 그의 맞은편에 가서 앉았다. 술집에는 우리 둘밖에 없었다. 그는 나를 쫓아내기라도 하려는 듯 노려봤다. 나는 꼼짝 않고 그냥 앉아서 그를 계속 바라봤다. 그가 마침내 기분이 언짢은 어투로 투덜거렸다.

"왜 그렇게 기분 나쁘게 빤히 쳐다보는 거요? 나한테 뭘 원하느냐 말이오?"

"댁한테 원하는 거 없습니다. 저는 이미 댁으로부터 많은 것을 얻었습니다."

내가 말했다.

그가 이마를 찌푸렸다.

"그럼 당신은 음악 애호가란 말이오? 난 음악에 열광하는 족속들이 역겹소."

나는 물러서지 않았다.

"저는 저기 동구 밖 교회에서 댁이 음악을 연주하는 걸 자주 들었습니다."

내가 말했다.

"그렇다고 댁을 성가시게 할 생각은 없습니다. 저는 댁에게서 뭔가를 찾아내고 싶을 뿐입니다. 뭔지는 잘 모르겠지만 특별한 것 말입니다. 하지만 댁은 제 말을 전혀 듣고 싶지 않으신가 보군요! 그럼 교회에서 댁의 음악을 듣겠습니다."

"난 교회 문을 항상 닫아 놓는데."

"요즈음엔 문 닫는 걸 잊으셨더군요. 저는 교회 안으로 들어가 앉아 들었습니다. 그렇지 않을 땐 교회 밖에 서서 듣거나 돌 벤치에 앉아 들었습니다."

"그래요? 다음번엔 안으로 들어와요. 안은 따뜻해요. 문을 두드리기만해요. 하지만 힘차게 두드려요. 그리고 내가 연주할 때는 피하고요. 그럼이제…… 당신은 뭔가 말하려고 했죠? 아주 젊었군요. 김나지움 학생, 아니면 대학생 같은데, 음악간가요?"

"아닙니다. 음악을 즐겨 듣기는 합니다. 하지만 댁이 연주하는 것 같은그런 아주 자유분방한 음악만 즐겨 듣습니다. 연주를 통해 사람이 하늘과지옥을 뒤흔들 수 있는 그런 음악 말이죠. 그런 음악을 매우 좋아합니다. 그런 음악은 도덕적이지 않으니까요. 그런 음악 말고는 대체로 도덕적입니다. 저는 도덕적이지 않은 음악을 찾습니다. 저는 도덕적인 것 때문에항상 고통을 받았습니다. 말로 표현하기가 힘듭니다만 ― 신이자 동시에악마인 신이 틀림없이 있다는 말 들어 보셨습니까? 저는 들어 봤습니다."

음악가는 챙이 넓은 중절모를 약간 뒤로 젖히더니 넓은 이마의 검은머리카락을 쓸어 올렸다. 그리고 나를 뚫어지게 쳐다보면서 얼굴을 테이블 너머 내 쪽으로 수그렸다.

"당신이 방금 말한 그 신의 이름이 뭐요?"

그가 긴장된 어조로 나직하게 물었다.

"유감스럽게도 그 신에 관해서 아는 게 별로 없고, 다만 이름만 알고 있습니다. 아프락사스라고 하더군요."

음악가는 누가 우리 말을 엿듣기라도 하는 듯 경계의 눈초리로 주위를 둘러보더니 다시 얼굴을 나에게로 바짝 갖다 대고 속삭였다.

"그럴 줄 알았소. 당신은 누구요?"

"저는 김나지움 학생입니다."

"아프락사스에 관해서 누구한테 들었소?"

"우연히 들었습니다."

그가 어찌나 세게 탁자를 두드렸는지 와인 잔에서 술이 흘러 넘쳤다.

"우연이라고! 뚱딴지같은 소리 집어치워, 이 친구야! 아프락사스는 우연히 알 수 있은 신이 아니야. 자네도 그거 알잖아. 자네에게 아프락사스에 관해 좀 더 이야기해 줄게. 내가 그 신에 관해 좀 알고 있거든."

그가 말없이 자기 의자를 뒤로 밀었다. 내가 기대에 가득 차서 그를 바라보자 그가 얼굴을 찡그렸다.

"여기서 말고! 다른 기회에. 이거 받아!"

그가 입고 있던 외투 주머니에서 군밤 몇 개를 꺼내서 나에게 던졌다. 나는 아무 말도 않고 군밤을 받아서 기분 좋게 먹었다.

잠시 후 그가 속삭였다.

"얘기해 봐! 어디서 알았지, 아프락사스 말이야?"

나는 주저하지 않고 그에게 말했다.

"저는 혼자였고 어찌할 바를 몰랐어요. 그때 예전에 알던 친구 생각이 났어요. 그 친구는 아는 게 아주 많아요. 나는 지구를 뚫고 나오는 새를 한 마리 그려서 그 친구에게 보냈어요. 얼마 후 그걸 잊고 있을 무렵 종이 한 장이 손에 들어왔어요. 종이에는 다음과 같은 글이 적혀 있었어요.

— 새는 알에서 나오기 위해 투쟁한다. 알은 세계다. 태어나려고 하는 자는 한 세계를 파괴해야만 한다. 새는 신에게로 날아간다. 신의 이름은 아프락사스다."

그는 아무 대꾸도 하지 않았다. 우리는 밤을 까서 와인을 곁들여 먹었다. 그가 물었다.

"한잔 더 할까?"

"아니요. 술을 별로 좋아하지 않아요."

그가 약간 실망한 표정을 지으며 웃었다.

"좋으실 대로! 난 술을 좋아해. 난 좀 더 여기 있을 테니까, 자네 먼저 가게!"

다음번에 오르간 음악이 끝난 후 그를 따라 갔는데, 그날은 그가 별로 말이 없었다. 그는 고풍스런 골목으로 들어서더니, 낡기는 해도 근사한 집으로 들어가 약간 어둡고 너저분한 큰 방으로 나를 안내했다. 방에는 피아노 이외에 음악에 관한 것은 아무것도 없었고, 커다란 책장과 책상만 있었는데 이것들이 방에 다소간 학구적인 분위기를 풍기게 했다.

"책을 참 많이 가지고 계시네요!"

내가 감탄하며 말했다.

"그중 일부분은 우리 아버지 서재에서 가져온 거야. 난 아버지 집에 살고 있어. — 여보게, 난 부모님 집에 살고 있지만 자네를 부모님에게 소개하지는 못하겠네. 이 집에서는 내 친구가 별로 환영받지 못해. 난 버림받은 자식이야. 아버지는 엄청 존경받는 분일세. 이 도시에서 이름난 신부요 목회자이시지. 자네도 곧 알게 되겠지만 난 재능 있고 전도유망한 아드님이었는데 탈선해서 정신이 약간 돌아 버렸다네. 난 신학생이었는데 국가시험을 눈앞에 두고 고리타분한 전공을 때려치웠네. 하지만 아직도 여전히 그 전공을 붙들고 있기는 하네. 사람들이 저마다 어떤 신들을 고안해 냈는지, 그게 아직도 내 중요 관심사라네. 그건 그렇고, 난 이제 음악가이고 곧 작은 오르간 연주자 자리를 얻게 될 것 같네. 그렇게 되면 나도 다시 교인이 되는 거지."

나는 책등들을 차례로 살펴보았다. 작은 탁상용 램프의 희미한 불빛에 보니 그리스어, 라틴어, 히브리어로 된 제목들이 보였다. 그러는 사이에 그 사람은 벽 옆 방바닥에 누워 뭔가를 하고 있었다.

잠시 후 그가 큰 소리로 말했다.

"이리 오게. 우리 이제 철학 공부 좀 해 보세. 철학 공부란 입 다물고 배를 깔고 누워 생각에 잠기는 거야."

그가 성냥을 그어 자기 앞 벽난로 안의 종이와 장작에 불을 붙였다. 불꽃이 높이 솟아올랐다. 그는 조심스럽게 장작을 헤치고 불길을 북돋웠다. 나는 그의 옆으로 가서 해진 양탄자 위에 누웠다. 그는 불길을 응시했다. 불길은 내 눈도 사로잡았다. 우리는 한 시간가량 배를 깔고 타오르는 장작불 앞에 말없이 누워서 불꽃이 탁탁 소리를 내며 기세 높이 타오르다가 잦아들면서 가물가물 꺼지며 경련을 일으키다가 마침내 조용히 바닥으로 가라앉는 광경을 지켜봤다.

"인간이 창안한 종교 중에서 가장 어리석은 종교가 배화교라고는 말할 수 없지."

그가 혼잣말로 중얼거렸다. 그밖에 우리 중 그 누구도 말 한마디 없었다. 조용히 꿈결 속에 잠기며 나는 불길을 뚫어지게 바라봤다. 연기 속에서 형상들이 그리고 재 속에서 형체들이 아른거렸다. 그러다 나는 깜짝 놀라 일어났다. 음악가가 송진 한 덩어리를 불길 속으로 던지자 작고 가는 불꽃이 솟아올랐는데, 나는 불꽃 속에서 노란 새매의 머리를 한 그 새를 본 것이다. 벽난로의 사라져 가는 불꽃 속에서 금빛으로 작열하는 실들이 서로 엮여 그물이 만들어지고, 여러 문자와 형상이 나타나는 걸 보면서 갖가지 얼굴과 동식물, 벌레와 뱀들의 기억이 떠올랐다. 문득 정신이 들어 옆을 바라보자 피스토리우스는 두 주먹에 턱을 고인 채 넋을 잃고 정신없이 재 속을 바라보고 있었다.

"이제 가야겠어요."

내가 나직하게 말했다.

"그래, 그럼 가 봐. 또 보세!"

그는 일어서지 않았다. 램프가 꺼졌기 때문에 나는 어두운 방과 복도 그리고 계단을 더듬거려 가며 그 마법의 집을 간신히 빠져나왔다. 밖에 나와 걸음을 멈추고 그 낡은 집을 바라봤다. 작은 창에는 불이 꺼져 있었다. 집 앞 가스등 불빛에 보니 주석으로 된 작은 문패가 반짝였다.

'주임 신부 피스토리우스'라고 적혀 있었다.

집에 와서 저녁을 먹은 후 내 방에 혼자 앉아 있을 때 비로소 나는 아프락사스에 관해서 별로 들은 얘기가 없었고, 그밖에 피스토리우스에 관해서도 알게 된 게 별로 없다는 생각이 들었다. 우리는 열 마디도 채 나누지 않은 것이다. 하지만 나는 그의 집에 갔던 게 매우 만족스러웠다. 다음번에는 그가 옛 오르간 음악의 걸작인 북스테후데(Buxtehude)[3]의 파사칼리아를 들려주겠다고 약속했다.

나 자신은 몰랐지만 오르간 연주자 파스토리우스는 우리가 벽난로 앞 어둠침침한 그의 은둔자의 방바닥에 누워 있을 때 나에게 첫 가르침을 주었다. 불 속을 들여다본 것이 나에게 도움을 줬다. 불 속을 들여다봄으로써 내가 항상 지니고 있으면서도 전혀 다스리지 못했던 내 성향을 확인하고 강화시킬 수 있게 된 것이다. 부분적으로나마 서서히 그 점이 분명해졌다.

이미 어릴 때부터 나는 이따금 자연의 기이한 현상을 살펴봤다. 그냥 관찰한 것이 아니라 자연의 고유한 마법과 깊고 혼란스러운 언어에 몰두한 것이다. 길고 뻣뻣하게 뻗은 나무뿌리들, 다채로운 색을 띤 돌멩이의 줄무늬들, 물 위에 떠다니는 기름방울들, 유리의 돌기들, 그밖에 이와 비슷한 것들 모두가 그 당시 나에게는 커다란 마력을 지니고 있었다. 특히 물과 불, 연기, 구름, 먼지 그리고 그중에서도 특히 나를 가장 매혹시킨

---

3 Dieterich Buxtehude(1637~1707)는 바로크 시기의 덴마크계 독일 오르간 연주자이자 작곡가로 바흐의 초기 작곡에 영향을 미쳤다.

것은 눈을 감으면 보이는 회전하는 얼룩 반점들이었다. 피스토리우스의 집을 처음 방문한 후 며칠 동안 이런 것들이 다시 생각나기 시작했다. 그날 이후로 온몸에 활기가 돌고 즐겁고 감정이 저절로 고양됐는데 이 모든 게 오로지 벽난로의 불길을 오랫동안 바라본 덕분임을 깨달았다. 불길을 바라보고 있노라니까 신기하게도 기분이 좋아지고 마음이 풍요로워졌던 것이다.

내 본래의 삶의 목표로 가는 길에 축적된 적은 경험들에 이 새로운 경험이 추가됐다. 그런 형상들을 눈여겨보고, 또 한편으로 불합리하고 혼란스럽고 기이한 자연현상들에 몰입하다 보면, 이런 형상들을 가능케 해 준 의지가 우리의 내면세계와 일치한다는 느낌을 받게 된다. 그럴 때면 우리는 그것들이 곧 우리 자신의 기분 상태이며, 그것들을 우리 자신의 창조물로 여기고 싶은 유혹을 느끼게 된다. 우리는 우리와 자연 사이의 경계가 흔들리고 모호해지는 것을 보게 되고, 우리의 망막에 투영된 그 형상들이 외부의 인상에 의해 생긴 것인지, 아니면 내적으로 생긴 것인지 알 수 없는 분위기에 사로잡히게 된다. 바로 우리가 창조자이며 바로 우리의 영혼이 세계의 끊임없는 창조에 관여하고 있음을 그 어느 곳에서도 이런 훈련처럼 쉽고 간단하게 깨닫게 해 주지 않는다. 우리의 마음속에서 활동하고 있는 신과 자연 속에서 활동하고 있는 신은 서로 분리될 수 없는 동일한 신이다. 만약 외적 세계가 멸망한다면 우리 중의 한 사람이 세계를 다시 일으켜 세울 것이다. 왜냐하면 산과 강, 나무와 나뭇잎, 뿌리와 꽃, 자연에 있는 이 모든 형상들은 이미 우리 마음속에 형성되어 있으며 영혼으로부터 비롯되기 때문이다. 영혼은 본질적으로 영원하다. 우리는 영혼의 본질을 알 수 없지만 대체로 그것을 사랑의 힘 내지 창조력으로 느낀다.

여러 해가 지나서야 비로소 나는 이런 관찰이 어떤 책에서 증명되고 있음을 알게 되었다. 즉 레오나르도 다빈치가 한 말인데 많은 사람들이 침을 뱉은 벽을 바라보는 것은 매우 유익하고 고무적인 일이라는 것이다. 침으로 얼룩진 벽 앞에서 그가 받은 느낌은 피스토리우스와 내가 불길 앞에서 받은 느낌과 동일했을 것이다.

다음번에 우리가 만났을 때 오르간 연주자가 다음과 같이 설명했다.

"우리는 우리 개성의 경계를 항상 너무 좁게 구획한다네! 항상 개인적으로 구분되고 다르다고 여겨지는 것만 개성이라고 하지. 하지만 우리는 세계의 총체적 구성 요소라네. 우리 한 사람 한 사람이 말이야. 마찬가지로 우리 신체는 진화 계보 상으로 볼 때 물고기까지, 아니 그 이상으로 거슬러 올라간다네. 그렇게 볼 때 우리는 인간의 영혼이 경험한 것 일체를 우리의 영혼 속에 지니고 있다고 할 수 있네. 그리스인들이 혹은 중국인들이 아니면 아프리카 흑인들이 신봉했던 간에, 지금까지 존재했던 모든 신과 악마들은 모두 우리 안에 가능성으로, 소망 또는 탈출구로 존재하고 있네. 어느 정도 재능이 있는데 교육을 전혀 받지 못한 어린아이 하나만 살아남고 모든 인류가 사멸한다면, 이 아이는 사물의 전 과정을 다시 찾아낼 걸세. 이 아이는 신도 되고, 악마도 되고, 천국도 되고, 계명도 되고, 금기(禁忌)의 존재도 되고, 신약과 구약도 되지. 이 아이는 모든 걸 다시 창조할 수 있단 말이네."

내가 이의를 제기했다.

"그럼 좋습니다. 그렇다면 개인의 가치는 어디에서 찾아야 하죠? 우리가 이미 모든 것을 우리 속에 완전히 갖추고 있다면, 무엇 때문에 우리가 아직도 노력을 하는 겁니까?"

프리토리우스가 거세게 외쳤다.

"잠깐! 자네가 단순히 세계를 자신 속에 지니고 있다는 것과 그런 사실을 알기도 한다는 것 사이에는 큰 차이가 있네! 미친 사람은 플라톤을 상기시키는 생각을 피력할 수 있고, 헤른후트파4의 학교에 다니는 독실한 어린 학생은 그노시스파5의 사람들이나 조로아스터6에서 나타나는 깊은 신화적 연관성을 창조적으로 숙고할 수 있겠지. 하지만 그들은 자기가 세계를 내부에 지니고 있다는 사실을 전혀 알지 못해! 아는 게 없는 한 그들은 나무이거나 돌, 아니면 기껏해야 동물에 지나지 않아. 하지만 인식의 첫 불꽃이 당겨지면 그들은 인간이 된다네. 자네는 거리에서 두 발로 걸어 다니는 자들, 그들이 직립해서 걷고, 아홉 달 동안 아이를 품는다고 그들 모두를 인간 취급하는 건 아니겠지? 그들 중 얼마나 많은 자가 물고기나 양이며 벌레 혹은 거머리인지, 그들 중 얼마나 많은 자가 개미

---

4 친첸도르프 백작이 창설한 경건주의 교단.
5 기독교의 교리에 맞지 않는 종교적 사상 혹은 종교 집단의 이론을 통틀어 이르는 말.
6 조로아스터는 차라투스트라의 영어 명으로 조로아스타교의 창시자이다. 조로아스타교는 페르시아의 고대 종교로 선의 신과 악의 신의 대립과 투쟁을 교시한다.

이고 벌인지 자넨 알고 있을 터! 그들 모두는 인간이 될 수 있는 가능성을 지니고 있네. 하지만 그들이 이 가능성을 예감하고 다소나마 이 가능성을 인식할 때만 이 가능성은 그들의 것이 된다네."

대충 이런 얘기들이었다. 그의 얘기가 아주 새롭고 놀랄 만한 것은 아니었지만 지극히 평범한 것들까지도 내 마음에 공감을 불러일으키며 내 심장을 줄곧 가볍게 방망이질했다. 모든 얘기가 나를 형성하고 내가 허물을 벗고 알 껍질을 부수는 데 도움을 줬다. 그리하여 조금씩 머리를 위로 쳐들어 자유로워지고 마침내 내 노란 새가 깨어진 지구의 껍질을 부수고 아름다운 맹금(猛禽)의 머리를 내밀었다.

우리는 자주 우리의 꿈에 관해서도 이야기를 나눴다. 피스토리우스는 그 꿈들을 해석할 줄 알았다. 방금 신기한 예가 하나 기억났다. 이 꿈에서 나는 날 수 있었는데 내가 거의 제어할 수 없을 만큼 큰 날갯짓으로 공중 높이 내던져졌다. 이 비상(飛上)이 매우 고무적으로 느껴지기는 했으나 내 의지와 무관하게 엄청나게 높이 날아오른 나를 보는 순간 겁이 덜컥 났다. 그때 나는 호흡을 멈추었다가 내뿜음으로써 상승과 하강을 조절할 수 있는 방법, 즉 구원의 해결책을 찾아냈다.

그 꿈에 관해 피스토리우스가 말했다.

"자네를 날게 해 주는 그 날갯짓, 그것은 누구나가 가지고 있는 우리 인류의 위대한 재산이야. 그건 모든 힘의 원천과 연결된 감정이지만 이 비상은 곧 불안을 야기한다고! 엄청난 위험을 감수해야 하거든! 때문에 대부분의 사람들은 날기를 포기하고 법규에 따라 보도를 걷는 걸세. 하지만 자넨 그렇지 않아. 유능한 청년답게 자네는 계속 날게 될 거네. 그리고 보게, 자네는 점점 자유자재로 날 수 있게 된다는 걸 알게 될 거야. 자네를 끌고 갈 거대하고 보편적인 힘에 작고 섬세하고 고유한 힘이 덧붙여지는 걸 발견하게 될 걸세. 하나의 기관, 조종간 말이야! 멋진 일이지. 그런 힘이 없으면 어쩔 수 없이 부초처럼 떠다니게 되지. 예컨대 미친 사람들처럼 말이야. 자네에게는 보도 위를 걷는 사람들과 달리 깊은 예감이 주어져 있어. 하지만 자네에게는 열쇠가 없고 방향키도 없어. 때문에 심연으로 떨어질 수도 있지. 하지만 싱클레어, 자네는 해낼 수 있어! 어떻게 해내느냐고? 아직은 알 수 없겠지? 새로운 기구, 즉 호흡조절기로 하는 거야. 이제 자넨 자네 영혼이 근본적으로 얼마나 '개인적'이 아닌지 알게 될 걸세. 말하자면 자네는 이 조절기를 고안해 내지 못한다는 얘기야! 조절기는 새로운 것이 아니라고! 그건 수천 년 전부터 있던 걸 차용해 온 거야. 그건 물고기의 평형 유지 기관, 즉 부레라고. 실제로 오늘날에도 수는 적지만 진화가 덜 된 물고기들이 있네. 그것들에게는 부레가 동시에 일종의 허파이고 경우에 따라서는 부레가 호흡기관 역할을 한다네. 그러니까 자네가 꿈에서 날기 위해 사용한 부레가 바로 저 허파라고!"

그가 동물학 책을 한 권 가져와서 진화가 덜 된 물고기의 이름과 그림을 보여 줬다. 나는 이상한 전율과 함께 옛 진화 시기의 한 기능을 생생하게 느꼈다.

제6장

야곱의 싸움

별난 음악가 피스토리우스에게서 들은 아프락사스에 관한 이야기는
짧게 옮길 수가 없을 것 같다. 하지만 그에게서 배운 가장 중요한 것은
나 자신에게 도달하는 길을 한층 더 진척시키는 일이었다. 그 당시 나는
열여덟 살의 나이로 별난 젊은이였다. 한편으로는 여러 면에서 조숙했는
가 하면, 다른 한편으로는 아주 미숙하고 서툴렀다. 이따금 다른 사람들
과 비교해 보면 종종 강한 자존심과 자만심을 느끼다가도 곧 의기소침해
지고 굴욕감이 들었다. 때로는 내가 천재처럼 생각되다가도 때로는 반쯤
미친 인간이란 생각이 들었다. 동년배들과 어울려 기쁨을 나누지 못하고
그들과는 완전히 유리된 채 폐쇄적인 삶을 사는 내가 종종 원망스럽고
걱정스러웠다.

피스토리우스, 괴상한 기인이었던 그는 나에게 용기를 북돋워 주었고,
나 자신을 존중하라고 가르쳐 줬다. 그는 내 말과 내 꿈에서 그리고 내
상상과 내 생각에서 항상 가치 있는 것을 발견했으며, 그것들을 늘 진지

하게 받아들이고 그것들에 관한 이야기를 진지하게 나눔으로써 나에게 모범을 보였다.

그가 말했다.

"자네가 나에게 이야기했지. 음악이 도덕적이 아니기 때문에 음악을 사랑한다고 말이야. 그건 그렇고, 하지만 자네 자신도 도덕주의자가 되어서는 안 돼! 다른 사람들과 자신을 비교하지 말라는 말일세. 가령 자연이 자네를 박쥐로 만들었다면 타조가 되려고 하지 말아야 하네. 자네는 이따금 자신을 이상하게 취급하면서 다른 사람들과는 다른 길을 간다고 자신을 나무라지. 그런 습관은 버려야 하네. 불을 바라보고 구름을 바라보게. 그리고 예감이 와서 자네의 영혼 속 음성이 말을 하기 시작하면 그 말을 따르게. 그것이 선생님이나 아버님 또는 그 어떤 사랑하는 신의 뜻에 부합되는지, 마음에 드는지 여부는 묻지 말게! 그런 물음은 자네를 망가뜨린다고. 그런 물음은 자네를 도보로 데려가고, 자네를 꼰대로 만든다네. 사랑하는 싱클레어, 우리 신의 이름은 아프락사스이고, 신이자 동시에 악마일세. 우리의 신 안에는 밝은 세상과 어두운 세상이 공존해 있네. 아프락사스는 자네의 생각과 꿈에 이의를 제기하지 않는다네. 그걸 절대 잊지 말아야 해. 하지만 아프락사스는 자네가 흠결 없는 보통 사람이 된다면 자네를 떠나서 자기 생각을 요리할 새로운 냄비를 찾아 나설 걸세."

내 모든 꿈들 중에 저 어두운 사랑의 꿈이 가장 신뢰할 만한 꿈이었다. 자주, 아주 자주 그 꿈을 꾸었다. 나는 문장의 새 밑을 지나 우리의 오래된 집으로 들어가서 어머니를 안으려고 했으나 어머니 대신 키가 크고 반은 남자 같고 반은 어머니 같은 여자를 끌어안았다. 그녀 앞에서 나는 공포와 더불어 욕망이 불타올랐다. 이 꿈은 피스토리우스에게 한 번도 털어놓을 수 없었다. 다른 것은 모두 이야기했지만 이 꿈만은 그대로 남겨 뒀다. 그건 내 은신처이며, 내 비밀이고, 내 도피처였다. 가슴이 답답할 때면 나는 피스토리우스에게 북스테후데의 파사칼리아를 연주해 달라고 했다. 저녁에 어두운 교회에 넋을 잃고 앉아 기이하고 내적이며 차분히 가라앉은 이 음악을 들을 때마다 나는 매번 기분이 좋아지고, 영혼의 소리에 호응할 준비를 더 잘할 수 있었다.

이따금 우리는 오르간 연주가 끝나면 한동안 교회에 앉아 높이 달린 첨두아치 창에 여린 햇살이 비치다가 사라지는 광경을 바라봤다.

"내가 한때는 신학자였고, 거의 목사가 될 뻔했다는 거 우습게 들리겠지. 하지만 나는 형식상의 오류를 저질렀을 뿐이네. 목사는 내 천직이고 목표야. 단지 너무 일찍 만족해서, 아프락사스를 알기 전에 여호와에게 나를 맡긴 거야. 아, 모든 종교는 다 멋져. 종교는 영혼이야. 기독교의 성찬식에 참여하든 메카로 순례를 떠나든 매한가지란 말이네."

피스토리우스가 말했다.

"그렇다면 형은 목사가 될 수도 있었겠네요."

내가 말했다.

"아니야. 싱클레어, 아니라고. 목사가 됐다면 난 거짓말을 하지 않을 수 없었을 거야. 기독교는 종교가 아니라 마치 오성(悟性)의 산물인 양 행세하지. 부득이해서 가톨릭 신자는 될 수도 있었겠지만 목사는 아니야,

목사는 아니라고! 내가 아는 독실한 신도 몇 사람은 오로지 성서의 자구에만 매달린다네. 그런 사람들에게 그리스도가 인격체가 아니라 영웅 내지 신화요, 인간 스스로가 자기 자신을 영원의 벽에 그려 놓고 바라보는 거대한 그림자 상이라고 말할 수 있겠나? 그리고 다른 사람들, 이를테면 지혜로운 얘기를 듣기 위해, 의무를 완수하기 위해, 결석하지 않기 위해 교회에 가는 사람들에게 내가 무슨 말을 해야겠나? 그들을 개종시키라고? 하지만 난 전혀 그렇게 하고 싶지 않네. 신부는 개종을 원치 않아. 신부는 신도들과 함께 자기와 같은 사람들과 함께 어울려 살려고 할 뿐이네. 신부는 우리가 신들을 만들어 내는 그 감정을 대변하고 표현하려고 하네."

그가 잠시 말을 끊었다가 다시 시작했다.

"여보게, 우리가 아프락사스라는 이름을 붙인 우리의 새로운 신앙은 멋진 신앙이야. 아프락사스는 우리가 가지고 있는 최상의 것이라고. 하지만 그 신은 아직 젖먹이에 지나지 않아! 날개가 아직 자라지 않았어. 아, 고독한 종교여, 아직 참 종교가 되지 못했어. 이 종교는 공유되어야 해. 예배와 도취, 경축일 그리고 비밀 의식이 있어야 한다고……."

그가 골똘하게 생각에 잠겼다.

"혼자서도, 아니면 아주 작은 인원으로도 비밀 의식을 치를 수 있지 않은가요?"

내가 머뭇거리며 물었다.

"물론 그럴 수 있지."

그가 고개를 끄덕였다.

"나는 벌써 오래 전부터 비밀 의식을 치르고 있네. 사람들이 알면 몇 년간 감옥살이를 해야 할 그런 의식을 말이네. 하지만 그게 아직 제대로 된 의식이 아니라는 걸 난 알고 있네."

갑자기 그가 내 어깨를 툭 치는 바람에 나는 깜짝 놀랐다.

그가 힘주어 말했다.

"여보게, 자네도 비밀 의식을 지니고 있어. 나에게 말하지 않은 꿈들이 있다는 걸 나는 알고 있단 말이네. 그걸 내가 굳이 알려고 하진 않겠네. 하지만 자네에게 말해 주고 싶네. 그 꿈을 살아 보라는 걸세. 그 꿈을 즐기고, 그 꿈을 위해 제단을 세우게! 그걸로 완전하지는 않지만 길은 하나 놓게 되네. 자네와 내가 그리고 다른 몇 사람이 세계를 혁신할지 두고 봐야겠지. 하지만 우리 자신 속에서는 매일같이 세계를 혁신해야 하네. 그렇게 하지 않으면 우리는 아무것도 이룰 수 없네. 그 점 유의하게! 자네 열여덟 살이지, 싱클레어. 자네는 매춘부에게 가지 않고, 사랑을 꿈꾸고, 사랑을 소망하고 있음에 틀림없어. 어쩌면 자네가 그 꿈들을 두려워하고 있는지도 모르겠네. 두려워하지 말게! 그 꿈들은 자네가 가지고 있는 것들 중에서 가장 좋은 것이네. 내 말 믿게. 나는 자네 나이에 내 사랑의 꿈을 짓밟았다가 많은 걸 잃었네. 자넨 그렇게 하지 말게. 아프락사스를 알고 있다면 더 이상 그런 짓을 하지 말아야 해. 어떤 것도 두려워할 필요 없네. 우리 속의 영혼이 원하는 것이라면 어떤 것도 금기로 여겨서는 안 돼."

그 말에 놀라서 나는 이의를 제기했다.

"하지만 마음 내키는 대로 모든 걸 할 수는 없지 않아요! 밉살스럽다고 사람을 마구 죽여서는 안 된다고요."

그가 나에게 다가왔다.

"경우에 따라서는 그렇게 해도 되네. 하지만 살인은 대체로 오해로 빚어질 뿐이야. 나도 자네가 기분 내키는 대로 아무 짓이나 마구 해도 된다는 얘기는 아닐세. 그런 건 결코 아니야. 하지만 선의지에서 나온 것이라면, 그걸 억누르지 말고, 도덕의 잣대로 재단하지 말라는 거야. 자기 자신과 타인을 십자가에 못 박는 대신에, 경건한 생각으로 와인을 마시면서 희생의 비결에 대해 생각해 보라고. 그런 행동을 하지 않고도 우리는 자신의 충동과 이른바 유혹이라는 것을 존중과 사랑으로 다룰 수 있네. 그러면 충동과 유혹은 그 의미를 드러낸다네. 그것들 나름대로 충분한 의미를 지니고 있네. 자네에게 또다시 죄가 될 엉뚱한 짓을 하고 싶은 생각이 떠오른다면 말이네, 싱클레어. 그러니까 누구를 죽이거나 엄청나게 나쁜 짓을 하고 싶은 마음이 생긴다면, 잠시 아프락사스를 생각하게. 자네 마음속에서 그런 상상을 하게 만든 아프락사스를 말이야! 자네가 죽이고 싶은 사람은 아무개 씨가 아니라 단지 가상(假像)일 뿐이야. 우리가 어떤 사람을 증오한다면, 그건 우리 자신 속에 있는 것을 그에게 투영시켜 증오하는 거라고. 우리 자신 속에 없는 것은 우리를 자극하지 않아."

내 마음속 깊이 은밀하게 감추어져 있는 것에 관해 피스토리우스가 지금처럼 그렇게 정곡을 찌른 적은 없었다. 나는 아무 대답도 할 수 없었다.

그러나 내 마음속을 가장 강렬하고 기묘하게 파고든 것은, 이런 충고가 몇 년 전부터 내가 마음속에 간직하고 있던 데미안의 말과 일치한다는 것이었다. 두 사람의 말은 전혀 다르지 않고 두 사람은 전혀 서로 모르는 사이인데 똑같은 말을 나에게 해 준 것이다.

피스토리우스가 나직하게 말했다.

"우리가 보는 것은 우리 마음속에 있는 것과 똑같은 거야. 우리 마음속에 없는 것은 현실 세계에도 없어. 때문에 대부분의 사람들은 실제의 삶을 살지 못하는 거지. 왜냐하면 그들은 밖에 있는 가상들을 실상으로 간주하고 자기 자신 속에 있는 것에 관해서는 함구하고 있기 때문이야. 그렇게 사는 것이 행복할 수 있겠지만 이런 사실을 알게 되면 대부분의 사람들이 가는 길을 택하지 않게 된다고. 싱클레어, 대부분의 사람들이 가는 길은 쉽고 우리의 길은 어렵네. ― 이제 가세."

두 번이나 그를 기다렸지만 허탕을 치고 난 며칠 뒤 늦은 저녁에 길에서 그를 만났다. 찬바람이 몰아치는데 그가 혼자서 술에 취해 비틀거리며 모퉁이를 돌아오고 있었다. 나는 그를 부르고 싶지 않았다. 그가 나를 보지 못한 채 내 곁을 지나갔다. 그는 낯모르는 사람의 알아듣지 못할 소리에 끌려가기라도 하는 듯 이글거리는 고독한 눈으로 앞을 바라보며 걸어갔다. 나는 한동안 그를 따라갔다. 그는 광인처럼 흐트러진 걸음걸이로 보이지 않는 끈에 이끌려 가는 것처럼 보였는데, 그런 그의 모습은 유령 같았다. 나는 기분이 우울해져 집으로, 구원받지 못한 내 꿈으로 돌아왔다.

'그렇게 그가 자기 속의 세계를 변혁시키는구나!' 하고 생각하다가 동시에 나는 내 생각이 천박하고 도덕적이라는 느낌이 들었다. 내가 그의 꿈에 관해 뭘 알고 있단 말인가. 어쩌면 그는 그렇게 취해 있으면서도, 겁을 먹고 있는 나보다 더 확실한 길을 가고 있는지도 모르겠다.

쉬는 시간에 내가 전혀 눈여겨보지 않던 우리 반 학생 하나가 내 옆으로 오려고 애쓰는 게 이따금 눈에 띄었다. 그 애는 키가 작은데다 말라서 나약해 보였다. 붉은빛이 도는 금발머리에다 숱이 적었고 눈빛과 행동거지가 독특했다. 어느 날 저녁, 집에 오는데 그가 골목에서 나를 엿보다가 내가 지나가게 한 뒤 다시 나를 따라와 우리 집 대문 앞에 멈춰 섰다.

"나한테 뭐 하고 싶은 말 있니?"

내가 물었다.

"너하고 얘기 좀 하고 싶어서 그래. 시간 좀 내 나하고 잠깐 걸어 줘."

그가 수줍게 말했다.

나는 그를 따라 걸으면서 그가 기대에 가득 차서 매우 흥분해 있음을 느꼈다. 그의 두 손이 떨고 있었다.

"너 강신술(降神術)을 익혔지?"

그가 난데없이 이렇게 물었다.

"아니야, 크나우어. 전혀 아니야. 어떻게 그런 생각을 하게 됐니?"

내가 웃으며 대답했다.

"그럼 접신술(接神術)을 배웠지?"

"그런 것도 배운 적 없는데."

"그렇게 숨기지 마! 너에게 뭔가 독특한 게 있다는 거 눈치챘어. 네 눈을 보면 알아. 너 유령들하고 통한다는 거 난 확실히 알아. 호기심에서 묻는 게 아니야, 싱클레어. 그게 아니라고! 나도 구도자야, 알겠니? 난 너무 외로워."

"얘기해 봐!"

내가 그의 용기를 북돋워 주었다.

"유령들에 대해서는 아는 게 하나도 없지만, 난 내 꿈속에서 살아. 그걸 네가 느낀 거야. 다른 사람들도 꿈속에서 살지만 그들 자신의 꿈속이 아니야. 그게 다른 점이지."

"그래, 그럴지도 모르지. 자기가 꾸는 꿈이 어떤 꿈인지가 문제지. ― 하얀 마술에 관해 들어 봤니?"

그가 속삭였다.

나는 못 들어 봤다고 했다.

"그걸 배우면 자기 자신을 지배할 수 있고 죽지도 않고 마술을 부릴 줄도 알게 된대. 그런 훈련 한 번도 해 보지 않았어?"

내가 가려고 돌아서자 마침내 털어났다.

"예를 들어, 잠이 들려고 하거나 정신 집중을 하려고 할 때, 나는 그런 훈련을 해. 무언가를 생각하는 거야. 예를 들어 어떤 단어나 이름 혹은 기하학적 도형을 생각한다고. 가능한 한 강하게 그것을 내 속으로 끌어들여서 그게 내 머릿속에 있다고 생각하려고 노력하지. 그래서 마침내 그게 머릿속에 들어와 있다고 느낄 때까지 말이야. 그 다음에는 그게 목으로 내려왔다고 생각하는 거야. 그렇게 하다 보면 그게 내 온몸에 가득 차게 돼. 그때쯤 되면 내 마음은 확고부동해지고 그 어떤 것도 내 안정을 방해하지 못하게 돼."

나는 그의 말을 어느 정도 이해했지만 실상은 그가 다른 걸 물어보고 싶어 한다는 걸 눈치챘다. 그가 이상하게도 흥분해서 조급해했기 때문이다. 나는 그가 쉽게 물어볼 수 있도록 분위기를 만들었다. 그러자 그가 곧장 원래 하고 싶었던 말을 꺼냈다.

"너도 자제하고 있는 거지?"

그가 불안한 어조로 물었다.

"무슨 뜻이야? 성욕을 자제하느냐는 얘기니?"

"그래, 그래. 난 2년 전부터 자제하고 있어. 그 교리를 알고 난 후부터 말이야. 그 전에는 너도 알다시피 나쁜 짓을 했어. 그러니까 넌 여자하고 한 번도 자 보지 않은 거지?"

"그래, 마음에 드는 여자를 찾지 못했어."

내가 대답했다.

"그럼 넌 마음에 드는 여자라고 생각되면 그 여자하고 자겠다는 거니?"

"그럼, 물론이지. 그쪽에서 반대하지만 않는다면."

내가 약간 냉소적인 어조로 말했다.

"오, 넌 잘못된 길을 가고 있어! 내적인 힘은 금욕을 제대로 할 때 형성

될 수 있어. 나는 2년 동안 그렇게 했어. 2년하고도 1개월을 더 한 거야! 그건 쉬운 일이 아니라고! 어떤 때는 거의 참을 수 없을 정도야."

"내 말 들어 봐, 크나우어. 금욕이 그렇게 썩 중요하지는 않아."

"나도 알아. 모두들 그렇게 말하지. 하지만 난 너에게서 그런 대답이 나올 줄 몰랐어. 보다 높은 정신적인 길을 가려고 하는 사람은 순결해야 돼. 절대로!"

그가 완강하게 내 말을 가로막았다.

"그래, 그럼 넌 그렇게 해! 하지만 난 자기 성욕을 억제하는 사람이 그렇지 않은 사람보다 왜 더 순수하다는 건지 이해가 가지 않아. 그렇담 넌 모든 생각과 꿈에서도 성적인 것을 차단할 수 있다는 거니?"

그가 절망적인 표정으로 나를 바라봤다.

"아니야. 그건 아니야! 제기랄. 하지만 그렇게 해야 해. 나는 잠자리에서 나 자신에게도 말할 수 없는 꿈을 꾼다고. 끔찍한 꿈을 말이야!"

나는 피스토리우스가 한 말이 생각났다. 하지만 그의 말이 백번 옳다고 하더라도 그걸 다른 사람에게 전할 수는 없었다. 나 자신의 경험에서 얻지 않은 조언을, 나 자신도 아직 따르지 못할 조언을 남에게 해 줄 수는 없는 노릇이었다. 나는 입을 다물었다. 조언을 구하는 사람에게 한마디도 해 주지 못한다는 것에 자존심이 상했다.

"백방으로 노력해 봤어! 할 수 있는 건 다 해 봤다고. 찬물에도 뛰어들어 봤고, 눈 속에도 뛰어들어 봤어. 체조도, 달리기도 해 봤지만 아무 소용이 없었어. 매일 밤 꿈에서 깨어났는데, 생각하기도 죄스러운 꿈이었어. 가장 끔찍한 건, 그것 때문에 내가 정신적으로 배운 것 모두가 점점 다시 사라져 간다는 거야. 정신 집중이 거의 안 되거나 잠이 들지 않아 종종 밤을 꼬박 새우기도 한다고. 더 이상 참지 못하겠어. 내가 끝내 싸움을 계속하지 못하고 굴복해서 다시 불결해진다면, 애초에 싸움을 하지 않은 사람들보다 더 나쁜 인간이 되겠지. 무슨 말인지 알아듣겠니?"

크나우어가 내 옆에서 탄식했다.

나는 고개를 끄덕였지만 그 물음에 아무 대답도 할 수 없었다. 그의 말이 지루해지기 시작했다. 그의 절실한 고통과 절망이 나에게 아무런 울림도 주지 않았다는 게 내가 생각해도 놀라웠다. 단지 그를 도울 수 없다는 느낌만 들었을 뿐이다.

"그러니까 넌 나를 전혀 이해하지 못하겠다는 거지? 전혀 이해 못 하겠다? 그래도 무슨 방법이 있어야 하는 거 아니야? 너라면 어떻게 하겠니?"

그가 마침내 지친 나머지 슬픈 어조로 말했다.

"너에게 해 줄 수 있는 말이 하나도 없구나, 크나우어. 우린 서로 도울 수가 없어. 나에게도 도와주는 사람이 없었어. 너 혼자서 잘 생각해 봐. 그리고 네 진정한 본질에서 나온 걸 행동으로 옮겨 봐. 달리 방법이 없어. 너 스스로가 방법을 찾지 못한다면, 너도 활기를 찾지 못할 거야."

그 작은 친구가 실망했는지 갑자기 입을 다물더니 나를 뚫어지게 쳐다봤다. 그러다 그의 눈빛이 돌연 증오에 가득 차 불을 뿜더니, 얼굴이 일그러지며 분노의 음성이 터져 나왔다.

"야, 너 참 멋진 성자로구나! 너도 악덕을 가지고 있는 거 내가 안다고! 너는 마치 현자처럼 행동하지만 너도 나처럼 그리고 모든 사람들처럼 더러운 쓰레기에 목을 매고 있어! 넌 돼지야. 나처럼 돼지라고. 우리 모두가 돼지란 말이야!"

나는 그를 내버려 둔 채 떠났다. 그는 두세 걸음 나를 따라오더니 뒤돌아서서 달음질쳤다. 나는 연민과 역겨움이 뒤섞여 기분이 상했다. 불쾌한 기분은 집에 돌아와 내 작은 방에서 사진 몇 장을 내 주위에다 놓고 짙은 그리움으로 나 자신의 꿈에 몰입할 때까지 계속됐다. 그러자 곧 내 꿈이, 집 대문과 문장 그리고 어머니와 그 낯선 여자에 대한 꿈이 다시 찾아왔다. 그 여자의 모습이 얼마나 또렷하게 보였던지 바로 그날 저녁에 그녀의 얼굴을 그리기 시작했다.

며칠 후 스케치가 완성되자 나는 몽환 속에서 정신없이 15분 만에 색을 입혔다. 저녁에 그림을 벽에 걸어 놓고 독서용 램프를 앞에 들고 그 앞에 섰다. 그림은 마치 내가 끝장을 볼 때까지 싸워야 하는 유령 같았다. 그림은 먼저 번 얼굴과 비슷하기도 했고, 내 친구 데미안의 얼굴과도 닮았는가 하면, 몇몇 표정에서는 나 자신과도 닮아 보였다. 한쪽 눈은 다른 쪽 눈에 비해 두드러지게 올라가 있었고, 운명으로 가득 채워진 시선은 무언가에 몰두하는 듯 나를 너머 어딘가를 향하고 있었다.

그림 앞에 선 나는 잔뜩 긴장되어 가슴속까지 서늘해졌다. 나는 그림에게 묻고, 그림을 원망하기도 하고, 애무도 하고, 그림에게 기도하기도 했다. 그림을 어머니라고 부르기도 하고 연인, 창녀, 매춘부라고 부르기도 했으며, 아프락사스라고 부르기도 했다. 그사이 피스토리우스의 말 혹은 데미안의 말도 떠올랐다. 언제 그 말이 들렸는지 모르겠지만, 다시 들리는 것 같았다. 그건 하느님의 천사와 야곱의 싸움에 관한 말씀, 즉 '저에게 복을 주지 않으시면 보내 드릴 수 없습니다.'[7]였다.

램프의 불빛에 비친 그림의 얼굴은 이름을 부를 때마다 변했다. 밝아졌다 반짝이기도 하고, 검어졌다 어두워지기도 했다. 생기 잃은 눈을 덮고 있던 힘없는 눈꺼풀이 다시 열리더니 눈빛이 이글거리며 빛을 발했다. 성년 여자의 얼굴이었다가 성년 남자의 얼굴로, 소녀의 얼굴이었다가 소년의 얼굴로 변했고, 동물의 얼굴로도 변했다. 그러다 희미한 반점으로 줄어들었다가 다시 커지면서 명료해졌다. 마침내 강렬한 내면의 소리가 지시하는 대로 눈을 감자 그림이 내 속에서 더욱 강하고 힘차게 모습을 드러냈다. 그림 앞에 무릎을 꿇으려고 했으나 그것이 내 속에 들어와 마치 나 자신이 된 것 같았다. 나는 더 이상 그것과 분리될 수 없었다.

그때 봄의 돌풍 같은 어둡고 무거운 바람 소리가 들려왔다. 나는 형언할 수 없는 새로운 불안감에 휩싸여 몸을 떨었다. 별들이 반짝거리다가 홀연히 사라지고 까맣게 잊고 있던 유년시절 초기로, 심지어 전생과 생성의 초기 단계까지 거슬러 올라간 기억들이 한꺼번에 강물처럼 밀려와 내 곁을 지나갔다. 가장 비밀스러운 것까지 포함한 내 전 생애를 반복해 주

---

7 창세기 32장 26절.

는 기억들이 어제와 오늘만이 아니라 미래까지 비춰 주며 나를 오늘로부터 낚아채서 새로운 삶의 터전으로 옮겨 놓았다. 새로운 삶의 형상들은 엄청나게 밝아 눈이 부셨지만, 훗날 나는 그것들을 하나도 제대로 기억할 수 없었다.

밤에 깊은 잠에서 깨어나 보니 내가 옷을 입은 채 침대에 가로로 누워 있었다. 램프에 불을 붙이는 동안 무언가 중요한 것을 생각해야 한다고 느꼈는데 그 전의 시간들이 도무지 기억나지 않았다. 등에 불을 붙이고 나니 서서히 기억이 되살아났다. 그림을 찾아보았으나 벽에 걸려 있지 않았고 책상에도 놓여 있지 않았다. 그때 나는 그걸 태워 버린 것 같은 생각이 어렴풋이 들었다. 아니면 내가 그걸 내 손으로 불태워 그 재를 먹은 것이 꿈이었단 말인가?

엄청난 불안이 몰려왔다. 나는 모자를 쓰고 집을 나와 골목길로 들어섰다. 강요를 당하기라도 한 듯, 폭풍에 떠밀리기라도 한 듯 큰길을 지나 광장으로 내달았다. 피스토리우스의 컴컴한 교회 앞에서는 어두운 충동에 사로잡혀 무언가 알 수 없는 것을 찾고 또 찾았다. 그러다 사창가가 늘어선 교외에 들어섰다. 그곳엔 아직 여기저기 불이 비쳤다. 더 멀리 교외 밖으로 나가자 거기에는 신축 건물들과 기왓장들이 더러는 희뿌연 눈에 덮인 채 널려 있었다. 몽유병자처럼 알 수 없는 힘에 떠밀려 황량한 그곳에 들어서자 고향의 신축 건물이 생각났다. 거기는 내 고문자였던 크로머가 첫 번째 계산을 하기 위해 나를 끌고 갔던 곳이다. 희끄무레한 밤에 그와 비슷한 건물이 내 앞에서 뻥 뚫린 시커먼 대문을 드러내고 하품을 하며 나를 쳐다보고 있었다. 그것이 나를 끌어당겼다. 들어가지 않으려고 했지만, 내 발은 이미 모래와 쓰레기 더미 위에서 비틀거렸다. 들어가려고 하는 충동이 더 강했던 것이다.

널빤지와 부서진 벽돌들을 넘어 황량한 건물 안으로 비틀거리며 들어갔다. 공기가 탁했으며 습한 냉기와 돌멩이 냄새가 풍겨 왔다. 희뿌옇게 쌓인 모래 더미만 보일 뿐 사위가 어두웠다.

그때 놀란 음성이 나를 불렀다.

"웬일이야, 싱클레어. 여긴 어떻게 왔니?"

내 옆 어둠 속에서 어떤 사람이, 작고 마른 사내아이가 유령처럼 일어섰다. 나는 머리카락이 곤두섰다. 내 급우 크나우어였다.

"너 어떻게 여기에 온 거야? 어떻게 날 찾았니?"

그가 놀라서 당황해 하며 물었다.

나는 그 애가 무슨 말을 하는지 몰랐다.

"널 찾아다닌 거 아니야."

내가 어안이 벙벙해서 대답했다. 입이 마비되고 무거워지고 얼어붙어서 한마디 한마디가 힘들었다.

그가 나를 뚫어지게 바라봤다.

"찾은 게 아니라고?"

"아니야. 그냥 발길 닿는 대로 온 거야. 네가 날 불렀니? 네가 날 부른 게 틀림없어. 너 도대체 여기서 뭐하는 거니? 한밤중인데."

"그래, 한밤중이지. 곧 날이 밝을 거야. 오, 싱클레어, 너 나를 잊지 않았구나! 날 용서해 줄 수 있겠니?"

"도대체 뭘?"

"아, 내가 너무 추하게 굴었잖아."

그제야 나는 우리의 대화가 기억났다. 그게 나흘 전이었던가, 닷새 전이었던가. 그날 이후로 한 생애가 지나간 것 같았다. 그런데 이제 문득 모든 것이 생각났다. 우리 사이에 있었던 일뿐만 아니라 내가 왜 여기에 왔는지 그리고 크나우어가 여기 이 외딴 곳에서 뭘 하려고 하는지 모두 생각난 것이다.

"너 여기서 자살하려고 했지, 크나우어?"

그가 추위와 불안에 몸을 떨었다.

"그래, 그러려고 했어. 한데 내가 그럴 수 있을지 모르겠어. 아침이 될 때까지 기다릴 참이었어."

나는 그를 끌고 건물 밖으로 나왔다. 희미한 여명 속에 막 떠오르기 시작한 햇살이 말할 수 없이 냉랭하고 음울하게 수평으로 낮게 깔려 비쳐 왔다.

나는 그 애의 팔을 잡고 일정 구간 그 애를 데리고 갔다. 내 입에서 이런 말이 나왔다.

"이제 집에 가라. 그리고 아무에게도 말하지 마! 넌 잘못된 길을 가고 있어. 잘못된 길을 가고 있단 말이야! 우린 네가 말한 것처럼 돼지가 아니야. 사람이라고. 우리가 신들을 만들고 신들과 싸움도 하지. 그리고 신들이 우리를 축복해 주지."

우리는 말없이 계속 걷다가 헤어졌다. 집에 오자 날이 완전히 밝았다.

그 당시 성 모모 시에서 겪었던 일들 중에서 가장 좋은 기억으로 남은 것은 피스토리우스와 함께 오르간이나 벽난로 불 옆에 앉아 있던 시간이었다. 우리는 아프락사스에 관한 그리스어 텍스트를 함께 읽었다. 그는 베다경(Veda)을 몇 구절을 낭송하고, 성스러운 〈옴(Om)〉[8]이라는 단어의 발음법을 나에게 가르쳐 줬다. 그동안 나를 내면적으로 북돋워 준 것은 이런 학식이 아니라 오히려 그 반대였다. 내 마음을 편안하게 해 준 것은 내 내면이 발전해 가는 과정을 발견하는 것이었다. 이를테면 내 자신의 꿈과 생각 그리고 예감에 대한 믿음이 두터워지고 내 내부에 잠재한 힘을 점점 더 확실하게 깨닫는 걸 알게 된다는 것이었다.

피스토리우스와 나는 갖가지 방법으로 서로를 이해했다. 그에 대해 집중적으로 생각하기만 하면, 틀림없이 그가 직접 오든가 아니면 안부를 전해 왔다. 그가 지척에 없어도 데미안과 마찬가지로 나는 그에게 질문을 할 수 있었다. 그를 집중적으로 떠올리기만 하면 그리고 심사숙고한 질문을 그에게 던지기만 하면, 질문에 주어졌던 모든 영혼의 힘이 대답이 되어 내 속으로 돌아왔다. 하지만 내가 생각한 것은 피스토리우스나 막스 데미안이라는 사람이 아니라 내가 꿈을 꾸고 내가 그렸던 형상, 그러니까

8 힌두교의 주문(呪文)으로 '그렇게 되기를 바란다.'는 뜻을 지니고 있으며, 기도하기 전후에 음송한다.

남자이자 여자인 꿈의 형상, 내 데몬(Dämon)[9]이었다. 이 데몬을 내가 부른 것이다. 데몬은 이제 내 꿈속에서만 사는 것이 아니라 내 이상상(理想像)으로 그리고 승화된 나로 내 속에 살고 있었다.

자살에 실패한 크나우어와 나의 관계는 독특하고 이따금 우습기도 했다. 내가 그에게 보내졌던 그날 이후로 그는 충직한 하인처럼 혹은 충견처럼 자기 인생의 목줄을 나에게 매어 놓고 막무가내로 나를 따라다녔다. 그는 아주 이상한 질문과 소망을 가지고 나에게 와서 유령을 보고 싶다, 카발라(Kabbala)[10]를 공부하고 싶다고 했다. 그런 것들에 관해서는 전혀 알지 못한다고 단호하게 말했지만 그는 내 말을 믿지 않았다. 그는 내가 모든 능력을 지니고 있다고 믿었다. 그런데 신기한 것은, 내 속에서 그 어떤 매듭이 풀릴 즈음이면 바로 그 시점에 맞춰 바보 같은 이상한 질문을 가지고 그가 나를 찾아온다는 것과 그의 변덕스런 착상과 관심사가 종종 문제를 풀기 위한 키워드와 동인을 나에게 제공한다는 것이었다. 종종 그가 귀찮아져서 매몰차게 그를 돌려보내기도 했다. 하지만 그 역시 나에게 보내진 사람이며 내가 그에게 준 것이 배로 불어나 되돌아왔기 때문에, 그 또한 나의 리더 혹은 나의 길이라는 느낌이 들었다. 그가 나에게 넘겨준 그 괴상한 책들과 문서들, 그가 그 속에서 구원을 찾던 그

---

9 여기서 Dämon이란 초인적인 힘을 지닌 존재로, 악령의 속성과 신 또는 착한 천사의 속성을 동시에 지니고 있다. (Demian이라는 이름이 Dämon을 연상시키기도 한다.)
10 중세 유대교의 비교(祕敎).

책과 문서들은 그 당시 내가 알고 있었던 것보다 훨씬 더 많은 가르침을 나에게 줬다.

크나우어는 그 후에 나의 행로에서 어느덧 사라졌다. 그와는 토론이 필요 없었다. 하지만 피스토리우스는 달랐다. 이 사람과는 김나지움 졸업을 앞두고 성 모모 시에서 또 한번 특이한 경험을 했다.

착한 사람들도 인생에서 한두 번쯤은 효성과 감사의 미덕과 갈등을 겪게 마련이다. 누구나 한 번쯤은 아버지와 선생님들과 갈라서는 길을 가야 한다. 누구나 한 번쯤은 외로움에 시달리게 마련이다. 대부분의 사람들은 외로움을 견디지 못하고 구원을 청할 테지만 말이다. 나의 부모님과 부모님의 세계, 내 아름다운 유년시절의 '밝은' 세계와 나는 격렬하게 싸우면서 헤어진 게 아니라 서서히 그리고 거의 눈에 띄지 않게 그것들로부터 멀어지고 낯설어졌다. 부모님과의 결별이 고통스러웠고, 그래서 종종 고향을 찾을 때마다 그들과 함께하는 시간이 괴로웠지만 가슴이 쓰릴 정도는 아니었고 그런대로 견딜 만했다.

하지만 우리가 습관이 아니라 자발적으로 사랑하고 경외했던 사람, 진정한 마음에서 우러나와 멘토로 섬기고 친구로 지내던 사람 ― 우리 마음속의 큰 물줄기가 이런 사람들과 결별을 선언하는 순간이 온다면 우리는 얼마나 두렵고 가슴이 쓰리겠는가. 이럴 경우 친구와 멘토를 거부한다는 생각이 들 때마다 독침이 우리의 가슴을 찌르고 방어하기 위해 내지르는 주먹이 우리 자신의 얼굴을 타격할 것이다. 그럴 때면 자기가 덕성을 지녔다고 생각하는 사람에게는 '배신'과 '배은'이라는 단어가 마치 치욕적인 야유와 낙인처럼 떠오르게 될 것이다. 그리하여 놀란 가슴은 불안에 떨며 순결했던 유년시절의 애정이 넘치는 골짜기로 도피해서 이렇게 결별이 선언되고 유대도 단절될 수밖에 없다는 사실을 믿을 수 없게 될 것이다.

내 친구 피스토리우스를 지도자로 인정하는 걸 당연하다고 생각하던 내 마음이 시간이 흐르면서 달라졌다. 그런 생각에 반감이 들기 시작한 것이다. 내 청소년 시절 몇 달간의 가장 중요한 경험은 그와의 우정이었고 그의 조언이었으며 그의 위로였고 그와 가까이 있는 것이었다. 그를 통해 신이 나에게 말을 했다. 그의 입을 통해 내 꿈들은 해명과 해석을 거쳐 나에게 되돌아왔다. 그는 나에게 나 자신에 대한 용기를 불어넣어 줬다. 아, 그런데 이제 성장하면서 내가 서서히 그에 대해 반기를 들기 시작한 것이다. 그의 말에 너무 많은 교훈이 담겨 있고 그가 이해하는 건 단지 나의 일부분에 지나지 않는다는 사실을 깨닫게 되었다.

싸움을 한 것도 아니고 서로 말다툼을 한 것도 아니며 결별을 의미하는 불화도 없었다. 내가 악의 없이 단 한마디 던졌을 뿐인데, 그 말이 우리 사이를 이어 주던 환상을 산산이 조각내고 말았다.

이미 한동안 나를 짓누르고 있던 막연한 예감이 어느 일요일, 그의 낡은 서재에서 명료하게 느껴졌다. 우리는 벽난로 앞 방바닥에 누워 있었다. 그가 그간에 공부한 비교(祕敎)와 종교의 형태 그리고 그가 천착한 이것들의 장래 전망에 관한 자기 생각을 털어놨다. 그러나 이것들 모두가 나에게는 실생활에 중요하다기보다는 진기하고 흥미로운 얘기일 뿐이었다. 그것들이 이제는 교훈적으로만 들리고 지난 세계의 파편들에 대한 진부한 탐구로 여겨졌다. 그 순간 나는 이런 종류의 탐구 일체, 이를테면 이런 식의 신화 숭배와 전래된 종교 형태의 짜 맞추기 놀이에 거부감이 들었다.

나는 갑자기 나 자신도 경악할 만큼 악의에 차서 말했다.

"피스토리우스, 형, 꿈 얘기를 하려거든 간밤에 꾼 꿈, 실제로 꾼 꿈에 관해서나 얘기해 줘요. 지금 얘기하는 것들은 터무니없이 진부하단 말이에요!"

그는 내가 그런 어투로 말하는 걸 지금껏 한 번도 들은 적이 없었다. 그리고 나 자신도 그 순간 문득 내가 그의 심장을 맞힌 화살이 그의 병기고에서 꺼내 온 무기였다는 생각에 창피하고 놀라웠다. 그가 이따금 비꼬는 어투로 자책하던 말을 이제 악의에 찬 내가 날카롭게 벼려서 그를 찌르고 있었던 것이다.

그가 즉각 그걸 알아차리고 바로 입을 다물었다. 나는 내심 잔뜩 불안해져 그를 쳐다봤다. 그의 안색이 무서울 정도로 하얗게 질려 있었다.

오랜 침묵이 흐른 후, 그가 새 장작을 한 개 벽난로에 넣으며 말했다.

"자네 말이 전적으로 맞아, 싱클레어. 자넨 영리한 친구야. 앞으론 진부한 얘기로 자네를 괴롭히지 않을게."

그가 아주 침착하게 말했으나 나는 그의 말에서 상처의 아픔이 묻어나오는 소리를 들었다. 내가 무슨 짓을 한 것인가!

나는 금방이라도 눈물이 나올 것 같았다. 그를 향해 돌아누워 진심으로 용서를 빌고 사랑과 감사의 마음을 전하고 싶었다. 정감 어린 말이 떠올랐으나 정작 그에게 전하려니 입이 떨어지지 않았다. 나는 그냥 누운 채 불길을 바라보며 침묵했다. 그도 역시 말이 없었다. 그렇게 우리는 누워 있었다. 불길이 서서히 사위어 들었다. 하나둘 꺼져 가는 불길과 더불어 아름답고 내적인 우리의 관계도 다시는 복원될 수 없게끔 사라져 가는 것 같은 느낌이 들었다.

"형이 내 말 오해했을까 봐 걱정돼요."

마침내 내가 목이 잠겨 기어드는 메마른 음성으로 풀이 죽어 말했다. 어리석고 무의미한 말이 마치 신문 연재소설을 낭독하는 것처럼 기계적으로 내 입술에서 튀어나왔다.

피스토리우스가 나직하게 말했다.

"자네 말이 정말 맞아. 자네 말이 옳다니까."

그가 잠시 뜸을 들인 후 천천히 말을 이었다.

"자기 생각이 옳다고 여긴다면 그렇게 말해도 되지."

아니야, 아니야, 내가 틀렸어! 하고 나는 속으로 외쳤다. 하지만 입 밖으로는 한마디도 꺼낼 수가 없었다. 나는 내가 단 한마디 하찮은 말로 그의 근본적인 약점을, 그의 고통과 상처를 건드렸다는 걸 알았다. 그 자신도 불신할 수밖에 없었던 그 점을 지적한 것이다. 그의 이상은 '골동품 연구'였고, 그는 과거 지향적인 사람, 낭만주의자였다. 피스토리우스가 나에게 보여 준 것, 그가 나에게 준 것, 그것을 자기에게는 보여 주지 못하고, 자기에게는 줄 수 없었다는 걸 나는 문득 마음속 깊이 느꼈다. 그는 나에게 길을 안내해 준 사람이었지만 나는 내 지도자였던 그 역시 넘어서서 그를 떠나야 했다.

맙소사, 어떻게 그런 말이 튀어나오다니! 나쁜 의미에서 그 말을 한 건 결코 아니었다. 그 말이 파국을 가져오리라고는 전혀 생각지 못했다. 그 말을 꺼내는 순간 나 자신도 무슨 말인지 알지 못했던 말을 내뱉은 것이다. 약간은 재치 있고, 약간은 화가 난다는 어쭙잖은 생각 때문이었다. 그게 운명이 되어 버렸다. 부주의로 저지른 내 조야한 언행이 그에게는 사형선고와 다름없었다.

그 당시 그가 자기를 지키기 위해 화를 내며 소리라도 지르기를 얼마나 내가 고대했던가! 그는 그렇게 하지 않았다. 그 모든 것을 내가 내 마음속에서 나 자신에게 했다. 할 수만 있었다면 그는 미소를 지었을 것이다. 미소마저 지을 수 없었던 것은 그가 그만큼 깊은 상처를 입었기 때문이었다.

피스토리우스가 내 공격을, 건방지고 감사를 모르는 제자의 공격을 조용히 받아들이고 묵묵히 내 말을 수긍하고, 내 말을 운명으로 인정하는 동안 그는 내가 나 자신을 증오하게 만들고, 내 경솔함을 천금 만큼처럼 무겁게 느끼게 했다. 그에게 타격을 가했을 때 나는 그가 강하고 방어를 할 줄 아는 사람이리라고 생각했다. 그런데 그는 조용하고 참을성 있는 사람, 방어하지 않고 말없이 항복하는 사람이었다.

우리는 오랫동안 꺼져 가는 불길을 바라보며 누워 있었다. 불길이 아물거릴 때마다, 재가 으스러지면서 가라앉을 때마다 행복하고 아름답고 풍요했던 시간들이 기억에 떠올랐으며, 피스토리우스에 대한 의무감과 죄책감이 점점 더 무겁게 느껴졌다. 더 이상 참을 수가 없었다. 나는 일어서서 방을 나갔다. 그의 방문 앞에서 한참 동안 그리고 어두운 계단에 내려가서 또 한참 동안, 그런 다음 바깥으로 나가 그의 집 앞에서 한참 기다렸다. 혹시 그가 나와서 나를 따라오지 않을까 해서. 그러다 나는 그곳을 떠나 저녁이 될 때까지 몇 시간이고 시내와 교외를, 공원과 숲속을 배회했다. 내 이마에 카인의 표지가 있다는 걸 그때 처음 느꼈다.

나는 천천히 깊은 생각에 빠졌다. 나를 책망하고 피스토리우스를 옹호할 생각밖에 들지 않았다. 그런데 아무리 생각을 해 봐도 결론은 그 반대였다. 경솔했던 내 말을 천만번 후회하고 거두어들이려고 했지만, 결론은 내 말이 맞는다는 것이었다. 이제 비로소 나는 피스토리우스를 이해하고 그의 꿈을 모두 내 앞에 그려 볼 수 있게 되었다. 그의 꿈은 성직자가 되어 새로운 종교를 전파하고 숭고와 사랑 그리고 예배에 새로운 형식을 부여함으로써 새로운 신조(信條)를 세우는 것이었다. 그러나 그것이 그의 힘으로는 감당하기 어려웠고 그의 사명이 아니었다. 그는 과거의 것들에 너무 애착이 강했고 옛것을 너무 자상하게 알았다. 이를테면 이집트와 인도, 미트라스(Mythras)11와 아프락사스에 관해 너무 많이 알고 있었다. 그는 지상에 이미 존재했던 형상들을 사랑하면서도, 새로운 것은 새롭고 다르다는 사실과 새로운 것은 박물관이나 도서관에서 길어 온 것이 아니

11 고대 이란의 신화에 등장하는 신인데, 고대 로마에서도 태양신으로 불렸다.

라 신선한 대지에서 솟아난 것이라야 한다는 사실을 속으로는 잘 알고 있었다. 그의 임무는 그가 나에게 그랬듯이, 어쩌면 사람들을 자기 자신으로 인도하는 것을 돕는 일이었는지 모르겠다. 사람들에게 전대미문의 것, 즉 새로운 신들을 전해 주는 것은 그의 임무가 아니었다.

이 지점에서 문득 인식의 날카로운 불꽃이 타올랐다. 누구에게나 '임무'가 주어져 있지만 임무를 스스로 선택하고 변경하고 임의로 주재해서는 안 된다는 것이었다. 새로운 신들을 원하는 것은 잘못이었고, 세계에 무언가를 주려고 하는 것은 더더욱 잘못이었다. 각성된 인간에게는 자기 자신을 찾고, 자기 자신을 공고히 하고, 자기 자신의 길을 더듬어 전진하는 일 외에는 정녕코 그 어떤 의무도 없다. 그 길이 어디로 가는가는 상관없다. ─ 이런 인식이 내 마음에 큰 충격을 줬다. 피스토리우스와 함께 한 경험을 통해 얻은 결과였다. 나는 종종 재미 삼아 미래의 형상들을 떠올려 보았다. 나에게 주어질 수 있다고 생각한 역할을 꿈꾸어 보았다. 어쩌면 시인일 수도, 아니면 예언자 혹은 화가일 수도 있었고 그밖에 다른 것일 수도 있었다. 하지만 그 모든 것이 부질없다는 생각이 들었다. 나는 시를 쓰고, 예언을 하고, 그림을 그리기 위해 존재하는 게 아니었다. 나도 그렇지만 다른 사람 역시 그러기 위해 존재하는 것은 아니었다. 그 모든 것은 부차적으로 생겨난 것이었다. 모든 사람에게 진정한 임무는 단 한 가지, 자기 자신에게로 가는 것이었다. 우리는 시인이나 광인 혹은 예언자나 범죄자로 생을 마감할 수도 있다. 하지만 이런 것에 대해 신경 쓸 필요는 없다. 이런 문제는 궁극적으로 중요하지 않다. 우리가 할 일은─

자기가 임의로 조작한 운명이 아닌—진정한 자신의 운명을 발견하고, 그 운명을 자기 속에서 끊임없이 마음껏 펼치는 것이다. 그 이외의 것은 모두 얼치기이며 임무를 방기하는 것이고, 대중의 이상에 영합하여 퇴보하는 것이며 자신의 내면에 대한 두려움이었다. 새로운 형상이 무섭고 성스럽게 내 앞에 떠올랐다. 새로운 형상을 수없이 예감하고, 그것에 대해 어쩌면 말은 누차 한 것 같은데, 정작 그것을 체험하기는 이번이 처음이었다. 자연의 산물인 나는 불확정 세계로 던져진 존재, 어쩌면 새로운 것, 어쩌면 무(無) 속으로 던져진 존재였는지도 모른다. 자연의 산물인 나를 깊고 깊은 곳으로부터 완전히 건져 올려서, 그 의지를 내 속에서 느끼고 완전히 내 것으로 만드는 일, 그것만이 내 사명이었다. 오직 그것만이!

　나는 이미 많은 고독을 맛보았다. 그런데 이제 더 깊은 고독이 있으며, 그 고독은 떨쳐 버릴 수 없다는 것을 알았다.

　나는 피스토리우스와 굳이 화해하려고 애쓰지 않았다. 우리는 여전히 친구였지만 관계는 달라졌다. 우리는 단 한 번 그 문제에 관해 이야기했다. 아니 우리라기보다는 그가 이야기했다.

　"자네도 알다시피 난 신부가 되고 싶어 했지. 우리가 많은 예감을 가지고 있는 그 새로운 종교의 신부가 되기를 간절히 바랐어. 그런데 절대 그렇게 될 수 없을 것 같아. 나 자신이 인정하고 싶지 않지만 난 그걸 알고 있어. 아니, 이미 오래전에 그걸 알고 있었네. 다른 성직(聖職)에 몸담게 될 거야. 어쩌면 오르간 연주자로 아니면 다른 방법으로 말이야. 하지만 아름답고 성스럽다고 느끼는 것들, 이를테면 오르간 음악이나 신비, 상징

그리고 신화 같은 것들이 언제나 내 주위에 있어야 해. 난 그런 것들이 필요하다고. 그래서 그런 것들을 떠날 수가 없어. 그게 내 약점이지. 싱클레어, 나는 그런 소망을 가져서는 안 된다는 거, 그런 소망은 사치이고 약점이라는 걸 알고 있어. 두말없이 그냥 운명에 나를 맡긴다면, 그게 더 좋고 더 옳을 수도 있겠지. 하지만 난 그렇게 할 수 없어. 내가 할 수 없는 거 딱 한 가지가 바로 그거야. 어쩌면 자네는 할 수 있을 거야. 운명에 나를 맡기는 거, 그게 어려워. 여보게, 그게 나한테는 세상에서 가장 어렵다니까. 꿈에도 종종 그걸 해 보려고 했지만 안 되더군. 소름만 끼치더라고. 난 그렇게 완전히 발가벗고 혼자 서 있을 수가 없어. 나도 가련하고 나약한 개인가 봐. 온기와 먹이를 필요로 하고, 기회 있을 때마다 자기와 같은 종자의 뒤꽁무니나 따라다니고 싶어 하는 개 말이야. 자기 운명 이외에 어떤 것도 원하지 않는 사람은 자기와 같은 부류는 더 이상 곁에 두고 있지 않아. 그런 사람은 차가운 우주 공간에 둘러싸여 철저하게 혼자 서 있지. 자네도 알다시피 그게 바로 겟세마네 동산의 예수야. 기꺼이 십자가에 못 박힌 순교자들도 있었지만 그들 또한 영웅은 아니었어. 자유롭지 못했어. 그들 또한 편안한 것, 고향 같은 것을 원했네. 그들에게는 모범이 있었고 이상이 있었지. 운명만을 원하는 사람에게는 모범도 이상도 없어. 사랑도 위안도 없단 말이네! 원래는 이런 길을 가야 하지. 나와 자네 같은 사람은 정말 고독하기는 하지만 우리는 서로를 가지고 있지 않은가. 우리는 남과 다르고 반항하고, 일상적이 아닌 것을 해 보려는 데서 은근히 만족을 느끼지. 하지만 길을 제대로 가려면 그것마저도 단념해야 하네. 혁명가가 되려고 해서도, 모범이 되려고 해서도, 순교자가 되려고 해서도 안 된다네. 그건 두말할 나위도 없지……."

그렇다, 그건 두말할 나위도 없었다. 그러나 꿈은 꿔 볼 수 있었고 앞서 느껴 보고 예감은 할 수 있었다. 아주 조용한 시간을 갖게 될 때가 있었는데, 그때 나는 몇 번 그런 느낌에 빠져들었다. 그럴 때면 내 마음속을 들여다보고 내 운명의 형상이 두 눈을 똑바로 뜨고 있는 것을 보았다. 두 눈은 지혜로 가득 차 있었고 광기로 가득 차 있었으며, 사랑과 동시에 악의를 품고 있었다. 아무래도 좋았다. 그것들 중 어느 것도 선택하거나 원하는 것은 허락되지 않았다. 오직 자기 자신만을, 자기 운명만을 원할 수 있었다. 피스토리우스가 그리로 가는 첫 구간을 나에게 안내해 준 것이다.

그 무렵 나는 무작정 이리저리 돌아다녔다. 폭풍이 내 속에서 일고 있었고 걸음마다 위험이 도사리고 있었다. 눈앞에 보이는 건 깜깜절벽뿐이었다. 지금까지 걸어온 길들이 모두 이 깜깜절벽으로 빠져들었다. 나는 내 속에서 데미안을 닮은 안내자의 형상을 보았다. 그의 눈에 내 운명이 어려 있었다.

나는 종이에다 적었다. ─ '안내자 한 사람이 나를 떠났다. 나는 깜깜한 어둠 속에 서 있다. 혼자서는 한 발짝도 옮길 수가 없다. 나를 도와줘!'

이 쪽지를 데미안에게 보내려다가 그만뒀다. 그걸 보내려고 할 때마다 어리석고 무의미한 짓이라는 생각이 들었기 때문이다. 하지만 나는 그 작은 기도를 외우고 있었고 종종 속으로 되뇌었다. 기도는 항상 나를 따라다녔다. 나는 기도가 뭔지 깨닫기 시작했다.

김나지움 시절이 끝났다. 나는 방학 여행을 할 예정이었다. 아버지의 아이디어였다. 그리고는 대학에 진학하기로 되어 있었다. 무슨 전공을 택할지는 아직 정하지 않았다. 우선 첫 학기는 철학을 하기로 허락을 받았다. 다른 과목을 택했더라도 나는 만족했을 것이다.

제7장

에바 부인

방학 동안에 막스 데미안이 몇 년 전에 그의 어머니와 같이 살던 집에 가 보았다. 한 노부인이 뜰에서 거닐고 있었다. 그녀에게 말을 걸었더니 그 집이 자기 집이라고 했다. 나는 데미안의 가족에 관해 물었다. 그녀는 데미안 가족을 잘 기억하고 있었다. 그러나 그들이 어디에 사는지는 알지 못했다. 내가 데미안 가족에 대해 관심을 가지고 있다는 걸 눈치챈 그녀는 나를 집 안으로 데리고 가서 가죽 표지로 만든 앨범을 찾아 꺼내더니 나에게 데미안의 어머니 사진을 한 장 보여 줬다. 나는 그녀를 거의 기억할 수 없었다. 하지만 작은 사진을 보자 심장이 멎을 것 같았다. ― 바로 내가 꿈꾸던 여인상이 아닌가! 바로 그 여인이었다. 몸집이 크고 거의 남자 같은 인상을 풍겼고 아들을 닮았으면서 어머니의 모습도 지니고 있었으며, 근엄함과 동시에 깊은 열정이 깃들어 있었고, 아름답고 매혹적이고, 아름다우면서도 접근하기 어려워 보였고, 악마이면서 어머니, 운명 그리고 연인의 모습까지 ― 데미안의 어머니가 이렇게 생겼다니!

내 꿈의 형상이 지상에 살고 있다는 것을 알게 되었을 때, 나는 심히 놀라지 않을 수 없었다. 내 운명의 모습을 지닌 것처럼 보이는 여인이 있다니! 그녀는 어디에 있었던 걸까? 그녀가 데미안의 어머니였다니!

그 후 나는 곧장 여행을 떠났다. 희한한 여행이었다. 나는 그 여인을 찾기 위해 이곳저곳 생각나는 대로 쉬지 않고 다녔다. 그녀를 연상시키고 그녀의 분위기를 풍기며, 그녀와 닮은 여자들만 만나는 날들이 있었다. 그런 날에는 그들을 따라 낯선 도시의 골목길로 또는 정거장으로 들어가기도 하고 열차를 타기도 했다. 마치 혼란스러운 꿈속에서처럼. 그런가 하면 그녀를 찾아다니는 것이 얼마나 부질없는 일인가 하는 생각이 드는 날들도 있었다. 그럴 때면 나는 공원이나 호텔의 정원에서 또는 대합실 어딘가에서 하릴없이 앉아서, 나 자신을 들여다보기도 하고, 내 속에 있는 형상에 활기를 불어넣어 보려고 애를 쓰기도 했다. 그러나 그럴 때마다 그 형상은 질겁해서 달아나 버렸다. 열차 안에서 낯선 풍경이 스쳐 가는 동안 잠시 선잠이 들었을 뿐 통 잠을 이룰 수가 없었다. 한번은 취리히에서 어떤 여자가 내 뒤를 따라왔다. 귀엽기는 했지만 약간 무례한 여자였다. 나는 그녀가 마치 공기인 양, 쳐다보지도 않고 계속 걸었다. 다른 여자에게 잠시라도 관심을 갖느니 차라리 그 자리에서 죽는 게 나을 것 같았다.

내 운명이 나를 잡아당기는 것 같은 느낌이 들었다. 이제 곧 그녀를 만나게 될 것 같은데도 내가 아무것도 할 수 없다는 조바심에 미칠 것만 같았다. 한번은 역에서—인스부르크 역 같았는데—막 출발하는 열차의 창에서 그 여인의 모습과 비슷한 여자를 봤다. 그 때문에 며칠간 기분이 울적했다. 그런데 그 여자가 밤에 꿈속에서 돌연 다시 나타났다. 잠에서 깨어난 나는 그녀를 추적하는 것이 어리석은 짓이라는 생각이 들었다. 부끄럽기도 하고 황량하기도 해서 곧장 집으로 돌아왔다.

몇 주 후 나는 H 대학에 등록을 했으나 모든 게 실망스러웠다. 내가 청강한 철학사 강의는 그곳 대학생들의 거동처럼 공허하고 천편일률적이었다. 누구누구 할 것 없이 모두가 틀에 박힌 사고에 젖어 있었고, 어린애 같은 얼굴에 달아오른 즐거움도 슬프도록 공허하며 마네킹처럼 보였다. 하지만 나는 자유로웠다. 나는 온종일 나를 위한 시간을 가졌다. 교외의 오래된 집에서 니체 책 몇 권을 책상 위에 놓고 조용히 즐겁게 보냈다. 니체와 함께 살면서 나는 그의 영혼의 고독을 느꼈고 끊임없이 그를 몰아대는 운명을 감지하며 그와 함께 고통을 견디어 냈다. 그토록 늠름하게 자기의 길을 간 사람이 있었다는 것은 축복이었다.

가을바람이 부는 어느 날 저녁 늦은 시간에 시내를 걷고 있는데 술집 이곳 저곳에서 학생들이 무리를 지어 노래를 부르는 소리가 들렸다. 열려 있는 창문으로 담배 연기가 자욱하게 뿜겨져 나왔고, 노랫소리도 왁자지껄 들려왔다. 노랫소리는 크고 연습은 잘된 것 같았으나 활기와 생기가 없었고 단조롭기만 했다.

나는 한 길모퉁이에 서서 술집 두 군데로부터 울려 나오는 젊은이들의 정확하게 훈련된 쾌활한 음성이 어둠 속으로 퍼져 나가는 소리를 들었다. 가는 곳마다 집단을 이룬 채 웅크리고 있었고, 가는 곳마다 운명을 내려

놓고, 따뜻한 집단의 품으로 도피 행각을 펼치고 있는 것이 아닌가!

내 뒤에서 남자 두 명이 천천히 지나갔다. 나는 그들의 이야기 한 토막을 들었다.

"흑인 마을의 젊은이들 집과 똑같지 않아요?"

한쪽이 말했다.

"모두가 똑같아요. 심지어 문신도 아직 유행이구요. 그러니까 이게 젊은 유럽이에요."

그 음성이 유난히도 내 주의를 환기시켰다. 귀에 익은 음성이었다. 나는 어두운 골목길에서 그들을 따라갔다. 한쪽은 일본 사람이었다. 키가 작고 우아해 보였다. 가로등 불빛에서 보니 그의 황색 얼굴이 미소를 지으며 반짝였다.

그때 다른 쪽이 말했다.

"당신네 일본이라고 더 나을 게 없겠죠. 어디를 가나 집단을 향해 달려가지 않는 사람들이 드무니 말이에요. 여기도 그런 사람들이 많아요."

말 한마디 한마디가 기쁨과 놀라움으로 내 가슴을 가득 채웠다. 말하고 있는 사람이 누군지 알 수 있었다. 데미안이었다.

바람 부는 밤에 나는 골목길을 따라 데미안과 일본 사람을 뒤따라가며 그들의 대화를 엿듣고 데미안의 목소리를 즐겨 들었다. 옛날 음성 그대로였다. 그의 음성은 옛날처럼 아름답고 차분하고 확신에 차 있었다. 나를 압도하는 힘이 느껴졌다. 이제 모든 게 잘됐다. 마침내 그를 찾은 것이다.

교외의 거리가 끝나는 지점에서 일본 사람이 작별 인사를 하고 자기 집 대문을 열었다. 데미안이 걸음을 되돌렸다. 나는 길 한복판에 걸음을 멈추고 서서 그를 기다렸다. 두근거리는 가슴으로 그가 곧은 자세로 탄력 있게 걸어오는 것을 보았다. 갈색 비옷을 입고 팔에는 가는 단장을 들고 있었다. 그는 균형 잡힌 걸음걸이로 나에게 바짝 다가와서 모자를 벗고 예전의 그 밝은 얼굴을 보여 줬다. 굳게 다문 입에 넓은 이마가 유난히 빛났다.

"데미안!"

내가 외쳤다.

그가 나에게 손을 내밀었다.

"너로구나, 싱클레어! 널 기다렸어."

"내가 여기 대학에 다니는 걸 알고 있었던 거야?"

"그런 건 아니지만, 꼭 그렇게 되기를 바랐지. 널 본 건 오늘 저녁이 처음이야. 네가 줄곧 우리를 따라오더구나."

"날 금방 알아봤다는 거야?"

"물론이지. 넌 변하기는 했어도, 표지를 지니고 있잖아."

"표지라니? 무슨 표지 말이야?"

"네가 아직 기억할는지 모르겠지만 예전에 우리가 그걸 카인의 표지라고 했지. 그게 우리의 표지야. 네가 항상 그걸 가지고 있었기 때문에 내 친구가 된 거고. 그런데 이제 그게 더 뚜렷해졌구나."

"난 몰랐어. 아니, 사실은 알고 있었던 거 같아. 언젠가 네 얼굴을 그린 적이 있어, 데미안. 그런데 그 얼굴이 나와 비슷한 걸 보고 깜짝 놀랐어. 그게 표지였나?"

"맞아. 그게 표지였어. 네가 여기 오다니, 정말 기쁘구나! 우리 어머니도 반가워하실 거야."

나는 깜짝 놀랐다.

"너의 어머니? 어머니가 여기 계셔? 어머니는 날 전혀 모르실 텐데."

"아니야. 알고 계셔. 네가 누군지 얘기하지 않아도 어머니는 널 아실 거야. ─ 왜 그렇게 오랫동안 소식이 없었니?"

"그래. 그렇지 않아도 너에게 여러 차례 편지를 쓰려고 했는데, 그게 여의치 않았어. 얼마 전부터 난 틀림없이 널 곧 찾게 될 거라는 느낌이 들었어. 그래서 매일 기다렸지."

그가 자기 팔을 내 팔에 끼었다. 그렇게 우리는 팔짱을 끼고 걸었다. 그로부터 평온이 내 마음속으로도 옮겨져 왔다. 우리는 곧 예전처럼 스스럼없이 이야기를 나눴다. 초등학교 시절과 종교 수업 그리고 그 당시 방학 때의 저 불행한 만남도 회상했다. 다만 우리 사이를 밀접하게 이어 준 제일 처음 끈, 즉 프란츠 크로머와 연관된 이야기는 이번에도 하지 않았다.

얘기를 하다 보니 뜻밖에 진기하고 예감에 가득 찬 대화에 빠져들었다. 데미안이 일본 사람과 나눈 담소에 이어서 우리는 대학 생활에 대해 이야기를 나누다가, 대학 생활과는 거리가 먼 쪽으로 화제를 돌렸다. 그러나 데미안의 말에는 먼저 번 화제와 내적 연관성이 있었다.

그는 유럽의 정신과 이 시대의 징표에 대해 이야기했다. 도처에서 동맹과 집단화가 기세를 떨치고 있지만 어디에도 자유와 사랑은 찾아볼 수 없다고 데미안이 말했다. 이 모든 공동체, 학생 단체와 합창단에서 국가에 이르기까지, 이 모든 공동체는 불안하고 두렵고 당혹스럽기 때문에 맺어진 강제성을 띤 연합으로, 그 내부는 낡고 부패해서 멀지 않아 곧 붕괴하게 될 것이라고 했다.

"공동체란 원래 아름다운 거야. 하지만 지금 도처에서 활개치고 있는 건 진정한 공동체가 아니야. 새로 만들어져야 해. 개인 상호간의 이해를 바탕으로 해서 말이야. 그러면 한동안 세계를 개조할 수 있게 될 거야. 지금 도처에 산재한 공동체는 단순한 패거리일 뿐이야. 사람들은 상대방이 두렵기 때문에 서로 피하는 거야. 남자들은 남자들대로, 노동자들은 노동자들대로, 지식인들은 지식인들대로 서로 피한다고! 사람들은 왜 두려워하지? 자기 자신과 하나가 되지 못하기 때문이야. 사람들은 자기 자신을 인정하지 못하기 때문에 불안한 거야. 자기 속에 든 미지의 그 무엇에 대해 두려워하는 사람들로만 구성된 공동체! 그들은 모두 그들의 삶의 규정이 더 이상 통용되지 않고, 옛 규정에 따라 산다고 느끼고 있어. 그들의 종교나 그들의 윤리 할 것 없이 모두 우리가 필요로 하는 것에 걸맞는 게 하나도 없어. 수백 년 동안 유럽은 연구만 하고 공장만 세웠다니까! 그들은 사람 한 명을 죽이기 위해 화약 몇 그람이 필요한지는 정확히 알고 있지만, 신에게 어떻게 기도하고, 어떻게 하면 한 시간이라도 만족한 삶을 살 수 있는지는 모른다고. 학생들 술집을 좀 봐! 아니면 부자들이 즐겨 다니는 유흥업소를 봐! 희망이 없어! 이런 것들로부터 진정한 즐거움이 나올 수 있겠니, 싱클레어. 이 사람들은 서로 반목하고 불안해하고, 악의에 차서 다른 사람은 전혀 믿지 않아. 그들은 이미 한물 간 이상에 매달려 새로운 이상을 추구하는 사람에게는 매번 돌팔매질을 해 댄다고. 전쟁이 일어날 것 같아. 전쟁이 일어날 거야. 틀림없어. 머지않아 전쟁이 일어난다고! 물론 전쟁이 세계를 '개선'시킬 리는 없지. 노동자가 공장장을 때려죽이든, 러시아와 독일이 서로 총질을 해 대든 바뀌는 건 우두머리밖에 없어. 그렇다고 전쟁이 무의미하다는 얘기는 아니야. 전쟁은 오늘의 이상이 무가치하다는 걸 증명할 거야. 그리고 석기 시대의 신들을 모두 없애 버릴 거야. 지금의 이 세계는 소멸할 거야. 멸망할 거라고. 그렇게 되고 말 거야."

데미안이 말했다.

"그러면 우리는 어떻게 되지?"

내가 물었다.

"우린 어떻게 되느냐고? 아, 어쩌면 우리도 파멸하고 말 거야. 우리도 맞아 죽을 수 있어. 그렇다고 우리가 완전히 끝장나는 건 아니야. 우리에게서 남는 것, 아니면 우리들 중 살아남는 사람들 주위로 미래의 의지가 모여들겠지. 우리의 유럽이 한동안 기술과 과학으로 난장판을 벌이는 통에 기를 펴지 못했던 인류의 의지가 활력을 되찾을 거야. 그렇게 되면 인류의 의지가 오늘의 공동체와 국가, 민족, 동맹 그리고 교회와는 전혀 다르다는 사실이 드러나게 될 테고, 자연이 인간과 함께 이루고자 하는 것이 너와 나 개개인의 마음속에 각인되어 있다는 것도 드러나게 될 거야. 예수와 니체가 선례를 남겼지. 오늘의 공동체들이 와해되고 나면 이 중요한 흐름이 유일하게 주류를 이루게 돼. 물론 이 흐름은 매일 다른 양상을 띨 수도 있겠지만 말이야."

그 후 우리는 강 옆의 한 정원에서 걸음을 멈췄다.

"여기가 우리 집이야. 빨리 한번 놀러 와. 우린 널 손꼽아 기다릴게."

데미안이 말했다.

나는 흐뭇한 기분으로 서늘해지기 시작한 밤거리를 따라 한참 걸어서 집으로 왔다. 오는 길 여기저기에서 귀가하는 학생들이 떠들어 대고 비틀거리며 시내를 활보했다. 그들의 우스꽝스런 유쾌함과 내 고독한 생활이 대조를 이룬다는 느낌이 종종 들었다. 때로는 그런 유쾌함이 나에게는 부족해서 아쉽다는 생각이 들다가도, 그것이 그저 우습기만 하다는 생각이 들기도 했다. 하지만 이날처럼 마음이 편하고 은근히 힘이 솟는 느낌이 들어 본 적도 없었다. 이런 세계는 얼마나 나와 무관하고 거리가 먼 세계였던가. 이런 세계는 나에게서 실종된 세계였다. 나는 내 고향 도시의 관리들이 생각났다. 그들 늙고 품위 있는 신사들은 술집에서 낭비한 대학 시절이 축복받은 파라다이스의 기념품이라도 되는 것처럼 그 시절의 추억에 매달렸다. 시인이나 소설가들이 유년시절을 예찬하듯 그들은 대학 시절의 사라진 '자유'를 예찬했다. 가는 곳마다 매한가지였다. 도처에서 그들은 지난 세월 어디쯤에서 '자유'와 '행복'을 찾고 있었다. 자신의 책임을 상기시킬까 봐, 자신이 갔어야 할 길을 상기시킬까 봐 그들은 불안했던 것이다. 몇 년간 술독에 빠져 방종한 생활을 일삼다가 기어 들어와서 점잖은 관리가 된 그들이었다. 썩었다. 우리 사회는 부패했다. 어리석은 학생들보다 훨씬 더 어리석고 몹쓸 짓을 하는 인간들이 허다했다.

그러나 데미안의 집에서 멀리 떨어진 내 숙소에 도착해서 잠자리에 들었을 때는 이 모든 생각들이 깡그리 날아가 버렸다. 내 생각은 온통 이 날이 나에게 준 중요한 약속에 매달려 있었다. 내가 원하기만 하면 내일이라도 데미안의 어머니를 볼 수 있었다. 학생들이야 술집에 죽치고 있든, 얼굴에 문신을 하든, 세상이 부패해서 멸망하든, 그런 건 내 알 바 아니었다. 나는 오로지 내 운명이 새로운 모습으로 나에게 다가오기만 기다렸다.

　나는 아침 늦게까지 잠을 푹 잤다. 새로운 날이 화려한 축제일처럼 밝았다. 유년시절의 성탄절 축제 이래로 이런 날은 한 번도 경험해 보지 못했다. 나는 마음의 안정을 찾을 수 없었다. 그렇다고 불안한 것은 아니었다. 중요한 하루가 나를 위해 시작되었다는 느낌이 들었다. 주위를 둘러보니 세상이 달라진 것 같았다. 나를 기다리는 것 같았고, 나와 깊이 연관된 것 같았으며 경사스러워 보였다. 나직하게 내리는 가을비조차도 아름다웠다. 장엄하고 쾌활한 음악으로 가득 찬 조용한 축제일 같았다. 처음으로 외부 세계가 내 내부 세계와 완전한 조화를 이루었다. 영혼의 축제일 같은 이날, 살맛이 났다. 어떤 집도, 어떤 창문도, 거리의 어떤 얼굴도 나에게 방해가 되지 않았다. 있어야 할 것은 다 있으면서도, 이 모든 것이 일상적이고 통상적인 공허한 얼굴을 지닌 것이 아니라 기대에 찬 자연의 얼굴로 경건하게 운명을 맞이할 준비를 하고 있었다. 어린 소년 시절 성탄절과 부활절 같은 큰 축제일 아침에 나는 이런 세상을 봤다. 이 세상이 그렇게 아름다울 수 있는지 그 당시에는 아직 몰랐다. 나는 내 속으로 들어가서 사는 바람에 외부 세계에 대한 감각이 사라지고 반짝이는 색깔을 잃어버린 것이 유년의 상실과 불가분의 관계를 맺고 있으며 영혼의 자유와 어른스러움은 분명 이 사랑스러운 빛을 포기함으로써만 얻어진다고 믿었다. 그런데 이제 나는 이 모든 것이 파묻혀서 어둠 속에 감추어져 있었고, 어린 시절의 행복을 포기하고 자유로워진 사람도 세계가 빛나는 것을 볼 수 있고, 어린아이의 내적인 전율을 음미할 수 있다는 사실을 알고 놀라움을 금할 수 없었다.

나는 어젯밤 막스 데미안과 헤어졌던 교외의 정원을 그 시간에 다시 찾았다. 높다란 잿빛 나무들 뒤에 밝고 아늑한 작은 집 한 채가 서 있었다. 커다란 유리벽 뒤에는 높게 자란 꽃나무들이 보였고 반짝이는 창문들 안쪽으로는 컴컴한 벽에 그림들과 책꽂이가 비치되어 있었다. 문은 온기가 도는 현관과 곧바로 연결되어 있었다. 검정 옷에 하얀 앞치마를 두른 무뚝뚝한 늙은 하녀가 나를 안으로 맞이하며 외투를 벗겨 줬다.

그녀는 나를 현관에 혼자 두고 갔다. 주위를 둘러보는 순간 나는 곧장 꿈속 한가운데로 빠져들었다. 안쪽 문 위의 어두컴컴한 목재 벽에 검은 액자가 걸려 있었는데, 액자의 유리 속에 낯익은 그림이 들어 있었다. 지구의 껍질을 깨고 날갯짓을 하는 황금빛 새매 머리를 지닌 나의 새였다. 가슴이 뭉클해져 나는 발을 멈췄다. 기쁘기도 하고 가슴이 저리기도 했다. 그 순간 내가 행동하고 체험한 모든 것이 해답을 얻고 충족되어 나에게로 되돌아오는 것 같았다. 일련의 영상들이 번개처럼 빠르게 내 영혼을 스쳐 지나가는 것이 보였다. 고향의 아버지 집 대문의 아치 위에 있는 오래된 석조 문장과 그 문장을 그리는 소년 데미안 그리고 나 자신, 원수

같은 크로머의 사악한 마술에 걸려 겁에 질린 어린 내 모습, 내 공부방 안의 조용한 책상머리에 앉아 동경의 새를 그리던 김나지움 시절의 나 그리고 그물망 속에 얽혀 든 내 영혼 — 지금 이 순간에 이르기까지 이 모든 것이 내 속에서 메아리치고, 내 속에서 긍정하고, 응답하며 환영의 손길을 내밀었다.

촉촉하게 젖은 눈으로 나는 내 그림을 바라보며 내 속의 나를 읽었다. 그때 내 시선이 아래를 향했다. 열려진 문의 새의 그림 아래에 검은 옷을 입은 커다란 여인이 서 있었다. 바로 그녀였다.

나는 한마디도 할 수 없었다. 아름답고 우아한 부인이 아들과 마찬가지로 시간과 나이를 초월한 얼굴, 활기찬 의지로 가득 찬 얼굴로 나에게 다정한 미소를 지었다. 그녀의 시선에는 모든 것이 충만해 있었으며, 그녀의 인사는 귀향을 뜻했다. 말없이 나는 그녀에게 두 손을 내밀었다. 그녀는 따뜻한 두 손으로 내 손을 꼭 잡았다.

"싱클레어죠. 금방 알아봤어요. 어서 와요!"

그녀의 목소리는 깊고 포근했다. 나는 달콤한 와인 같은 그녀의 목소리를 가슴 깊이 들이마셨다. 그러고는 눈을 들어 그녀의 조용한 얼굴을 바라봤다. 깊이를 알 수 없는 검은 눈과 신선하고 성숙한 입 그리고 자유롭고 품위 있는 이마가 눈에 들어왔다. 그녀의 이마에도 표지가 있었다.

"만나 봬서 얼마나 기쁜지 모르겠습니다!"

이렇게 말하고 나는 그녀의 두 손에 키스를 했다.

"저는 지금까지 계속 나돌다가 이제야 집에 돌아왔습니다."

그녀가 어머니처럼 미소를 지었다.

"우리는 결코 집에 돌아올 수 없어요. 하지만 정든 길들이 서로 만나면 온 세상이 한동안 고향처럼 보이지요."

그녀가 친절하게 말했다. 그녀는 내가 그녀에게 오는 길에 느낀 것을 그대로 말했다. 그녀의 음성과 그녀의 말 또한 아들의 그것과 매우 비슷하면서도 전혀 달랐다. 모든 게 더 성숙하고, 더 따뜻하고, 더 분명했다. 예전에 막스는 누가 봐도 소년 같은 인상을 풍기지 않았다면, 반대로 그의 어머니는 성장한 아들을 둔 어머니처럼 보이지 않았다. 그녀의 얼굴 피부와 머리카락을 감도는 미풍은 매우 신선하고 감미로웠다. 그녀의 황금빛 피부는 주름살 하나 없이 탱탱했으며 입은 생기가 넘쳤다. 그녀는 내 꿈속에서 보다 더 위풍당당한 모습으로 내 앞에 서 있었다. 그녀와 가까이 있다는 것 그 자체가 사랑으로 가득 찬 행복이었다. 그녀의 시선에는 모든 것이 충만해 있었다.

이것은 내 운명이 나에게 보여 준 새로운 모습이었다. 내 운명의 새로운 모습은 더 이상 엄격하거나 고독해 보이지 않았다. 그렇다, 얼마나 성숙하고 즐거운 모습인가! 나는 어떤 결정도 내리지 않았고 어떤 맹세도하지 않았다. 나는 제일 목표인 한 고지(高地)에 도달한 것이다. 여기서부터 약속의 땅으로 이어지는 보다 넓은 길이 광대하게 펼쳐져 있었고, 길에는 다가온 행복의 나무우듬지가 그늘을 드리우고, 다가온 환희의 정원이 시원한 공기를 내뿜었다. 어찌 되었건 간에 세상에서 이 부인을 알게되고 그녀의 음성을 음미하고, 그녀 곁에서 숨을 쉬는 것만으로도 행복했다. 그녀가 내 어머니라도 상관없었고 내 연인, 내 여신이라도 상관없었다. 그녀가 거기에 있는 것만으로도, 내가 가는 길이 그녀가 가는 길과 인접해 있는 것만으로도 행복했다.

그녀가 내 새매의 그림을 가리켰다.

"막스가 이 그림을 받았을 때만큼 기뻐한 적이 없었어요."

그녀가 생각에 잠기며 말했다.

"나도 마찬가지였어요. 우리는 당신을 기다렸어요. 이 그림이 도착했을 때 우리는 당신이 우리에게 오고 있는 중이라는 걸 알았어요. 당신이 작은 소년이었을 때, 싱클레어, 어느 날 내 아들이 방과 후에 집에 와서 이렇게 말했어요. '이마에 표지가 있는 아이가 있어요. 그 아이는 틀림없이 내 친구가 될 거예요.' 그 아이가 당신이었군요. 그때 당신은 곤경에 처해 있었죠. 하지만 우리는 당신을 믿었어요. 언젠가 방학이 돼서 당신이 집에 와 있을 때 막스와 다시 만났지요. 그 당시 당신은 열여섯 살쯤 됐을 거예요. 막스가 나에게 그런 얘기를 해 줬어요."

내가 그녀의 말을 끊었다.

"오, 막스가 그런 얘기를 했다고요. 제가 가장 힘들었던 시기였어요."

"그래요, 막스가 내게 이렇게 말했어요. '지금 싱클레어가 아주 큰 곤경에 처해 있어요. 그 친구가 또다시 무리 속으로 도피하려고 해요. 심지어 술집 단골이 되기까지 했어요. 하지만 그런 생활에서 곧 벗어날 거예요. 그의 표지가 가려져 있지만, 눈에 띄지 않게 그를 불태우고 있어요.' 그렇지 않았어요?"

"아, 네, 그랬습니다. 바로 그랬어요. 그러고 나서 저는 베아트리체를 발견했고, 그 후에 마침내 안내자가 또 한 사람 저에게 왔습니다. 그의 이름은 피스토리우스였습니다. 그때 비로소 제 소년 시절이 왜 막스와 그렇게 밀접하게 연결되어 있었는지, 왜 제가 막스와 떨어질 수 없었는지 이해가 되더군요. 여사님, 아니 어머니, 그 당시 저는 제 삶을 마감해야 한다는 생각을 종종 했습니다. 삶의 여정이 누구에게나 그렇게 어려운 건가요?"

그녀는 손으로 내 머리를 쓰다듬었다. 그녀의 손길은 공기처럼 가벼웠다.

"탄생이란 항상 어려운 거예요. 새가 알에서 나오기 위해 얼마나 고생을 하는지 알잖아요. 돌이켜 생각해 봐요. 그리고 이렇게 물어봐요. 그 길이 그렇게 어려웠던가? 어렵기만 했단 말인가? 아름답기도 하지 않았던가? 아니면 더 아름답고 더 쉬운 길을 알고 있었어요?"

나는 고개를 저었다.

"어려웠습니다."

내가 잠결처럼 말했다.

"꿈이 오기 전까지는 어려웠습니다."

그녀가 고개를 끄덕이며 나를 뚫어지게 쳐다봤다.

"그래요, 꿈을 찾아야 해요. 그러면 길이 쉬워져요. 하지만 변하지 않는 꿈은 없어요. 꿈은 매번 교체돼요. 어떤 꿈도 꽉 잡으려고 해서는 안 돼요."

나는 심히 놀랐다. 벌써 경고를 하시는 거였나? 거부의 뜻이었단 말인가? 하지만 아무래도 괜찮았다. 나는 목표를 묻지 않고 그녀의 안내를 따를 준비가 되어 있었다.

"제 꿈이 얼마나 오래갈지 모르겠습니다."

내가 말했다.

"저는 꿈이 영원하기를 바랍니다. 새의 그림 아래에서 제 운명이 어머니처럼 그리고 연인처럼 저를 맞이해 주었습니다. 운명만이 제 주인일 뿐, 그밖에 그 누구도 제 주인이 아닙니다."

"꿈이 당신의 운명인 한, 그 꿈에 충실해야 해요."

그녀가 진지하게 확인시켜 줬다.

슬픔과 함께 이 매혹적인 순간에 죽고 싶은 소망이 절절히 가슴을 파고들었다. 눈에 눈물이 고이는 걸 느꼈다. 얼마나 오랫동안 울어 보지 못했던가! 주체할 수 없이 계속 눈물이 흘러나왔다. 나는 재빨리 그녀로부터 몸을 돌려 창가로 가서 눈물 어린 몽롱한 눈으로 화분 너머 창밖을 내다봤다.

뒤에서 그녀의 음성이 들려왔다. 그녀의 음성은 차분하지만 찰랑거리도록 가득 찬 와인 잔처럼 애정이 넘쳐흘렀다.

"싱클레어, 어린애 같군요! 당신의 운명은 당신을 사랑해요. 운명에 충실하기만 한다면 언젠가는 당신이 꿈꾸는 대로 운명은 당신 것이 될 거예요."

나는 감정을 억누르고 그녀 쪽으로 얼굴을 돌렸다. 그녀가 손을 내밀었다. 그녀가 미소를 지으며 말했다.

"친구가 몇 있어요. 몇 명 안 되지만 아주 가까운 친구들이에요. 그들은 나를 에바 부인이라고 불러요. 당신도 원한다면 그렇게 불러요."

그녀는 나를 문 있는 데로 데리고 가서 문을 열고 정원을 가리켰다.

"막스가 저기 밖에 있을 거예요."

나는 감격하여 넋이 나간 채 높다란 나무 밑에 서 있었다. 전보다 더 각성한 상태였는지 아니면 더 꿈결 같았는지 알 수가 없었다. 나뭇가지에서 빗방울이 살며시 떨어졌다. 나는 천천히 정원 안으로 들어갔다. 정원은 강변을 따라 널찍하게 뻗어 있었다. 드디어 데미안을 발견했다. 그는 웃통을 벗은 채 정자에 매달아 놓은 샌드백을 두드리고 있었다.

나는 놀라서 발을 멈췄다. 데미안은 멋져 보였다. 널찍한 가슴과 늠름하고 남자다운 머리, 탄탄한 근육질의 치켜든 두 팔은 강하고 억세 보였다. 허리와 어깨 그리고 팔꿈치의 움직임이 마치 콸콸 솟아오르는 샘물 같았다.

"데미안! 거기서 뭐하는 거야?"

내가 외쳤다.

그가 쾌활하게 웃었다.

"연습 중이야. 그 일본 친구하고 링에서 한판 붙어 보자고 했어. 그 친구 고양이처럼 날렵할 뿐만 아니라 꾀도 있어. 하지만 이번엔 날 이기지는 못할 거야. 전번에 내 체면이 좀 손상됐는데 이번에 녀석에게 갚아 줘야지."

그가 셔츠를 입고 상의를 걸쳤다.

"우리 어머니한테 갔었니?"

그가 물었다.

"그래, 데미안. 참 훌륭한 어머니이셔! 에바 부인! 그 이름 어머니에게 정말 잘 어울려. 모든 존재의 어머니 같으시더라고."

그가 잠시 생각에 잠겨 내 얼굴을 바라봤다.

"너 그 이름을 벌써 알고 있구나. 야, 너 자랑스러워해야 해. 어머니가 처음 만나는 사람에게 그 이름을 알려 준 건 네가 처음이야."

이날부터 나는 그 집을 아들이자 형제처럼 그리고 연인처럼 드나들었다. 현관에 들어서기만 하면, 아니 멀리서 정원의 높이 솟은 나무만 보아도 나는 마음이 풍요롭고 즐거웠다. 집 밖에는 '현실', 즉 거리와 집들, 사람들, 갖가지 시설물들, 도서관과 강의실들이 있었지만 여기 집 안은 사랑과 영혼이 있었고 동화와 꿈이 살아 있었다. 그렇다고 우리가 세상과 절연하고 살았던 건 결코 아니다. 우리는 종종 사색과 대화를 통해 세상 한가운데서 살았다. 우리는 다만 다른 들녘에서 산 것이다. 다수의 사람들과 경계를 짓고 산 것은 아니고 대상을 보는 방식이 달랐을 뿐이다. 우리의 임무는 세계 속에 섬을 하나 제시하는 것이었다. 섬, 아니면 본보기라고 해도 좋았다. 어쨌거나 다른 삶의 가능성을 알리는 것이 우리의 임무였다. 나는, 오랫동안 고독한 삶을 살아 온 나는 완전한 고독을 맛본 사람들 사이에서만 가능한 공동체를 알게 되었다. 다른 사람들이 서로 어울리는 것을 보아도 나는 이제 그들의 즐거운 연회를 전혀 부러워하지 않게 되었고 질투와 향수도 전혀 느끼지 않게 되었다. 나도 '표지'를 지닌 사람들의 비밀 세계에 서서히 참여하게 된 것이다.

우리 표지를 가진 사람들을 이상하게 보고 미친 존재, 위험한 인물로 간주하는 건 지극히 당연한 일이었다. 우리는 각성한, 아니 각성하는 사람들이었다. 다른 사람들은 그들의 견해와 이상, 의무 그리고 그들의 사랑과 행복을 위해 유대를 더 돈독히 하는 동안, 우리는 더욱더 철저한 각성을 위해 매진했다. 저쪽에도 노력이 있었고 힘과 위대함이 있었다. 그러나 우리 생각에는, 우리 표지를 가진 사람들은 자연의 의지를 새로운 것, 개인적인 것 그리고 미래적인 것으로 내세우려고 하는데 반해 저쪽 사람들은 현재의 것을 고수하려고 했다. 그들도 우리처럼 인류를 사랑했다. 인류가 그들에게는 완성된 존재, 그래서 보존되고 보호되어야 할 존재였다. 그러나 우리에게 인류는 먼 미래, 우리 모두가 지향하는 미래, 그 형상을 아무도 모르고 그 법칙이 어디에도 적혀 있지 않은 미래였다.

에바 부인과 막스 그리고 나 이외에도 여러 종류의 구도자들이, 적극적이냐 소극적이냐의 차이는 있었지만 우리 공동체에 속했다. 그들 가운데 많은 사람들은 극히 좁은 협로를 걸었다. 그들은 그들만의 목표를 설정하고 특이한 사고와 의무에 몰두했다. 그들 중에는 점성술사와 카발라 교도들이 있었는가 하면, 톨스토이 백작의 추종자들도 있었다. 그밖에도 연약하고 겁 많고 상처받기 쉬운 각종 사람들과 신흥종교의 신봉자들, 인도의 요가 수련자들, 채식주의자들 등이 있었다. 이들과 우리는 각자 다른 사람들의 비밀 생활 영역을 인정해 주고, 존중해 주는 것 외에는 달리 정신적 공통점이 없었다. 신들과 인류의 새로운 이상을 과거에서 찾는 사람들 또한 우리와 밀접한 관계를 맺고 있었다. 이들의 탐구는 종종 피스토리우스의 탐구를 상기시켰다. 이들은 고서들을 가져와 그 텍스트를 우리에게 옮겨 주고, 옛 상징들의 도해(圖解)와 의식(儀式) 보는 법을 가르쳐 주었으며, 인류가 지닌 이상들이 모두 무의식적 영혼의 꿈들로 이루어졌다고 가르쳤다. 그리고 인류는 미래의 가능성에 대한 예감을 이 꿈들 속에서 더듬어 찾았다고 했다. 그리하여 우리는 고대 세계의 수천 개의 머리를 지닌 기이한 신들의 무리로부터 기독교로의 개종이 이루어지는 여명기에 이르기까지 두루 섭렵했다. 우리는 신앙심 깊은 고독한 사람들의 교파를 알게 되었고, 종교가 이 민족에서 저 민족으로 전파될 때 변모된다는 사실도 알게 되었다. 나아가 우리는 우리가 수집한 일체의 자료를 통해 우리 시대와 현 유럽 사회에 대한 비판이 이루어졌음을 알게 되었다. 유럽은 엄청난 노력을 기울여 강력한 신무기를 만들어 냈지만, 정신 세계를 황폐화시켜 단말마의 깊은 구렁텅이로 몰아넣고 말았다. 그도 그럴 것이 유럽은 온 세계를 얻은 대신에 영혼을 잃어버렸기 때문이다.

여기에도 특정한 희망과 구원론을 믿고 신봉하는 사람들이 있었다. 유럽을 개종하려는 불교도가 있었고, 톨스토이 신봉자들 그리고 기타 종파에 속하는 사람들도 있었다. 긴밀한 유대 관계를 맺고 있는 우리 세 사람은 그들의 말에 귀를 기울이면서도, 이런 교리들이 단순한 상징에 지나지 않는다고 생각했다. 우리 표지를 지닌 사람들에게는 미래의 모습이 걱정되지 않았다. 우리는 모든 종파와 모든 구원론이 이미 그전에 사라지거나 효력을 잃게 되리라고 생각했다. 우리의 유일한 의무이자 숙명은, 누구나 완전한 자기 자신이 되고 자기 속에서 발아하는 자연의 요구에 응하며, 미지의 미래가 우리에게 가져다주는 것을 우리 모두가 받아들일 준비를 갖추는 것이었다.

왜냐하면 이미 언급됐든 안 됐든 간에, 새로운 세계의 탄생과 현존하는 세계의 붕괴가 벌써 눈앞의 현실로 드러나고 있다는 사실이 감지됐기 때문이다.

한번은 데미안이 이렇게 말했다.

"무슨 일이 일어날지 예측할 수 없어. 유럽의 영혼은 장구한 세월 결박되어 누워 있던 짐승이나 다름없어. 결박에서 풀려나 자유로워지면 유럽은 달갑지 않은 첫 활동을 펼치게 될 거야. 하지만 영혼의 참상이, 사람들이 오랫동안 그런 건 없다고 거짓말하고 눈가림하던 영혼의 참상이 만천하에 드러나기만 하면, 지름길이 됐건 우회로가 됐건 상관없이 우리들의 날이 올 거야. 사람들은 우리가 필요하게 돼. 안내자나 입법자로서가 아니라—우리는 새로운 법을 생전에 경험하지 못하게 될 거야—동행할 준비를 갖추고 운명이 부르는 데로 가서 서게 될 자원자(自願者)로서 말이야. 봐, 사람들은 누구나 그들의 이상이 위협을 받으면 믿기 어려운 일을 벌인다고. 하지만 새로운 이상이, 새롭고 어쩌면 위험하고 무서운 성장의 기운이 문을 두드리면 아무도 내다보지 않아. 그럴 때 거기에 있다가 자원해서 동행할 사람은 몇 명 안 되는 우리일 거야. 우리에게 표지가 있는 건 그 때문이야. 두려움과 증오심을 야기하고, 목가적인 좁은 전원에서 위험이 도사린 넓은 광야로 당시의 인류를 끌어내기 위해 카인의 표지가 찍혀 있었던 것처럼 말이야. 인류의 행로에 영향을 미친 사람들은 모두 예외 없이 운명을 따를 준비가 되어 있었기 때문에 그런 능력과 영향력을 지니고 있었어. 모세와 부처가, 그리고 나폴레옹과 비스마르크가 바로 그런 인물들이야. 어떤 물결을 타느냐, 어떤 극(極)의 지배를 받느냐는 사람이 선택할 수 없어. 비스마르크가 사회민주당을 이해하고 그쪽 편을 들었다면 현명한 신사는 됐겠지만 운명의 남자는 못 됐을 거야. 나폴레옹도 그렇고, 시저, 로욜라 모두가 마찬가지야. 이런 문제는 항상 생물학적 내지 발전사적으로 생각해야 해! 지각변동이 수생동물을 뭍으로, 육지 동물을 물속으로 던졌을 때, 처음 경험하는 새로운 사태에 적절하게 대처하고, 새롭게 적응함으로써 종족을 구할 수 있었던 개체는 운명을 받아들일 준비가 되어 있었던 개체들이었어. 이 개체들이 그전에 보수적이고 현상 유지에 발군의 실력을 발휘한 종족들이었는지, 아니면 진취적이고 혁명적인 종족들이었는지는 우리가 알 수 없어. 다만 그들은 운명을 받아들일 준비가 되어 있었기에 새로운 발전을 거쳐 종족을 구할 수 있었어. 그걸 알고 있기 때문에 우리도 준비를 하자는 거야."

이런 대화를 나눌 때면 에바 부인은 종종 자리를 함께했지만 이런 식으로 대화에 끼어들지 않았다. 그녀는 각자의 견해를 피력하는 우리 두 사람 모두가 신뢰할 수 있고, 이해심이 풍부한 청자이자 메아리였다. 우리가 피력하는 견해 대부분이 그녀로부터 나오고, 그녀에게로 되돌아가는 것 같았다. 그녀 가까이 앉아서 때로 그녀의 음성을 듣고, 그녀의 성숙한 영혼의 분위기에 젖는다는 것은 나에게 행복이었다.

그녀는 내 마음이 울적해지거나 아니면 새로워지는 따위의 변화가 오면 곧장 알아차렸다. 내가 잠 잘 때 꾸는 꿈들은 그녀가 불어넣어 준 영감의 작용인 것 같았다. 나는 종종 그녀에게 그런 꿈 얘기를 했다. 그녀에게는 그 꿈들이 납득이 가고 당연한 것으로 받아들여졌다. 그녀는 명료한 감수성을 지녔기 때문에 그 어떤 기묘한 것도 파악할 수 있었다. 한동안 나는 우리가 낮에 나눈 대화를 재생시킨 것 같은 꿈을 꾸었다. 나는 온 세상이 동요하고 나 혼자서 혹은 데미안과 함께 위대한 운명을 초조하게 기다리는 꿈을 꾸었다. 운명은 베일에 감추어져 있었으나, 어딘지 에바 부인의 체취가 담겨 있는 것 같았다. 그녀에 의해서 취사선택된 것, 그것이 운명이었다.

이따금 그녀는 웃으며 말했다.

"당신의 꿈 얘기는 완전하지 않아요, 싱클레어, 가장 좋은 걸 잊었어요."

그러면 나는 잊었던 부분이 생각났고 내가 그걸 왜 잊을 수 있었는지 이해할 수가 없었다.

이따금 나는 만족을 얻지 못하고 욕정에 시달렸다. 그녀를 안아 보지 못하고 옆에서 바라만 보는 게 더 이상 참을 수 없었다는 말이다. 그것도 그녀는 금방 알아차렸다. 한번은 며칠 간 가지 않다가 마음을 걷잡을 수 없어 다시 그녀에게 갔을 때 그녀는 자기 옆에 나를 앉히고 말했다.

"확신이 없는 소망에 매달리지 말아요. 난 당신의 소망이 뭔지 알아요.

그 소망을 포기하든지, 아니면 그 소망이 제대로 이루어지도록 전력투구해야 해요. 소망이 이루어지기를 간절히 바란다는 기도를 할 수 있을 때 그 소망은 이루어져요. 하지만 당신은 소망을 하면서도 소망을 후회하거나 두려워하고 있어요. 그 모든 걸 극복해야 해요. 내가 동화 하나 얘기해 줄게요."

그녀는 별을 사랑한 어떤 소년에 관해 이야기했다. 소년은 바닷가에 서서 두 팔을 뻗고 별을 사모했다. 별을 꿈꾸면서 별에게 자기 생각을 전했다. 그러나 소년은 인간이 별을 안을 수 없다는 걸 알고 있었거나 알고 있다고 생각했다. 그는 이루어질 수 없는 소망을 가지고 별을 사랑하는 것이 자기 운명이라고 생각했다. 그래서 그는 이런 생각 끝에 체념에 관한 삶 전반을 아우르는 시를 지었다. 자신을 개선시켜 주고 정화시켜 줄 헌신적인 무언의 고통을 담은 시였다. 그런데 그의 꿈들 모두가 별에게 전해졌다. 어느 날 밤에 소년은 다시 바닷가 높은 절벽 위에서 별을 바라보며 사랑의 불을 댕겼다. 그리고 그리움이 절정에 달하는 순간 별을 향해 허공으로 몸을 날렸다. 그러나 뛰어오르는 순간 그는, 이건 불가능한 짓이야! 하는 생각이 번쩍 들었다. 그는 바닷가에 떨어져 산산조각 나고 말았다. 그는 사랑을 이해하지 못한 것이다. 뛰어오르는 순간 정신력만 강했더라면, 소망이 이루어지리라는 확신만 가졌더라면 그는 위로 날아올라가 별과 하나가 되었을 것이다.

"사랑은 간청하는 게 아니에요."

그녀가 말을 이었다.

"요구해서도 안 되고요. 사랑은 확신을 가질 수 있는 힘을 그 자체 안에 가지고 있어야 해요. 그렇게 되면 사랑은 더 이상 끌려오지 않고 끌어당겨요. 싱클레어, 당신의 사랑은 나에 의해 끌려오고 있어요. 당신의 사랑이 나를 잡아당기면 내가 갈게요. 나는 선물을 주고 싶은 게 아니라 받고 싶어요."

그러나 다음번엔 그녀가 다른 동화를 들려줬다. 희망도 없이 사랑에 애가 타는 남자가 있었다. 자기 영혼 속으로 완전히 움츠러 들어간 그는 사랑의 불길에 자기가 타 버릴 것 같다고 생각했다. 세계가 사라지고, 푸른 하늘과 초록 숲을 더 이상 볼 수 없게 되었으며 개울물 소리도 하프의 선율도 들리지 않고 모든 것이 침몰했다. 그는 가난하고 비참해졌으나 그의 사랑은 자라났다. 그는 자기가 사랑하는 아름다운 여자를 갖지 못하고 포기하느니 차라리 죽어 없어져 버리는 게 낫겠다고 생각했다. 그때 그는 자기의 사랑이 자기 속에 있는 다른 모든 것을 불태워 버렸다는 느낌을 받았다. 사랑이 강렬해지면서 그는 그녀를 끌어당기고 또 끌어당겼다. 그리하여 아름다운 여자는 끌려갈 수밖에 없었다. 그는 그녀를 품에 안기 위해 두 팔을 벌렸다. 그의 앞에 선 그녀는 완전히 달라졌다. 그는 잃어버린 세계를 자기가 몽땅 되찾아 왔음을 보고 전율을 느꼈다. 그녀는 그의 앞에 서서 자신을 내맡겼다. 하늘과 숲 그리고 개울, 삼라만상이 다시 다채로운 색을 띠면서 신선하고 찬란하게 그의 눈앞에 다가와 그의 소유가 되었으며, 그의 언어로 말을 했다. 그는 여자를 얻었을 뿐만 아니라 온 세계를 가슴에 안았다. 하늘의 별들이 그의 내부에서 빛을 발했고, 그의 영혼을 뚫고 환희의 불꽃이 작열했다. 그는 사랑했고 사랑을 통해 자기 자신을 발견했다. 그러나 대부분의 사람들은 사랑을 하다가 자기 자신을 잃어버린다.

　에바 부인을 향한 나의 사랑은 내 삶의 유일한 내용인 것 같았다. 그러나 그녀는 매일 달라져 보였다. 가끔 나는 내 본성을 끌어당기는 존재는 그녀가 아니라는 확신이 들 때가 있었다. 그녀는 단지 내 내면의 심상(心象)일 뿐이며 나를 내 속으로 더 깊이 인도하는 역할을 할 뿐이라는 느낌 말이다. 그녀의 말이 나에게는 종종 나를 자극하는 절박한 질문에 대해 내 무의식이 대답하는 것처럼 들렸다. 그러다가도 그녀가 옆에 있으면 욕정이 일고 그녀가 만진 물건들에게 키스를 할 때도 이따금 있었다. 그러고는 관능적인 사랑과 정신적인 사랑이, 현실과 상징이 서서히 뒤섞였다. 때로 내가 내 방에서 내심 차분하게 그녀를 생각할 때면 그녀의 손이 내 손을 잡고, 그녀의 입술이 내 입술에 와 닿는 느낌이 들기도 했다. 혹은 내가 그녀의 집에서 그녀의 얼굴을 들여다보면서 그녀와 이야기하고 그녀의 음성을 듣기도 했는데, 그녀가 실제로 내 앞에 있는 건지 아니면 꿈인지 분간할 수가 없었다. 나는 사랑은 끊임없이 영속적으로 소유할 수 있다는 것을 깨닫기 시작했다. 나는 어떤 책을 읽다가 새로운 깨달음을 얻게 되었는데, 그건 에바 부인의 키스와 같은 느낌이었다. 그녀는 내 머리카락을 쓰다듬으면서 미소를 지었는데, 그 미소에는 풍요롭고 향기로운 온기가 담겨 있었다. 그 순간 나는 내 속에서 진보가 한 단계 이루어질 때와 똑같은 느낌을 받았다. 나에게 중요하고 운명적인 것은 모두 그녀의 모습을 띠고 있었다. 그녀는 매번 내 생각 속으로 스며들었고, 내 생각은 매번 그녀 속으로 스며들었다.

성탄절에는 부모님 집에 가 있었다. 2주 동안 에바 부인과 떨어져 있게 되면 틀림없이 고통스러울 것이라는 생각을 하니 덜컥 겁이 났다. 그러나 고통스럽지 않았다. 집에 있으면서 그녀를 생각하는 것은 멋진 일이었다. H 시로 다시 돌아왔을 때 나는 이틀간 그녀의 집을 멀리했다. 감각적으로 마주하지 않고 그녀로부터 독립을 유지하는 재미와 안정감을 즐기기 위해서였다. 나는 그녀와의 결합이 새로운 비유적인 양상으로 이루어지는 꿈도 꾸었다. 그녀는 내가 흘러 들어가는 바다였다. 그녀는 별이었다. 나 자신도 별이 되어 그녀에게로 가고 있었다. 우리는 만나서 서로 끌리는 느낌이 들었으며, 가까운 거리에서 함께 어우러져 끊임없이 소리를 내며 즐겁게 맴돌고 있었다.

그녀를 다시 찾아갔을 때 나는 그녀에게 이 꿈에 관해 이야기했다.

"아름다운 꿈이군요. 그 꿈을 현실로 옮겨 봐요!"

그녀가 조용히 말했다.

이른 봄 어느 날을 잊을 수가 없었다. 현관으로 들어섰는데 창문이 하나 열려 있었고 미풍에 실려 짙은 히아신스 향기가 방 안으로 밀려들고 있었다.

아무도 보이지 않기에 나는 위층 막스 데미안의 서재로 올라갔다. 가볍게 문을 노크하고 평소 습관대로 대답을 기다리지 않은 채 안으로 들어갔다.

방 안은 커튼들이 드리워져 어두웠다. 막스가 화학 실험실로 만든 작은 옆방 문이 열려 있었다. 그곳으로부터 비구름을 뚫고 새어 나온 봄의 햇살이 밝고 하얀빛을 던졌다. 나는 아무도 없는 줄 알고 커튼 하나를 열어 젖혔다.

　　그때 나는 커튼이 드리워져 있는 창문 옆 의자에 막스 데미안이 앉아 있는 걸 보았다. 웅크리고 앉아 있는 모습이 이상하게도 평소와는 달라 보였다. 섬광처럼 어떤 느낌이 왔다. 이미 한 번 본 모습이 아닌가! 그는 두 팔을 늘어트리고 두 손은 무릎 사이에 끼워 넣은 채 미동도 않고 있었다. 눈을 뜨고 고개를 약간 앞으로 숙인 그의 얼굴은 멍해 보이는 것이 죽은 사람의 얼굴 같았다. 눈동자에는 조그맣게 반짝이는 반사광이 한 조각 유리처럼 희미한 빛을 발하고 있었다. 창백한 얼굴은 그 내면으로 침잠하여 마비된 표정만 드러나 보였다. 마치 어떤 사원의 정문 옆에 있는 고대의 동물 가면 같았다. 그는 숨도 쉬지 않는 듯했다.

　　기억이 나를 전율시켰다. 여러 해 전 아직 어린애일 적에 나는 이와 똑같은 그의 모습을 보았던 것이다. 그렇게 두 눈이 내면을 응시하고 있었고, 그렇게 두 손이 가지런히 축 늘어져 있었으며 파리 한 마리가 그의 얼굴 주위를 맴돌고 있었다. 그는 그 당시, 아마 6년 전이었던 것 같은데, 그때도 지금과 같은 나이, 다시 말해 나이를 초월한 것처럼 보였다. 얼굴의 주름살 하나까지도 달라진 게 없었다.

　　공포가 엄습해 와서 나는 살며시 그 방에서 나와 계단을 내려왔다. 현관에서 에바 부인을 만났다. 그녀는 얼굴이 창백했고 피곤해 보였다. 그런 얼굴은 아직 본 적이 없었다. 창에 그늘이 지더니 눈부시던 하얀 해가 갑자기 사라졌다.

"막스에게 갔었어요. 무슨 일이 있어요? 막스가 잠을 자는 것 같기도 하고 깊은 생각에 잠긴 것 같기도 하더군요. 전에도 그런 모습을 한 번 본 것 같아요."

내가 다급하게 귓속말을 했다.

"그 애를 깨운 건 아니겠죠?"

그녀가 다급하게 물었다.

"네, 막스는 제 발자국 소리를 듣지 못했어요. 저는 얼른 그 방에서 다시 나왔어요. 에바 부인, 막스에게 무슨 일이 있는지 말씀해 주세요."

그녀는 손등으로 이마를 문질렀다.

"조용해요, 싱클레어. 별일 아니에요. 명상을 하고 있어요. 얼마 걸리지 않을 거예요."

비가 막 내리기 시작했는데도 불구하고 그녀가 일어나 정원으로 나갔다. 나는 따라 나오지 말라는 눈치였다. 진한 히아신스 향기를 맡으며 나는 거실을 왔다 갔다 했다. 그러다가 문 위에 있는 나의 새 그림을 바라봤다. 이날 아침에 이 집을 가득 채운 이상한 그림자를 느끼며 왠지 걱정이 앞섰다. 웬일일까? 무슨 일이 일어난 걸까?

에바 부인이 금방 돌아왔다. 빗방울이 그녀의 검은 머리카락에 맺혀 있었다. 그녀가 팔걸이의자에 앉았다. 피곤해 보였다. 나는 그녀 곁으로 가서 그녀 위로 허리를 숙여 키스로 그녀의 머리카락에서 빗방울을 닦

아냈다. 그녀의 눈은 밝고 고요했지만 빗방울은 그녀의 눈물 같은 맛이 났다.

"제가 막스에게 가 볼까요?"

내가 귓속말로 물었다.

그녀가 엷은 미소를 지었다.

"철부지 같은 짓 하지 말아요, 싱클레어! 이제 돌아가요. 갔다가 나중에 다시 와요. 지금은 당신과 얘기할 기분이 아니에요."

그녀가 그녀 내부의 강박관념을 깨기라도 하려는 듯 큰소리로 경고했다.

나는 그 집을 나와서 시내를 벗어나 산으로 내달았다. 가느다란 빗발이 내게 달려들고 대기에 짓눌리기라도 한 듯 구름들이 낮게 떠서 두려운 표정을 지으며 밀려가고 있었다. 산 아래 쪽은 바람이 자고 있었고 위쪽에는 폭풍이 이는 것 같았으며, 해는 때로 강철 같은 잿빛 구름들 사이에서 창백하면서도 눈을 찌를 듯 번쩍였다.

그때 하늘에 엷고 노란빛을 띤 구름 한 점이 떠오더니 잿빛 구름 벽에 막혀서 멈춰 섰다. 잠시 후 바람이 노란 구름과 푸른 하늘에서 어떤 형상을 만들었다. 그것은 거대한 새의 모습을 띠는가 했더니, 뒤엉킨 푸른 하늘로부터 뛰쳐나와 커다란 날개를 퍼덕이며 하늘 높이 사라졌다. 그러더니 천둥소리가 들리고, 비에 우박이 섞여 쏟아져 내렸다. 천둥이 폭풍우에 쫓긴 대지를 향해 엄청나게 무서운 굉음을 짧게 내질렀다. 이어서 다시 햇살이 구름을 뚫는 것 같았으나, 갈색 구름 위로 솟은 인근 산 위에 거짓말처럼 창백한 눈이 흩날렸다.

　몇 시간 후 비에 젖어 얼이 빠진 채 돌아온 나에게 데미안이 직접 문을 열어 줬다.

　그가 나를 위층 자기 방으로 데리고 갔다. 실험실에는 가스 불꽃이 타오르고 있었고, 종이가 사방에 흩어져 있었다. 그가 작업을 하고 있었던 던 것 같았다.

　"앉아. 피곤해 보이는구나. 지독한 날씨야. 너 밖에서 혼이 났나 보구나. 금방 차 가져올 거야."

　그가 자리를 권했다.

　"오늘 뭔가 일이 벌어졌어."

　내가 머뭇거리며 말하기 시작했다.

　"천둥만 약간 친 게 아니야."

　그가 나를 빤히 쳐다봤다.

　"뭘 봤다는 거니?"

　"응, 구름들 속에서 잠시 한 형상을 또렷이 봤다고."

　"어떤 형상을 봤는데?"

　"그건 새였어."

　"그 새매를! 그 매였니? 네 꿈의 새를 봤다는 거야?"

　"응. 그건 나의 새매였어. 노란색을 띠고 엄청나게 컸는데, 검푸른 하늘로 날아가 버렸어."

　데미안이 깊은 숨을 토해 냈다.

노크 소리가 들렸다. 늙은 하녀가 차를 가져왔다.

"마셔, 싱클레어. 어서. 너 그 새를 우연히 본 거 아니야?"

"우연히? 그런 새를 우연히 본다고?"

"됐어. 우연이 아닌가 보다. 그 새가 뭔가 의미하는 것 같구나. 뭐 좀 집히는 게 있니?"

"없어. 단지 그게 어떤 충격을 의미한다는 느낌이 들어. 운명이 한걸음 내디뎠다고 할까. 내 생각엔 그게 우리 모두와 연관된 것 같아."

그가 벌떡 일어나 이리저리 왔다 갔다 했다.

"운명이 한걸음 내디뎠다고!"

그가 크게 외쳤다.

"간밤에 네가 말한 거와 똑같은 꿈을 꿨어. 그리고 우리 어머니도 어제 그와 비슷한 예감이 들었다고 했어. ─ 꿈에 사다리를 타고 올라갔는데 나무 기둥인지 탑인지 잘 모르겠어. 꼭대기에 올라가니까 전 지역이 다 보이더라. 커다란 평지였는데 도시와 마을들이 온통 불타고 있었어. 꿈을 미처 다 이야기할 수 없구나. 뚜렷하게 기억나지가 않아."

"그 꿈을 너와 연관시켜서 해석하는 거야?"

"나와 연관시키느냐고? 물론이지. 자기와 연관되지 않은 꿈을 꾸는 사람은 없어. 하지만 이 꿈이 나하고만 연관된 게 아니야. 네 말이 맞았어. 나는 내 영혼 속의 움직임을 암시하는 꿈과 전 인류의 운명을 암시하는 꿈을 아주 정확하게 구분해. 나중의 꿈은 드물어. 게다가 예언이라고 할 수 있는 꿈, 예언이 실현된다고 말할 수 있는 꿈은 한 번도 꾸지 않았어.

이를테면 꿈이란 내가 이전에 꾸었던 다른 꿈들의 일부이고, 그 연장선 상에 있는 거야. 내가 너한테 말한 것은 말이야, 싱클레어. 그 꿈들로부터 얻은 예감이야. 우리가 알다시피 우리의 세계는 정말 부패했어. 그렇다고 세계의 몰락이 온다거나 그와 비슷한 일이 일어날 거라는 근거는 없어. 하지만 난 몇 년 전부터 꾸어 온 꿈에서 추론하거나 느끼는데—추론인지 느낌인지 잘 모르겠지만— 그 꿈들로부터 나는 낡은 세계의 붕괴가 가까워 왔다는 느낌이 들어. 처음에는 아주 어렴풋하고 아득한 예감이었는데 날이 갈수록 점점 더 또렷해지고 강렬해졌어. 나하고도 연관된 뭔가 엄청나고 두려운 것이 눈앞에 닥치고 있다는 것밖에 모르겠어. 싱클레어, 우리가 이따금 말한 거 있잖아, 우린 그걸 겪게 될 거라고! 세계는 새로워지려고 하고 있어. 죽음의 냄새가 난단 말이야. 죽음 없이는 아무 것도 새로워지지 않아. ― 내가 생각했던 것보다 훨씬 더 끔찍한 일이 벌어질 것 같아."

나는 놀라서 그를 응시했다.

"그 꿈의 나머지 부분을 얘기해 줄 수 없겠어?"

내가 조심스럽게 청했다.

그가 고개를 저었다.

"할 수 없어."

문이 열리더니 에바 부인이 들어왔다.

"여기들 앉아 있었구나! 얘들아, 슬퍼하고 있는 건 아니겠지?"

그녀는 생기가 돌았고 더 이상 피곤해 보이지 않았다. 데미안이 그녀에게 미소를 지었고 그녀는 겁먹은 아이들에게 다가가는 어머니처럼 우리에게 왔다.

"우린 슬프지 않아요, 어머니. 그냥 새로운 징후에 관해 생각 좀 해 봤어요. 하지만 별거 아니에요. 올 것은 갑자기 닥칠 테고, 그렇게 되면 우린 알아야 할 걸 알게 되겠죠."

하지만 나는 기분이 언짢았다. 작별 인사를 하고 거실을 나오는데 히아신스 냄새가 났다. 그러나 이번에는 시들고 생기 없는 죽음의 냄새를 풍겼다. 우리에게 어두운 그림자가 드리워진 것이다.

제8장

종말의 시작

나는 여름 학기 내내 H 시에 머물러 있었다. 우리는 집에 있는 날이 거의 없이 대체로 강가 정원에서 지냈다. 레슬링에서 완패한 일본 사람은 떠났고, 톨스토이 숭배자도 없었다. 데미안은 매일같이 끈기 있게 말을 탔다. 나는 종종 그의 어머니와 단 둘이 있었다.

이따금 나는 평화로운 내 삶이 신기하게 생각됐다. 오래 전부터 혼자 살면서 포기 연습을 하고, 고통과 힘겹게 씨름하는 데 익숙해졌는데, H 시에서의 이 몇 달간은 아름답고 즐거운 일들만 있는 가운데 마법에 걸린 듯 편안하게 지낼 수 있었다. 마치 꿈의 섬에서 사는 것 같은 느낌이 들었다. 이것이 우리가 생각한 저 새롭고 고양된 공동체의 전조(前兆)임을 예감했다. 이런 행복감에 잠겨 있노라면 문득 깊은 슬픔이 밀려올 때가 있었다. 행복이 오래 지속될 수 없다는 걸 알고 있었기 때문이다. 만족과 즐거움 속에서 숨을 쉬는 것은 나의 분수에 맞지 않았다. 나는 고통에 쫓기며 살아야 했다. 언젠가 이 아름다운 사랑의 꿈에서 깨어나 다시금 타인들의 냉혹

한 세계에 홀로, 그야말로 홀로 남게 되리라는 느낌이 들었다. 거기에는 평화와 공존은 없고 고독과 투쟁만 있을 것이다.

나는 종전보다 훨씬 더 다정하게 에바 부인에게로 다가갔다. 내 운명이 아직도 여전히 이토록 아름답고 고요한 양상을 띠고 있은 것이 여간 기쁘지 않았다.

여름날들은 쏜살같이 지나갔다. 벌써 학기말이 된 것이다. 이별의 시간도 곧 다가올 것이다. 하지만 그건 생각하지 말아야 했고, 실제로 생각하지도 않았다. 나는 꽃에 앉은 나비처럼 그 아름다운 날들에 매달렸다. 그때가 나에게는 행복한 시기였고 내 삶이 처음으로 충족된 시기였으며, 내 유대 관계가 이루어진 시기였다. 그다음엔 무엇이 올 것인가. 나는 다시 투쟁을 시작하고 그리움에 애태우며 꿈을 꾸게 되겠지. 그리고 혼자 있게 되겠지.

그러던 어느 날 이런 예감이 어찌나 강하게 들었던지 돌연 에바 부인에 대한 사랑의 불꽃이 가슴 저리게 타올랐다. 아아, 그녀를 더 이상 볼 수 없게 될 날이, 그녀가 차분하고 사랑스럽게 집 안을 걷는 소리를 들을 날도 멀지 않았지. 내 책상 위에서도 더 이상 그녀의 꽃을 볼 수 없게 될 테고! 내가 얻은 게 무엇인가. 그녀를 얻는 대신에, 그녀를 쟁취해서 영원히 내 품에 안기는 대신에 나는 꿈만 꾸고, 위안만 받지 않았던가! 그녀가 참된 사랑에 관해 나에게 이야기한 것 일체가 뇌리를 스쳤다. 정교하면서도 주의를 환기시키는 수없이 많은 말들, 수없이 많은 은근한 유혹들, 아니면 약속들이라고 할까, 이것들로부터 내가 이루어 낸 것이 무엇이었던가. 아무것도, 아무것도 없지 않은가!

나는 방 한가운데 서서 정신을 집중하고 에바를 생각했다. 그녀가 내 사랑을 느껴 내게로 이끌리게 하기 위해 영혼의 힘을 모았다. 그녀가 내 포옹을 그리워하며 내게로 오기를 기원했다. 그리하여 내 키스가 그녀의 원숙한 사랑의 입술을 애무할 수 있기를 바랐다.

그렇게 서서 심신을 긴장시키다 보니 손가락과 발이 차가워졌다. 온몸에서 힘이 빠져나가는 느낌이 들었고, 한동안 내 속에서 뭔가 밝고 차가운 것이 한데 엉키어 굳게 뭉치는 느낌이 들었다. 그러다 잠시 가슴에 맑은 수정을 하나 들고 있는 느낌이 들었는데 그게 바로 나의 자아라는 것을 알게 되었다. 냉기가 가슴까지 차올랐다.

무서운 긴장에서 깨어났을 때 나는 뭔가 다가오고 있다는 느낌이 들었다. 피곤이 극에 달했으나 나는 에바가 황홀하고 열정적인 자태로 내 방으로 들어오는 것을 바라볼 준비를 했다.

달가닥거리는 말발굽 소리가 긴 거리를 망치질하며 다가왔다. 그 소리는 가까워질수록 점점 더 세차게 울리더니 갑자기 멈추었다. 나는 창가로 달려갔다. 아래에서 데미안이 말에서 내려오고 있었다. 나는 아래로 뛰어 내려갔다.

"무슨 일이야, 데미안? 어머니에게 무슨 일 일어난 거 아니겠지?"

그는 내 말에 귀를 기울이지 않았다. 그의 얼굴은 창백했고 이마의 양옆에서 굵은 땀방울이 뺨으로 흘러내렸다. 그는 헐떡이는 말의 고삐를 정원 울타리에 맨 후 내 팔을 잡고 나와 함께 거리로 내려갔다.

"너 알고 있니?"

나는 아무것도 아는 게 없었다.

데미안이 내 팔을 잡더니 연민에 찬 어둡고 이상한 시선으로 나를 향해 얼굴을 돌렸다.

"그래, 친구야. 드디어 올 것이 왔어. 러시아와 긴장이 고조되고 있다는 거 너도 알고 있었지?"

"뭐라고? 전쟁이 일어났다고? 전쟁이 일어나리라고는 한 번도 생각해 본 적이 없는데."

주위에 아무도 없는데 그가 속삭이듯 말했다.

"아직 정식 선전포고는 없었지만 전쟁은 이미 시작됐어. 정말이야. 그날 이후 이 문제로 널 신경 쓰게 하지 않는데, 난 새로운 조짐을 세 번이나 감지했어. 세계의 종말이 온다거나 지진이 일고 혁명이 일어난다는 얘기는 아니야. 전쟁이 일어날 거야. 어떤 일이 터질지 너도 보게 될 거야! 사람들은 쾌재를 부르겠지. 모두들 벌써 전쟁이 터지는 걸 기뻐하고 있어. 그들에게 삶이 그렇게 김이 빠져 버린 거야. 하지만 너도 알게 될 거야, 싱클레어. 이건 시작일 뿐이라는 걸. 어쩌면 세계대전이 되는지도 몰라. 아주 큰 전쟁 말이야. 하지만 큰 전쟁도 시작일 뿐이야. 새로운 세계가 시작되고 있어. 새로운 세계는 옛것에 매달린 사람들에게는 커다란 충격이겠지. 넌 어떻게 할 거니?"

나는 당황스러웠다. 그의 말 모두가 나에게는 생소했고 믿기지 않았다.

"모르겠어. 그러면 넌?"

그가 어깨를 으쓱했다.

"곧 동원령이 내려올 텐데, 그럼 난 귀대해야 해. 난 소위야."

"네가? 그런 얘기 한마디도 안 했잖아?"

"그래, 그건 내가 살아가는 방법 중의 하나야. 너도 알다시피 난 겉으로 드러내 보이는 걸 좋아하지 않아. 참되게 살기 위해 난 온갖 노력을 경주해 왔어. 내 생각에 일주일 후면 난 전선에 나가 있을 거야."

"하느님 맙소사!"

"친구야, 너무 감상적으로 받아들이지 마라. 살아 있는 사람에게 총을 들이대라는 명령을 내리는 게 나라고 즐거울 리 없지. 그런 짓은 근본적으로 내 성격과 어긋나. 이제 우리는 모두 커다란 바퀴에 끼어들었어. 너도 마찬가지로. 너도 틀림없이 징집당할 거야."

"그럼, 너의 어머니는, 데미안?"

그제야 나는 15분 전 일이 생각났다. 세계가 얼마나 변했는가! 나는 감미로운 형상을 불러내기 위해 안간힘을 쏟았다. 그랬더니 이제 운명이 갑자기 위협적인 무시무시한 가면을 쓰고 새삼스럽게 나를 노려보고 있었다.

"우리 어머니? 아, 어머니는 걱정할 필요 없어. 어머니는 안전해. 지금이 세계에서 누구보다도 안전하다고. 너 우리 어머니를 그렇게 사랑하니?"

"그거 알고 있었구나, 데미안?"

그가 거리낌 없이 밝게 웃었다.

"꼬마야! 물론 알고 있었지. 사랑하지 않으면서 우리 어머니를 에바 부인이라고 부른 사람은 없었어. 그건 그렇고, 어떻게 된 거야? 네가 오늘 우리 어머니, 아니면 나를 부른 거니, 아니야?"

"그래, 내가 불렀어. 내가 에바 부인을 불렀어."

"어머니가 네 음성을 감지했어. 그래서 갑자기 나보고 너에게 가 보라고 하시더라. 그때 내가 막 어머니에게 러시아에 관한 뉴스를 전해 드리고 있었어."

우리는 더 이상 별말 없이 다시 돌아왔다. 그가 고삐를 풀고 말에 올라 탔다.

위층 내 방에 올라왔을 때 비로소 엄청난 피곤이 몰려왔다. 데미안의 전갈뿐만 아니라, 그보다는 얼마 전의 긴장 때문에 더 피곤한 것 같았다. 하지만 에바 부인이 내 말을 들었다니! 내 마음속에 있는 생각이 그녀에게 전달된 것이다. 그녀가 직접 왔었더라면 좋았을 텐데. 어쩔 수 없는 노릇이고. 그런데 이 모든 것이 얼마나 신기한가! 그리고 근본적으로 얼마나 아름다운가! 이제 전쟁이 일어난다고 한다. 우리가 종종, 누차에 걸쳐 이야기한 것이 실제로 일어나기 시작한 것이다. 데미안은 그걸 앞질러 잘 알고 있었다. 세계의 조류가 이제 더 이상 우리의 곁을 스쳐 지나가지 않고 갑자기 우리의 심장 한가운데를 관통하고 있다는 것, 이 얼마나 신기한 일인가! 모험과 모진 운명이 우리를 부르고, 이제 아니면 머지않아 변화의 의지를 지닌 세계가 우리를 필요로 한다는 것이었다. 데미안의 말이 맞았다. 그걸 감상적으로 받아들여서는 안 될 일이었다. 내가 이제 '운명'이라는 그토록 고독한 문제를 그토록 많은 사람들, 그러니까 온 세계와 함께 경험하게 되리라는 게 신기할 따름이었다. 잘됐어!

나는 마음의 준비가 되어 있었다. 저녁에 시내로 나가자 사방이 흥분의 도가니였다. 여기저기서 '전쟁!'이라는 소리가 들끓었다.

에바 부인의 집으로 갔다. 우리는 정자에서 저녁을 함께 먹었다. 손님이라고는 나 혼자뿐이었다. 아무도 전쟁에 관한 얘기는 일체 하지 않았다. 다만 내가 그 집을 나오기 직전에 에바 부인이 말했다.

"사랑하는 싱클레어, 당신이 오늘 나를 불렀죠. 내가 왜 직접 가지 않았는지 알 거예요. 하지만 잊지 말아요. 당신은 이제 부르는 법을 알고 있어요. 표지를 가진 사람이 필요하면 언제고 다시 불러요!"

그녀가 일어서서 땅거미가 깔리는 정원으로 앞서 갔다. 신비에 가득 찬 키 큰 여자가 침묵하는 나무들 사이로 위풍당당하게 걸어갔다. 그녀의 머리 위에서 작은 별들이 다정스럽게 깜빡거렸다.

이제 이야기를 끝맺어야겠다. 사태는 급박하게 돌아갔다. 곧 전쟁이 터졌다. 데미안은 눈에 띄게 낯선 군복에다 은회색 외투를 걸쳐 입고 떠났다. 나는 그의 어머니를 집으로 바래다주었다. 나도 곧 그녀와 작별을 했다. 그녀는 내 입에 키스를 하면서 잠시 나를 그녀의 가슴에 안았다. 그녀의 커다란 눈이 가까이서 내 눈을 뚫어지게 바라봤다.

모든 사람들이 다 형제가 된 것 같았다. 그들은 조국과 명예를 이야기했다. 하지만 그것은 그들 모두가 가면을 쓰지 않은 맨 얼굴로 잠시 바라보는 운명이었다. 청년들이 병영에서 나와 열차에 올랐다. 여러 얼굴에서 나는 표지를 보았다. 우리의 표지와는 다른 표지였다. 사랑과 죽음을 의미하는 아름답고 품위 있는 표지였다. 생전 처음 보는 사람이 나도 껴안았다. 나는 그 포옹의 의미를 알고 기꺼이 호응했다. 그들은 도취돼서 포옹을 한 것이었다. 운명의 뜻이 아니었다. 하지만 그들의 도취는 성스러웠다. 그 도취는 그들 모두가 한순간이나마 감동적인 시선으로 운명의 눈을 직시했기에 우러난 것이다.

내가 전선에 나갔을 때는 이미 겨울이 다가오고 있었다.

처음에 나는 충격적인 총격전에도 불구하고 모든 것에 실망했다. 예전에는 왜 그렇게 극히 적은 사람만이 이상을 위해 살고 싶어 하는지 무척 궁금했는데, 이제 보니 많은 사람, 아니 모든 사람들이 이상을 위해 죽을 각오가 되어 있음을 알게 되었다. 하지만 그것은 개인적인 이상, 자유롭게 선택한 이상이 아니고 공통의 이상, 강요된 이상이었던 것이다.

그러나 시간이 지나면서 나는 내가 사람들을 과소평가했다는 것을 알게 되었다. 그들의 군대 생활과 그들이 공통으로 겪는 위험이 그들을 획일화했다손 치더라도, 살아 있는 사람들과 죽어 가는 사람들 다수가 운명의 뜻에 의연하게 다가서고 있음을 알게 되었던 것이다. 많은 사람들이, 아주 많은 사람들이 공격할 때뿐만 아니라 그 밖의 시간에도 약간은 뭔가에 홀린 듯한 시선을 먼 곳에 고정시키고 있었다. 그 시선은 표적을 잃은 채 거대한 운명에 내맡겨져 있었다. 이들은 자신이 원하는 것을 믿든 생각해 두었든 간에 만반의 준비가 되어 있었고 쓸모가 있었다. 그들로부터 세계의 미래가 형성될 것이다. 세계가 전쟁과 영웅주의, 명예 그리고 그 밖의 낡은 이상에 집요하게 매달리면 매달릴수록 그리고 인간성을 내세우는 목소리가 어이없고 황당무계하게 들리면 들릴수록 이 모든 것은 피상적일 수밖에 없었다. 전쟁의 외형적 정치적 목적이 피상적인 것에 머물러 있는 것처럼 말이다. 그러는 한편 깊은 내면에서는 뭔가가 새로운 인간성 같은 것이 형성되고 있었다. 나는 많은 사람들이 죽어 가는 것을 보았는데, 그들 중 여럿은 내 쪽에서 죽었다. 이들은 증오와 분노 그리고 살인과 파괴가 목적이 아니었음을 느낌으로 익히 알고 있었다. 그렇다. 목표와 마찬가지로 목적도 실은 우연의 산물이었다. 가장 격렬한 감정조차도 원래는 적을 향한 것이 아니었다. 잔학한 행동도 내면, 즉 파괴된 영혼의 분출일 뿐이었다. 새로 태어나기 위해 광분하고 살해하고 파괴하고 죽으려고 했던 영혼의 분출이었던 것이다. 거대한 새는 알에서 나오기 위해 투쟁했다. 알은 세계이고, 세계는 산산이 부서져야 했다.

우리가 점령한 농가 앞에서 나는 어느 이른 봄날 밤에 보초를 섰다. 변덕스런 바람이 가볍게 스쳤고, 플랑드르의 높은 하늘에 구름들이 몰려왔으며, 구름 뒤쪽 어딘가에 달이 숨어 있었다. 이날은 하루 종일 불안하고 마음이 심란했다. 어두운 초소에서 나는 지금까지의 내 삶의 영상들을 떠올리며 에바 부인과 데미안을 생각했다. 백양나무에 기대 변화무쌍한 하늘을 응시했다. 밝은 빛을 띤 구름들이 보일 듯 말 듯 경련을 일으키더니 곧 커다랗게 부풀어 오르며 일련의 그림들을 만들어 냈다. 맥박이 이상하게 약해지고 살갗의 감각이 비바람에 둔감해지는 반면, 의식은 불꽃처럼 깨어나는 느낌이 들었다. 이런 각성을 통해 나는 지도자(Führer)가 내 주위에 와 있음을 감지했다.

구름 속에서 커다란 도시가 보였다. 거기서 수백만에 달하는 사람들이 쏟아져 나오더니 떼를 지어 광활한 지역으로 흩어졌다. 그들 한가운데로 우람한 신의 형상이 걸어왔다. 반짝이는 별들을 머리에 얹은 신의 형상은 산맥처럼 거대했으며, 에바 부인의 모습을 띠고 있었다. 사람들은 거대한 동굴 속으로 빨려 들어가듯 신의 형상 속으로 사라져 갔다. 여신이 아래로 몸을 웅크리자 여신의 이마에서 표지가 환하게 빛을 발했다. 여신은 어떤 꿈에 위압되기라도 한 듯 두 눈을 감았다. 여신의 커다란 얼굴이 고통으로 일그러졌다. 돌연 여신이 날카롭게 소리 지르자 이마에서 수많은 별들이 반짝거리며 쏟아져 나오더니 검은 하늘로 날아올라 화려한 곡선과 반원을 그렸다. 별 하나가 날카로운 소리를 지르며 바로 나를 향해 날아오면서 나를 찾는 것 같았다. 그리고는 포효하면서 수천 개의 불꽃으로 갈라져서 나를 들어 올리더니 다시 땅바닥으로 내팽개쳤다. 내 위에서 세계가 천둥소리를 내며 무너져 내렸다.

전우들이 백양나무 근처에서 숱한 상처를 입고 흙더미에 깔린 나를 발견했다.

나는 지하실에 누워 있었다. 내 위에서 총포 소리가 요란하게 울렸다. 나를 실은 구급차가 덜커덕거리며 빈 들판을 달렸다. 나는 대체로 잠이 들거나 의식을 잃은 상태였다. 하지만 깊이 잠이 들면 들수록 뭔가 나를 끌어당기는 느낌이, 나를 제어하는 어떤 힘에 이끌려 가는 느낌이 더욱더 강렬하게 들었다.

나는 어떤 마구간의 짚더미 위에 누워 있었다. 어두웠다. 누군가 내 손을 밟았다. 하지만 내 마음은 계속 그렇게 밟히고 더 세게 끌려가고 싶었다. 다시 나는 어떤 차에 누워 있었다. 그다음엔 들것 아니면 사다리에 누워 있었다. 나는 어딘가로 끌려가는 느낌이 점점 더 강하게 들었다. 마침내 어딘가에 도착하고 싶은 충동만 남았다.

나는 목적지에 도착해 있었다. 밤이었다. 나는 의식을 완전히 되찾았다. 방금 내 안에서 끌림과 충동이 강렬하게 느껴졌었다. 이제 나는 어떤 홀 안의 바닥에 깔린 매트리스 위에 누워 있었다. 부름 받은 장소에 와 있다는 느낌이 들었다. 주위를 둘러보았다. 내 매트리스 바로 옆에 다른 매트리스가 놓여 있었는데 매트리스 위에 있던 사람이 나를 향해 고개를 돌리더니 나를 바라봤다. 그는 이마에 표지를 지니고 있었다. 막스 데미안이었다.

나는 말을 할 수가 없었다. 그도 말을 할 수 없었다. 아니, 말을 하려고 하지 않았다. 그저 나를 바라보기만 했다. 그의 머리 위쪽 벽에 걸려 있는 현등 불빛이 그의 얼굴을 비쳤다. 그가 나에게 미소를 지었다.

그가 끊임없이 내 눈을 계속 들여다보더니 거의 부딪칠 정도로 얼굴을 나에게 가까이 갖다 댔다. 그가 속삭이듯 말했다.

"싱클레어!"

나는 눈으로 그의 말을 이해한다는 신호를 보냈다.

그가 다시 미소를 지었다. 거의 연민 같은 미소를.

"어이, 꼬마야!"

그가 웃으며 말했다. 그의 입이 내 입에 거의 닿을 듯했다. 나직하게 그가 말을 계속했다.

"프란츠 크로머 아직도 기억하지?"

그가 물었다.

"꼬마 싱클레어, 잘 들어. 나는 멀리 떠나야 해. 어쩌면 넌 크로머나 다른 일로 내가 또 필요할지도 몰라. 그때 날 부르면 너에게 올게. 하지만 그렇게 조야하게 말이나 기차를 타고 오지 않을 거야. 그때가 되면 네 마음의 소리에 귀를 기울여 봐. 그러면 내가 네 속에 있다는 걸 알게 될 거야. 내 말 알아듣겠니? 그리고 또 한마디! 에바 부인이 말하기를, 혹시라도 네가 잘 지내지 못한다면, 당신이 내게 넘겨준 키스를 너한테 전해 달라고 했어. 눈 감아, 싱클레어!"

나는 다소곳이 눈을 감았다. 그가 가볍게 내 입에 키스를 했다. 내 입에는 아직도 피가 조금씩 흐르고 있었는데, 좀처럼 잦아들 기색이 없었다. 그러고 나서 나는 잠이 들었다.

아침에 간호사가 잠을 깨웠다. 붕대를 감아야 한다고 했다. 마침내 잠에서 완전히 깬 나는 재빨리 옆쪽 매트리스로 고개를 돌렸다. 거기에는 처음 보는 낯선 사람이 누워 있었다.

붕대를 감을 때 통증이 왔다. 그 후 나에게 일어난 일들이 모두 고통스러웠다. 하지만 이따금 나는 열쇠를 찾아내서 내 내면의 세계로 깊숙이 들어가 어두운 거울 앞에 선다. 거울 속에서 운명의 형상들이 졸고 있다. 검은 거울을 향해 고개를 숙이기만 하면 내 친구이자 지도자와 똑같이 생긴 나 자신의 모습이 보인다.

옮긴이의 말

I. 프롤로그

『데미안』은 『싯다르타』, 『황야의 늑대』 등과 더불어 헤르만 헤세를 세계적인 베스트셀러 작가 반열에 오르게 한 작품으로, 우리나라에서도 여러 차례 번역되어 읽히고 있다. 그의 작품은 나치 정권 시절에는 금서처분을 받았다. (그는 스위스에 거주하면서 편지와 문학비평을 통해 나치 정권의 유태인 박해에 반기를 들었으며, 독일에서 탈출한 많은 예술가들에게 도움을 줬다.) 그의 작품은 제3제국이 패망하고 제2차 세계대전이 끝난 이후에도 독일에서는 거의 인정을 받지 못하다가, 1960년대의 젊은이들, 특히 미국의 젊은이들에게 인기를 끌게 되면서 독일에서도 다시 헤세 붐이 일어났다. 오늘날 그의 작품들은 독일어 강의의 필수 도서 목록에 들어갈 정도로 대표적인 독일 소설로 인정받고 있다.

『데미안』은 헤세가 우울증으로 인해 정신과 치료를 받으며 집필한 작품으로 주인공 에밀 싱클레어가 자기 청소년 시절의 삶을 회고하는 자서전 형식을 띠고 있다. 헤세는 이 작품을 1919년에 에밀 싱클레어라는 가명으로 발표했으나 이 작품이 폰타네 문학상 수상작으로 선정되자 본명을 밝혔다. (그가 본명을 밝히지 않은 이유는 사십 대의 '늙은 아저씨'가 청소년의 자서전적인 소설을 썼다고 하면 설득력이 떨어질 것 같았기 때문이라고 했다.)

열 살 어린이에서 자기 성찰을 할 수 있는 성년에 이르기까지의 발전 과정이 점진적 내지 단계적으로 묘사되는 이 작품은 괴테의 전통을 이어받은 대표적인 발전소설(교양소설)12이다. 내레이터이자 주인공인 싱클레어는 삶의 계단을 하나씩 올라설 때마다 자기 확신을 굳히고 정체성(개성)을 확립해 가면서 자아에 다가간다.

이 작품에는 작가의 청소년 시절의 경험이 많이 용해되어 있다. 이를테면 싱클레어의 청소년 시절은 작가의 그것과 많은 유사점을 지닌다. 우선 두 사람의 부모가 공통점을 지니고 있다. 헤세와 마찬가지로 싱클레어의 아버지 역시 엄격하고 어머니는 온아하다. 그리고 헤세와 싱클레어 두 사람 모두 감수성이 예민하고 반항적인 기질을 지니고 있다. 그런가 하면 싱클레어뿐만 아니라 헤세의 유년시절도 편안하게 보호받던 밝은 세계가 '어두운 세계'의 그늘에 묻힌다. 그밖에도 헤세와 마찬가지로 싱클레어도 김나지움 시절에 기숙사에 기거하면서 고독에서 헤어나지 못한 채 술집

---

12 발전소설은 독일어로 Bildungsroman 또는 Entwicklungsroman이라고 하는데, 전자는 우리말로 교양소설 그리고 후자는 발전(성장)소설이라고 하지만 두 독일어는 같은 뜻을 지닌다. 왜냐하면 Bildung의 동사형 bilden은 '(교양을) 형성하다' 또는 '이룩하다'라는 뜻이기 때문이다.

의 단골손님이 되어 방탕한 생활을 한다. 이런 과정을 거쳐 싱클레어가 자기 자신을 찾았듯이 헤세도 이런 어두운 시절을 거쳐 훗날 독일을 대표하는 작가의 반열에 올랐다.

2. 줄거리 해제[13]

라틴어 학교에 다니는 열 살 소년 에밀 싱클레어는 따뜻하고 밝고 사랑이 넘치는 부모의 보호를 받으며 산다. 그러면서도 그는 이따금 차갑고 어둡고 거친 바깥 세계를 넘본다. 어린 소년에게는 그쪽이 더 흥미롭고 유혹적이기 때문이다. 그는 자기가 저지르지도 않은 도둑질을 했다고 허풍을 떨다가 상급생인 불량소년 프란츠 크로머의 덫에 걸려든다. 크로머는 그가 부모를 속이고 집에서 도둑질을 해 오도록 부추긴다. 악의 구렁텅이에 빠진 싱클레어는 이제까지의 밝고 건전했던 자신의 유년 세계가 무너지는 것을 바라보며 절망한다. 그 무렵 학교에 한 학생이 전학을 해 온다. 그가 막스 데미안이다. 그보다 한 학년 상급생인 데미안은 곤경에 빠진 그를 구해 준다.

데미안은 싱클레어보다 두세 살 정도 연상이었는데, 세상사에 밝고 해

---

13 『데미안』은 내적 사건이 외적 사건을 주도해 나가기 때문에 스토리텔링을 따라가기가 쉽지 않다. 달리 말하면 줄거리를 추려 내기 그리 용이하지 않다는 얘기다. 때문에 독자들—특히 중•고교생들—의 이해를 돕기 위해 줄거리 해제를 달았다.

박하며 조숙한 소년이다. 그는 싱클레어에게 카인과 아벨 이야기를 성서와 다른 방식으로 해석해 준다. 카인의 낙인은 그의 죄를 알리는 눈에 보이는 육체적 표시가 아니라 우월하고 강인한 성격의 상징적 표시라는 것이다. 그러나 싱클레어는 데미안의 이런 성서 해석, 즉 악의 세계도 인정해야 한다는 말에 두려움을 느낀 나머지 그를 멀리하고 다시 밝고 편안한 부모의 세계로 도주한다.

그러다 사춘기에 접어들면서 싱클레어는 다시 어두운 세계로 돌아가고 싶은 충동을 느낀다. 마침내 그는 이 어두운 세계 또한 자신의 내부에 굳게 뿌리를 내리고 있어서 이 세계를 쉽사리 떨쳐 버릴 수 없다는 사실을 깨닫게 된다. 내레이터 싱클레어는 다음과 같이 고백한다.

데미안이 하느님과 악마에 대해, 신적으로 공인된 세계와 묵살당한 악마의 세계에 대해 말한 것, 그것은 바로 나 자신의 생각이었고 신화였다.

종교 수업 시간에 싱클레어는 데미안을 다시 만난다. 두 사람은 가까워지면서 우정이 싹튼다. 시간이 흐를수록 싱클레어는 데미안이 자기 영혼의 친구라는 생각을 굳히게 된다. 데미안은 인간이 의지만 강하면 자신을 컨트롤할 수 있음을 그에게 보여 준다. 무엇보다도 데미안의 종교 내지 교회 비판적 견해가 싱클레어에게 커다란 영향을 미친다.

데미안은 기독교의 신을 불완전한 신으로 규정한다. 성경의 신은 오로지 선의 세계만 칭송하고 악의 세계는 터부로 치부하며 사탄에게 떠넘긴다는 것이다. 싱클레어는 데미안의 견해에 동의한다. 자신에게도 두 개의 세계가 존재하고 있음을 깨달았기 때문이다. 데미안은 다른 반쪽 세계, 즉 악의 세계도 배척만 할 것이 아니라 고려의 대상이 되어야 한다고 역설한다. 왜냐하면 제반 규범은 사회 인습과 마찬가지로 시대와 더불어 변하고, 금기(禁忌) 또한 매 시대마다 다르게 규정되기 때문이라는 것이다. 싱클레어도 선과 악의 대립이 개인적인 갈등을 넘어서 문화적 갈등이라는 사실을 인식하게 된다.

열여섯 살 되던 해에 싱클레어는 학교를 옮겨 기숙사 생활을 하게 된다. 데미안과 멀어지게 된 그는 다시 정신적 혼란을 겪으며 방황한다. 그는 기숙사의 최고 연장자 알퐁스 베크에 이끌려 술집을 드나들다가 마침내 술꾼으로 전락해 방탕한 생활을 한다. 하지만 그러면서도 그는 자신을 되돌아보며 데미안을 그리워한다.

그의 갈등은 한 청순한 소녀를 만남으로써 해소되기 시작한다. 그녀를 베아트리체라고 명명한 그는 그녀를 정신적으로 사랑하고 존경한다. 그녀를 신성시하게 되면서 그는 악의 세계에 등을 돌린다. 그는 몽환의 세계에 살면서 베아트리체의 그림을 그리는데, 그 그림에서 데미안의 모습을 그리고 후에는 자기 자신의 모습을 보게 된다. 이어서 그는 지구의 껍질을 부수고 나오는 꿈의 새를 그려 데미안에게 보낸다. 데미안이 보낸 답신에는 다음과 같은 글이 적혀 있다.

새는 알에서 나오기 위해 투쟁한다. 알은 세계다. 태어나려고 하는 자는 한 세계를 파괴해야만 한다. 새는 신에게로 날아간다. 신의 이름은 아프락사스다.

그는 수업 시간에 아프락사스는 신성과 마성이 혼연일체를 이룬 신이라는 얘기를 듣는다. 이 신의 정체를 파악하기 위해 그는 여러 도서관을 찾아다니지만 목적을 이루지 못하고 대신 오르간 연주자 피스토리우스를 만난다. 피스토리우스도 아프락사스에는 두 개의 대립적인 세계가 존재한다고 말한다. 그는 다른 사람의 의견보다는 자신의 음성에 더 귀를 기울이라고 조언한다. 일찍이 인간의 영혼 속에 살고 있던 모든 것은 개개인 속에도 존재하며, 이 사실을 알고 있는 사람이야말로 진정한 의미의 인간이라고 그는 말한다.

싱클레어는 피스토리우스로부터 많은 가르침을 받았지만 그의 이상(理想)이 '골동품 연구', 즉 '과거를 지향하는 낭만주의자'의 한계를 벗어나지 못하고 있음을 간파한다. 그는 본의 아니게 피스토리우스를 비판함으로써 그의 마음에 상처를 준 후, 자기 행동을 후회하며 그를 떠난다. 피스토리우스의 가르침을 따라 그는 내면의 소리를 들으면서 각성한 인간은 자기의 고유한 길을 가는 것, 즉 누구나 운명이 부여해 주는 고유한 '임무'를 따르는 것이 중요하다는 것을 깨닫는다.

대학에 들어간 싱클레어는 다시 데미안을 만난다. 데미안의 어머니를 방문하고 그녀로부터 에바 부인이라고 불러도 좋다는 허락을 받은 싱클레어는 그녀가 바로 자기가 그려 온 꿈의 얼굴임을 알게 된다. 그녀에게서 싱클레어는 새로운 지도자를 발견한다. 그녀는 정신적으로 뿐만 아니라 성적으로도 그를 자극한다. 그러나 그의 욕망은 충족되지 않는다. 그도 그럴 것이 그에게 에바 부인은 그의 마음의 '심상(心象)일 뿐'이기 때문이다.

그녀는 그에게 자기 자신을 신뢰할 수 있는 힘을 불어넣어 준다. 에바 부인과 싱클레어와 데미안은 카인의 표지를 통해 결속된 밀접하고 조화로운 공동체를 형성한다. 그들은 유럽이 붕괴되고 새로운 유럽이 탄생하게 되리라는 것을 예감하고 새로운 삶을 위해 앞장설 것을 다짐한다.

드디어 격변기가 시작된다. 제1차 세계대전이 발발한 것이다. 그와 데미안은 헤어져서 각기 자기의 운명을 따라 전선으로 떠난다. 전선에서 중상을 입은 싱클레어는 환상에서 에바 부인을 본다. 그녀는 인류를 새로 분만하기 위해 인류를 자기 품속으로 끌어안는 힘이 넘치는 성모(聖母)의 모습을 띠고 있다. 혼수상태에서 깨어난 그의 침상 옆에는 데미안이 누워 있다. 데미안이 그에게 말한다.

싱클레어, 잘 들어. 난 멀리 떠나야 해. 어쩌면 넌 크로머나 다른 일로 내가 또 필요할지도 몰라. 그때 날 부르면 너에게 올게. 하지만 그렇게 조야하게 말이나 기차를 타고 오지 않을 거야. 그때가 되면 네 마음의 소리에 귀를 기울여 봐. 그러면 내가 네 속에 있다는 걸 알게 될 거야. 내 말 알아듣겠니? 그리고 또 한마디! 에바 부인이 말하기를, 혹시라도 네가 잘 지내지 못한다면, 당신이 내게 넘겨준 키스를 너한테 전해 달라고 했어. 눈 감아, 싱클레어!

이리하여 싱클레어 역시 새로 태어난다. 데미안은 떠나고 없지만 그는 데미안을 자기 내부에서 발견한다. 데미안이 그와 하나가 된 것이다.

3. 자간 및 행간 읽기

(1) 모순의 언어

학술어에서는 개념의 명확성과 언어의 논리성이 중시된다. 이 두 가지 요소가 갖추어져야 논지 내지 이론이 명쾌하게 드러나고 증명될 수 있기 때문이다. 이렇듯 학술어가 논리를 바탕으로 한 이성의 언어라면, 문학어는 논리적으로 모순된 어법이 허용되는 감성의 언어이다. 하지만 감성의 언어라고 해서 감성에 안주해 있다는 말은 아니다. 그럴 경우 자칫 감상주의에 빠질 수 있다. 가슴으로는 감성의 언어를 품되, 머리로는 이성의 눈을 뜨고 있어야 한다. 감성과 이성이 변증법적으로 지양될 때 비로소 작품은 리얼해진다.

'문학은 말할 수 없는 것을 말한다.' 이 말을 사전적 의미로 해석하면 논리적으로 모순된다. 말할 수 없는 것을 어떻게 말할 수 있겠는가. 하지만 문학 세계에서는 논리의 모순이 허용된다. 아니 허용되는 것이 아니라 허용되어야 한다. 그도 그럴 것이 논리의 모순은 문학작품의 역동성과 생명력을 고양시킴으로써 독자의 상상력을 확장시키기 때문이다. '장미여, 오 순수한 모순이여!' 릴케의 이 묘비명은 모순의 언어, 즉 형용모순을 대변한다. 모순은 탁한 것이거늘 모순이 어찌 순수할 수 있겠는가. 하지만 위에 말했듯이 이 모순 때문에, 다시 말해 '모순이 순수하다'는 역설 때문에 이 구절의 생명력과 역동성이 고양된다. 여기서 상반된 두 개념은 상호 모순됨으로써 모호성과 다의성을 띠게 되며, 이 모호성과 다의성을 통해 자간 및 행간이 넓고 깊어짐으로써 독자의 상상력이 증대되는 것이다.

혜세의 소설 중에서 특히 『데미안』은 모순의 언어가 차고 넘친다. 이 소설에 모순의 언어가 많은 이유는 외적 사건[14]보다는 내적 사건이 훨씬 더 많은 분량을 차지하고 있기 때문이다. 여기서 내적 사건이란 싱클레어의 감정과 심리 상태의 형상화를 뜻한다. 외적 사건에서는 화자, 즉 싱클레어의 인생행로가 순차적으로 묘사되는 반면에, 내적 사건에서는 싱클레어의 자아와 그의 주위 세계와의 끊임없는 내적 갈등이 묘사된다. 『데미안』에서 내적 갈등은 상상(유희) 및 연상(聯想)과 꿈[15]의 형식을 통해 서술된다.

> 나는 바로 예감 어린 이 꿈에서 내가 아프락사스를 불렀음을 감지하기 시작했다. 쾌락과 공포, 남자와 여자의 혼합, 성스러움과 혐오스러움의 뒤얽힘, 순진무구함을 통해 충격을 받은 깊은 죄의식, 이런 것들이 내 사랑의 꿈이었고 아프락사스이기도 했다. […] 사랑은 그 두 가지를 다 포함했다. 아니 두 가지를 포함했을 뿐만 아니라 그 이상이었다. 사랑은 천사이며 악마였고, 남자이고 여자였으며, 인간이며 동물이었고, 최고선과 최고악이 한데 어우러진 것이었다.

---

14 외적 사건이란 등장인물들 사이에 벌어지는 구체적인 사건들을 뜻하는데, 이를테면 『데미안』에서는 주인공 싱클레어가 크로머와 피스토리우스, 데미안 그리고 에바 부인 등을 어디서 어떻게 만나며, 이들 사이에 어떤 사건이 전개되느냐에 관한 서술이 외적 사건이다.
15 여기서 꿈은 실제로 밤에 꾸는 꿈과 낮에 맨 정신으로 꾸는 몽환을 두루 의미한다.

싱클레어는 꿈을 통해 이렇듯 상반된 요소들(성스러움-혐오스러움, 천사-악마, 최고선-최고악)이 한데 어우러진 것이 사랑이라고 정의한다. 심지어 그는 친구 데미안의 어머니를 대하면서도 이런 모순된 감정에 사로잡힌다. 그에게 그녀는 새로운 지도자이자 악마요, 어머니요, 운명이며 아름답고 매혹적인 연인(戀人)이다.

(2) 외적 사건은 내적 사건의 투영이다

『데미안』의 사건 진행은 거의 싱클레어의 내면세계에 관한 기술로 일관하고 있다. 주인공은 주로 자기 자신과 의사소통을 한다. 이런 내적 사건이 외적 사건에 투영된다. 이 작품에서 묘사되는 외적 상황은 싱클레어의 내적 세계와 밀접하게 연관되어 있다. 중요한 사건들은 싱클레어의 내면세계(마음/영혼)에서 일어난다. 다시 말해 그의 내적 변화, 즉 정신적 성장은 얼핏 보기에 외적 자극에 의해 이루어지는 것 같지만, 실은 내적 동력이 외적 행위를 추동함으로써 이루어지는 것이다. 싱클레어는 '(나)자신'이라는 단어를 수없이 사용한다. 여기서 '자신'은 '나는 나 자신으로부터 우러나오는 삶 이외에 어떤 삶도 원치 않았다'라는 그의 말에서도 감지되듯이 그의 내면, 즉 마음을 뜻한다.

이를테면 프란츠 크로머는 외부 세계에 존재하는 어떤 특정한 악인이 아니라 악의 의인화라고 할 수 있다. 다시 말해 크로머는 싱클레어 자신의 무의식에 잠재된 악의 투사상이다. 다음과 같은 그의 말에서 우리는 이를 확인할 수 있다. ― '한때는 프란츠 크로머의 속성이었던 것이 이제는 내 속성이 되어 버렸다.' 그런가 하면 세상 이치에 밝고 박식하고 조숙한 데미안도 싱클레어의 내적 자기이며, 그의 정신적 이상상(理想像)의 의인화이다. 싱클레어는 자기가 그린 데미안의 초상화를 보며 다음과 같이 말한다. '그건 데미안의 눈빛이었다. 아니, 내 속에 있는 존재, 모든 걸 알고 있는 존재, 그 존재의 눈빛이었다.' 그뿐만 아니라 위에 언급했듯이 에바 부인도 궁극적으로는 싱클레어의 심상(心象)이다.

> 나는 그녀와의 결합이 새로운 비유적인 양상으로 이루어지는 꿈도 꾸었다. 그녀는 내가 흘러 들어가는 바다였다. 그녀는 별이었다. 나 자신도 별이 되어 그녀에게로 가고 있었다.

이렇듯 『데미안』에서 전개되는 모든 상황 내지 사건은 싱클레어로 환원된다.

(3) 정체성 추구

『데미안』은 한마디로 싱클레어가 자기 자신을 찾아 나서는 과정을 형상화한 작품이다. 데미안이 싱클레어로부터 악(크로머)을 퇴치해 준 사건을 계기로 싱클레어는 악을 인식함과 동시에 악을 받아들인다. 악의 인식은 싱클레어가 자기 자신으로 가는 길에 첫걸음을 내디뎠음을 의미한다. 다시 말해 그가 개체화 내지 자신의 정체성을 찾아 나서는 첫걸음을 내디딘 것이다.

싱클레어의 부모 집 대문 위의 홍예머리에는 돌로 새긴 새의 문장이 하나 있다. 문장의 이 새에 관해서 데미안이 처음 언급한다. 이 새는 사건이 진행되는 동안 싱클레어에게는 꿈의 새가 되고, 보호와 인식을 위한 주도동기Leitmotiv의 상징이 된다. 여기서 보호란 싱클레어가 부모로부터 보호를 받던 유년시절을 의미하며, 인식은 그가 부모를 떠나 독립적인 개체로 거듭나게 각성시키는 자아 인식을 의미한다. 보호와 인식의 중간 단계에 들어선 싱클레어는 문장의 새를 그려 데미안에게 보낸다. 싱클레어가 그린 새는 '거대한 알을 깨고 나오려는 듯한 동작을 취하고' 있다. 아직 알이라는 보호막 속에 있던 싱클레어가 이제 어렴풋하게나마 이 상태를 벗어나야겠다는 생각, 즉 인식의 눈을 뜨게 되는 상황을 상징하는 대목이다. 이 그림을 받은 데미안은 싱클레어에게 답신을 보낸다. - '새는 알에서 나오기 위해 투쟁한다. 알은 세계다. 태어나려고 하는 자는 한 세계를 파괴해야만 한다. 새는 신에게로 날아간다. 신의 이름은 아프락사스다.' 새가 이제 알을 깨고 바깥세상으로 나오듯이 싱클레어도 그를 둘러싸고 있던 보호막을 찢고 새로운 세상, 자기 사명을 수행할 수 있는 세상으로 뛰쳐나오라는 뜻을 데미안이 새의 비유를 통해 싱클레어에게 전하고 있는 것이다.

데미안의 영향을 받은 싱클레어는 새로운 삶의 윤리, 즉 미리 규정된 잣대로 선과 악을 구분 짓지 않고 악을 포용하는 윤리를 찾아 나선다. 데미안은 계속해서 그에게 도움의 손길을 내민다. 그리하여 싱클레어는 마침내 자기 자신에게로 가는 길을 발견한다. 그는 다음과 같은 말로 이야기의 대미를 장식한다.

나는 열쇠를 찾아내서 내 내면의 세계로 깊숙이 들어가 어두운 거울 앞에 선다. 거울 속에서 운명의 형상들이 졸고 있다. 검은 거울을 향해 고개를 숙이 기만 하면 내 친구이자 지도자와 똑같이 생긴 나 자신의 모습이 보인다.

『데미안』의 작가 헤세는 1920년에 한 문예지에 기고한 글에서 인간의 획일화에 대한 우려를 다음과 같이 표명했다. — "우리 시대는 젊은이들 을 어렵게 만든다. 도처에서 인간을 획일화시키려고 하며, 가능하면 그들 의 개성을 말살하려고 한다. 이런 책동에 시대정신이 저항하는 것은 당연 하며, 그 때문에 『데미안』이 나오게 되었다."

4. 에필로그

독일의 요절한 천재 작가 게오르크 뷔히너의 희곡 작품 「레옹스 와 레나」에서 주인공은 다음과 같이 말한다. "악마는 단지 대비(對 比)를 위해서만 존재하는 거야. 그러니까 하늘에 그 무엇이 존재한다는 걸 우리가 믿게 하기 위한 비교물에 지나지 않는단 말이야."

소설 『데미안』의 키워드 가운데 가장 대표적인 것이 아프락사스다. 아 프락사스는 선의 세계뿐만 아니라 악의 세계도 포용하는 신이다. 데미안 을 비롯해서 에바 부인, 싱클레어 등 이른바 '표지'가 있는 사람들은 이 신을 경배한다. 왜냐하면 이 세상에는 선만 있는 것이 아니라 악도 있기 때문이다. 아담과 이브는 금단의 열매 선악과를 따 먹음으로써 에덴의 동산에서 추방된다. 그러니까 아담과 이브는 선만 있던 에덴의 동쪽에서 악도 존재하는 에덴의 서쪽, 즉 '인간'의 땅으로 쫓겨난 것이다. 현재 우리가 살고 있는 이 땅, 이 세상으로.

우리는 일상적으로 선을 빛으로, 악을 어둠 혹은 그림자로 비유한다. 이처럼 인간의 대지에는 선과 악, 미덕과 악덕, 정의와 불의, 양심과 비양심, 행복과 불행 등과 같은 대립적인 세계가 공존한다. 우리는 보통 이 대립 쌍을 두고 전자를 긍정적으로 후자를 부정적으로 평가한다.

저 '표지'를 가진 사람들은 아프락사스를 통해 이런 평가가 매번 정당한가에 대해 문제 제기를 하고 있다. 위에서 말했듯이 제반 규범은 사회 인습과 마찬가지로 시대와 더불어 변하고 금기(禁忌) 또한 매 시대마다 다르게 규정된다. 다시 말해 어제의 악덕이 오늘은 미덕이 될 수 있고, 어제의 불의가 오늘은 정의가 될 수 있다는 얘기다. 때문에 데미안은 이렇게 말한다.

"'금지된' 것이라고 영원히 지속되는 게 아니라 그 반대가 될 수 있다는 얘기야. […] 사람은 금지된 짓을 전혀 하지 않으면서도 흉악한 악인이 될 수 있는가 하면, 그 반대도 될 수 있지."

이런 포괄적인 삶의 규정은 자연의 섭리에도 적용된다. 인간의 대지에서 어두운 밤과 밝은 낮은 상대적인 세계이지 절대적인 세계가 아니다. 그렇기에 낮에서 밤으로 가는 길목에는 대문이 없는 것이 아닐까.

1877년 7월 2일　독일 남부 뷔르템베르크 주의 소도시 칼브에서 아버지
　　요하네스 헤세와 어머니 마리 군데르트 사이에서 태어남. 아버지는
　　발트 3국 중의 하나인 에스토니아계 독일 가문 출신이며, 어머니는 슈
　　바벤-스위스계 가문 출신임. 선교사인 아버지는 인도에서 장인 헤르
　　만 군데르트의 조수로 잠시 일하다가 돌아와 칼브에서 출판협회에 근
　　무함.

1881년~1886년　스위스의 바젤에서 아버지 요하네스 헤세가 미션스쿨
　　선생으로 근무함.

1886년　가족이 칼브로 돌아옴.

1890년~1891년　괴팅엔에서 라틴어 학교에 다님.

1891년　7월에 국가고사[대학입학자격시험]에 합격함.

1891년~1892년　마울브론 수도원의 신학교에 장학생으로 입학했으나 7
　　개월 후 '작가가 아니면 아무것도 되지 않겠다'는 결심으로 이 학교에서
　　도망 나옴.
　　짝사랑 때문에 자살을 기도함.

1892년~1893년　바트 칸슈타트에서 김나지움에 다니다가 1년 차에 치르는 중간시험에 합격 후 학교를 그만둠.

1893년~1894년　에슬링겐에서 서적 출판 공부를 하다 그만두고 아버지의 조수로 일함.

1894년~1895년　칼브의 시계탑 공장에서 기계공 일을 배움.
최초의 문학 수업을 시작함.

1895년~1898년　튀빙겐의 한 서점에서 서적 출판 공부를 다시 시작함.

1898년~1899년　첫 번째 시집 『낭만의 노래Romantische Lieder』 출간.
헤켄하우어 서점에서 점원으로 일함.

1899년　산문집 『자정 이후의 한 시간Eine Stunde hinter Mitternacht』 출간.

1899년~1903년　바젤의 라이히 서점에서 일함.
스위스 여행.

1901년　처음으로 이탈리아 여행(피렌체, 라베나, 베니스)을 떠남.
『헤르만 라우셔의 유작과 시Hinterlassene Schriften und Gedichte von Hermann Lauscher』 출간.

1902년　어머니에게 헌정하기 위한 『시집Gedichte』 발간.
어머니가 세상을 떠남.

1903년　서점 일을 그만두고 두 번째 이탈리아 여행을 떠남.

1904년　문명 비판적 발전소설 『페터 카멘친트Peter Camenzind』의 출간으로 큰 명성을 얻음.

아홉 살 연상의 마리아 베르누이와 결혼하여 보덴 호수 근방의 가이엔호펜으로 이주함.

그녀와의 결혼에서 세 아들을 둠.

1905년~1912년 가이엔호펜의 한 농가에 세 들어 살면서 전업 작가로서 여러 잡지(〈Simplizissimus〉, 〈Neue Rundschau〉 등)의 편집위원을 맡음.
다시 이탈리아 여행을 하고, 강연 차 많은 지역을 편력.

1906년 헤세 자신의 학교 경험과 어린 시절의 위기가 반영된 『수레바퀴 아래서Unterm Rad』를 출간.

진보적인 잡지 〈3월März〉의 문예란 편집자로 1912년까지 활동함.

1907년 가이엔호펜에 자기 집을 짓고, 『이 세상 풍경Diesseits』을 출간.

1908년 단편집 『이웃 사람들Nachbarn』 출간.

1909년 취리히, 독일, 오스트리아로 강연 여행을 다님.

빌헬름 라베를 만나기 위해 브라운슈바이크를 방문함.

1910년 장편 『게르트루트Gertrud』 출간.

1911년 화가 한스 스투르테네커와 함께 여러 달 동안 세일론, 수마트라, 싱가포르, 인도 등지를 방문함.

시집 『도상에서Unterwegs』 출간.

1912년 가족과 함께 스위스 베른으로 이주하여 작고한 화가 알베르트 벨티가 살던 집에 거주함.

단편집 『우회로Umwege』 출간.

1913년 여행기 『인도에서Aus Indien』 출간.

1914년   화가 소설 『로스할데Roßhalde』 출간. 제1차 세계대전 발발과 더불어 자원입대하려 했으나 신체검사에서 고도 근시로 불합격 판정을 받음. 그 후 베른 주재 독일의 전쟁 포로 후생 사업소에서 일함. 포로들의 참상에서 충격을 받아 애국적 전쟁문학을 공개적으로 비판하다가 보수 언론인들로부터 매국노로 매도당함. 그 후부터 스위스 국적 취득 의지를 다짐.

1915년   장편 『크눌프Knulp』와 단편집 『길가에서Am Wege』, 시집 『외로운 사람의 음악Musik des Einsamen』 출간.

로망 롤랑과 친교를 맺음.

1916년   단편 「청춘은 아름다워라Schön ist die Jugend」 출간.

아버지의 죽음과 아들의 중병, 부인의 정신 질환 그리고 무엇보다도 전쟁의 참상을 보고도 침묵하는 많은 예술가와 지식인들로 인해 큰 쇼크를 받아 정신적 위기에 처함. 심각한 신경쇠약으로 카를 구스타프 융의 제자 랑에게서 정신 치료를 받음.

그림을 그리기 시작함.

1919년   가족을 떠나 혼자서 남 스위스 테신의 몬타뇰라로 이주하여 집필에 전념함. 『데미안Demian』을 에밀 싱클레어라는 필명으로 발표했으나 이 작품이 폰타네 문학상 수상작으로 선정되자 본명을 밝히고 수상을 사양함.

단편집 『작은 정원Kleine Garten』과 『동화집Märchen』, 『차라투스트라의 귀환Zarathustras Wiederkehr』 출간.

리하르트 볼테리크와 공동으로 월간지 『생명의 절규Vivos Voco』 편집.
가수 루트 뱅어와 친교를 맺음.

1920년 바젤에서 첫 번째 수채화 개인전을 엶.

단편집 『클링조어의 마지막 여름Klingsors letzter Sommer』과 자신
의 수채화를 삽입한 여행 소설 『방랑Wanderung』 그리고 도스토옙스
키에 대한 에세이 『혼돈 속을 들여다보는 시선Blick ins Chaos』 출간.
로망 롤랑이 찾아옴.

1921년 창작의 위기를 맞아 융에게 정신분석을 받음. 루트 뱅어의 집을
방문함. 아내와 이혼 문제를 논의함.

『시선집Ausgewählte Gedichte』과 『테신에서 그린 수채화 11점
Aquarelle aus dem Tessin』 출간.

1922년 T. S. 엘리엇 내방.

장편 『싯다르타Siddhartha』 출간.

1923년 별거 중이던 부인 마리아와 이혼함.

『싱클레어의 비망록Sinclairs Notizbuch』 출간.

1924년 루트 뱅어와 결혼함.

스위스 국적을 취득함.

1925년 『요양객Kurgast』과 루트 뱅어에게 헌정한 동화 『픽토르의 변신
Piktors Verwandlung』 출간.

피셔Fischer 출판사에서 헤세 전집을 출간하기 시작함.

토마스 만을 만남.

1926년 기행 및 자연 풍물 감상을 모은 『그림책Bilderbuch』 출간.

프러시아 예술 아카데미 회원으로 선출됨.

1927년 『뉘른베르크 여행Die Nürnberger Reise』 출간.

두 번째 부인 루트 뱅어와 이혼에 합의.

히피들의 성서가 된 『황야의 늑대Steppenwolf』 출간.

헤세의 50회 생일을 기념하여 후고 발Hugo Ball이 집필한 그의 첫 전기 『헤르만 헤세, 그의 생애와 작품Hermann Hesse. Sein Leben und sein Werk』이 출간됨.

1928년 수필집 『관찰Betrachtungen』과 시집 『위기Krisis』 출간.

1929년 시집 『밤의 위로Trost der Nacht』와 산문 『세계문학 문고Eine Bibliothek der Weltliteratur』 출간.

1930년 장편 『나르치스와 골트문트Narziß und Goldmund』 출간.

프러시아 예술 아카데미 회원 탈퇴.

1931년 예술사학자 니논 돌빈과 결혼.

친구가 몬타뇰라에 지어 준 새 집으로 이사하여 이곳에서 평생을 보냄.

장편 『유리알 유희Glasperlenspiel』를 집필하기 시작함.

1932년 『동방순례Die Morgenlandsfahrt』 출간.

1933년 편지와 문학비평을 통해 나치 정권과 유태인 박해에 반기를 듦.

독일에서 탈출한 많은 예술가들에게 도움을 줌.

브레히트, 토마스 만, 로망 롤랑 등이 찾아옴.

단편집 『작은 세계Kleine Welt』 출간.

1934년　시선집『생명의 나무에서Vom Baum des Lebens』출간.

　　　　스위스 작가협회 회원이 됨.

　　　　독일의 가장 권위 있는 계간지 가운데 하나인『새로운 전망Die neue Rundschau』에『유리알 유희Das Glasperlenspiel』를 발표하기 시작함.

1935년　단편집『상상의 집Fabulierbuch』출간.

1936년　고트프리트 켈러상 수상.

　　　　시집『정원에서 보낸 시간Stunden im Garten』출간.

1937년　『신 시집Neue Gedichte』과『기념수첩Gedenkblätter』그리고 어린 시절의 회상을 시구로 표현한『불구소년Der lahme Knabe』출간.

1939년　제2차 세계대전 발발. 이 해부터 1945년까지 헤세의 작품은 독일에서 출판 금지됨. 하지만 독일 주르캄프 출판사와 합의 하에 1942년부터 헤세 전집이 스위스 취리히에서 단행본으로 계속 출간됨.

1942년　최초의 시 전집『시집Die Gedichte』이 취리히에서 출간됨.

1943년　최후의 대작『유리알 유희』가 스위스에서 두 권으로 출간됨. 이 작품이 출간된 이후부터 헤세는 시력 약화 등 건강이 좋지 않아 점점 글쓰기를 멀리함.

　　　　비밀경찰이 헤세 작품을 출판한 출판인 페터 주르캄프를 체포함.

1945년　시집『꽃가지Blütenzweig』와 동화집『꿈의 자취Traumfährt』출간.

1946년　프랑크푸르트 시에서 주관하는 괴테 상 수상.

　　　　노벨 문학상 수상.

정치와 전쟁에 관한 시사 평론집 『전쟁과 평화Krieg und Frieden』 출간.

1947년 고향인 칼브에서 명예시민이 됨. 베른대학에서 명예박사 학위를 받음.

1950년 브라운슈바이크 시에서 주관하는 빌헬름 라베 상 수상.

1951년 『후기 산문Späte Prosa』과 『서간집Briefe』 출간.

1952년 여섯 권으로 된 『헤세 문학 전집Gesammelte Dichtungen』 출간. 네프코프가 지은 헤세 전기 『헤르만 헤세 전기Hermann Hesse. Biographie』가 출간됨.

1954년 『헤세와 롤랑의 서신 교환집Briefwechsel: Hermann Hesse-Romain Rolland』 출간.

1955년 독일 출판협회의 평화상 수상.

1956년 뷔르템베르크의 독일예술발전위원회가 헤세 상을 제정함.

1957년 헤세 탄생 80주년 기념으로 여섯 권으로 된 『헤세 문학 전집 Gesammelte Dichtungen』을 『헤세 전집Gesammelte Schriften』이라는 제목으로 바꾸고 일곱 권으로 증보하여 출판함.

1962년 몬타뇰라의 명예시민이 됨.

8월 9일 뇌출혈로 세상을 떠남.